MI ÚLTIMO AÑO DE INOCENCIA

MI ÚLTIMO AÑO DE INOCENCIA

DAISY ALPERT FLORIN

Traducción de Ignacio Pérez Cerón

Ǫ Plata

Argentina – Chile – Colombia – España
Estados Unidos – México – Perú – Uruguay

Título original: *My Last Innocent Year*
Editor original: Henry Holt and Co.
Traducción: Ignacio Pérez Cerón

1.ª edición: agosto 2023

ISBN: 978-84-92919-38-3
E-ISBN: 978-84-19699-33-6
Depósito legal: B-11.581-2023

Fotocomposición: Ediciones Urano, S.A.U.
Impreso por: Rodesa, S.A. – Polígono Industrial San Miguel
Parcelas E7-E8 – 31132 Villatuerta (Navarra)

Impreso en España – *Printed in Spain*

Para mi madre, quien me enseñó qué es la belleza,
y para mi padre, que me enseñó a contar historias.

«Echando la vista atrás, me da la impresión de que aquellos días, antes de saberme el nombre de todos los puentes, fueron más felices que los que vinieron después. Quizá te des cuenta con el tiempo».

Joan Didion,
Goodbye to All That.

CAPÍTULO 1

No tengo muy claro cómo acabé en el cuarto de Zev Niederman el último día antes de las vacaciones de invierno. Era una noche cruda de diciembre en Nuevo Hampshire y habíamos estado discutiendo mientras volvíamos de la biblioteca sobre si la sensación térmica se podía considerar un fenómeno meteorológico, como creía Zev, o si era un engaño orquestado por los ejecutivos del tiempo para distraernos de la amenaza del calentamiento global.

—¿Ejecutivos del tiempo? —se extrañó Zev. Tenía un suave acento israelí—. Eso no existe, Isabel.

—Sí que existe —le respondí mientras pisaba un montón de nieve sucia.

Zev se detuvo bajo una farola junto a la residencia y se cruzó de brazos. Las sombras acentuaban aún más sus finos rasgos.

—No te tenía yo por conspiranoica. Rebelde de izquierdas, quizá, pero... ¿conspiranoica? —negó con la cabeza.

—Oye, dale una vuelta al menos.

Intenté adivinar qué se le pasaba por la mente, pero Zev siempre era inescrutable. El viento me abrió el abrigo y se me coló por los vaqueros hasta la piel.

—En cualquier caso, hace un frío que te cagas. —Sacudió la cabeza—. ¿Quieres entrar?

Me encogí de hombros y le seguí al interior del edificio achaparrado de bloques de hormigón.

Supongo que así fue como acabé en el cuarto de Zev Niederman: me invitó y no le dije que no.

La habitación de Zev, para él solo y con vistas al río, estaba limpia. Tenía la cama hecha y no había ni una prenda en el suelo. Incluso olía a limpio, nada que ver con las otras habitaciones de chicos que había visto en mis casi cuatro años en Wilder College. Atribuí la limpieza de Zev a los dos años que pasó en el ejército israelí defendiendo la patria judía. Mi patria, como a él le gustaba recordarme. Se quitó la parka y se tumbó en la cama. En la única silla del cuarto había una montaña de libros, así que me acerqué a la estantería y le eché un vistazo. Libros de texto de economía, libros en hebreo, un par de novelas de suspense de bolsillo gruesas como ladrillos. Quería saltarme aquella parte en la que te preguntas cuándo va a ocurrir lo que has ido a hacer en el cuarto de un chico, cuándo vais a dejar las conversaciones banales que solo sirven para dejarte claro que aquel chico (todos, en general) nunca te iba a comprender. En definitiva, pasar de las palabras a las manos.

Encontré una edición muy gastada de *La canción del verdugo*. A su lado había una foto enmarcada de una chica en la playa con un bikini negro y unas gafas de sol de espejo.

—¿Quién es?

Zev jugaba a pasarse una pelota de baloncesto pequeña de una mano a la otra.

—Mi novia, Yael —me respondió, como si yo la conociera de toda la vida, cuando en realidad nunca había hablado de ella ni me había dicho que tenía novia.

Miré la foto de cerca. Yael era guapa. Guapísima, a decir verdad. Tenía las piernas largas, la tez aceitunada y el pelo ámbar, como tostado por el sol. Me pregunté si yo también habría tenido ese aspecto si mis antepasados hubieran girado a la izquierda en lugar de a la derecha al salir de Rusia. Me sorprendió que tuviera novia, pero más me sorprendió lo bella que era. Miré a Zev, que estaba estirado sobre la cama, y me di cuenta de que Yael le había dado algo que nunca había tenido.

—¿Cómo es que no me has hablado de ella?

—¿Por qué? —me preguntó—. ¿Estás celosa?

—No —le respondí mientras dejaba el cuadro en la estantería. Lo que sentía no eran celos, sino curiosidad por saber cómo se llega a ser el tipo de chica que deja que le hagan una foto en bañador. O cómo podías tener una novia semejante y no haberla mencionado nunca. Si yo tuviera novio, estoy segura de que no dejaría de hablar de él.

Zev seguía haciendo malabares con la pelota de baloncesto, cada vez más rápido y con mucha precisión.

—¿Por qué iba a hablarte de ella? —continuó—. Además, ella está allí y yo aquí, así que... —Lanzó la pelota y la encestó en un aro que colgaba en la parte trasera de la puerta de su armario—. ¡Canasta!

Miré por la ventana hacia el río, que brillaba a la luz de la luna. Una habitación con esas vistas era el tipo de cosas que siempre dabas por hecho que tendrías en la universidad. No supe explicarle a Zev por qué me parecía raro que nunca hubiera mencionado a Yael sin que pareciera que me importaba, cosa que no era así. O puede que sí. En cualquier caso, pensaba que la cuestión de tener novia era para no tener que repetir nunca más aquel proceso.

Pero nada. No pude evitar sentir la presencia de Zev: el ruido que hacía al respirar, el crujido de la cama cuando se movía. Me pasé el amuleto que llevaba al cuello por las manos, atenta a si se producía algún cambio en su respiración o alguna otra señal que me indicara que quería tocarme. Un minuto o dos más tarde, escuché cómo se levantaba y caminaba hacia mí con pasos lentos sobre el suelo de linóleo.

Sentí una mano sobre el hombro. Me giré y allí estaba él, con la boca ligeramente abierta, como si tuviera la nariz taponada. Contuve la respiración cuando se inclinó hacia mí y me besó. Lo hizo con tanta fuerza que me estampó contra la estantería. Pude oír cómo se caía la foto de Yael al suelo.

No sé qué pensaba entonces que iba a pasar, ni tampoco qué quería que pasara. Lo que más me alivió fue saber en qué dirección iba la noche. Me hubiera sentido igual de aliviada si

Zev me hubiera pedido que me fuera porque le dolía la cabeza o porque tenía que estudiar para un examen, o incluso si me hubiera dicho que me fuera a tomar por culo. Me dejé llevar por el beso, sintiendo cómo su lengua sondeaba los huecos de mi boca de una forma que no era del todo desagradable. Empecé a pensar cómo sería follar con Zev Niederman y si de verdad quería hacerlo. Me imaginé contando distintas versiones de cómo empezamos en cenas futuras. Diría algo así como «Nos conocimos en primero, pero no empezamos a salir hasta el último año» mientras movía una copa de merlot de forma pensativa y Zev me acariciaba la rodilla por debajo de la mesa. Pensé en la foto de Yael, que estaba boca abajo debajo de nuestros pies, y me pregunté cómo encajaría ella en la historia. Yael, la dichosa novia a la que Zev tuvo que romperle el corazón para estar conmigo. Me metió la mano debajo de la camisa. No dejaba de mover la lengua y nuestra cena con amigos empezaba a desvanecerse. Si tuviera algo que decir sobre la historia que algún día contaría sobre mí (y que, a mis veintiún años, no estaba segura de conocer aún), no sé si era así como quería que comenzara, ni tampoco si quería ese final.

En ese momento, mientras Zev me apretaba tanto el pecho que me encogí de dolor, me di cuenta de que no tenía muy claro qué estaba haciendo allí. Había ido a la habitación de Zev más por curiosidad y aburrimiento que por deseo, ya que la biblioteca, donde nos habíamos visto, cerraba pronto y no tenía ganas de volver a mi cuarto. Eso y porque, a pesar de mis firmes opiniones sobre la sensación térmica, hacía un frío que te cagabas. Total, que llegué a ese momento como quien llega a una habitación oscura: con una mano extendida, tanteando el camino, sin saber qué hay en las paredes o cómo salir de allí.

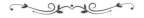

Me resultaba extraño pensar que conocía a Zev desde hacía más tiempo que a la mayoría de la gente de Wilder, incluso más que a Debra y a Kelsey. Nos conocimos el primer viernes de primero en una cena de *sabbat* en la sede de Hillel, el diminuto edificio beige a las afueras del campus donde se reunía la escueta selección de judíos de la universidad. Como en muchas universidades de élite, Wilder tenía un largo historial de antisemitismo institucional, así como un escándalo reciente en el que hermanos de una fraternidad obligaron a un grupo de novatos descalzos en pijamas de rayas a cargar con pesadas rocas por todo el campus. La similitud con el Holocausto era innegable, y el incidente atrajo la atención de los medios nacionales. Pero las cosas se calmaron y, hace unos años, un grupo de antiguos alumnos judíos recaudó dinero para establecer una sede de Hillel en el campus con tal de que los padres judíos se sintieran más cómodos a la hora de enviar a sus hijos a Wilder. Mi padre no tuvo ese tipo de dudas: me pasé toda la vida rodeada de judíos, así que me envió allí precisamente para alejarme de ellos.

Fui a la cena con Sally Steinberg, de los Steinberg de Bethesda, a quien conocí esa misma semana en una clase de *step* aeróbico. Sally era la hija única mimada de unos padres mayores que se habían conocido en Brandeis, donde querían que fuera a toda costa, pero Sally les había insistido en que quería ir a Wilder. Sus padres cedieron, como hacían con todo, y como requisito para matricularla le hicieron prometer que asistiría a las cenas semanales del *sabbat*.

Cuando llegamos, Zev ya estaba allí, sentado ante la larga mesa del comedor. El rabino, un joven con una kipá de los Red Sox de Boston, nos presentó y Zev nos extendió una mano. Me di cuenta de que la práctica de extender la mano era algo habitual en Wilder, cosa que yo solo había hecho con adultos y rara vez.

—Encantado de conoceros —nos dijo mientras le daba la mano primero a Sally y luego a mí. Me apretó tan fuerte que las puntas de los dedos se le pusieron amarillas—. Déjame adivinar —inquirió al tiempo que dos chicas con falda larga danzaban a nuestro lado mientras llevaban cubiertos de plástico y jarras de zumo de uva—: Eres de Nueva York.

—¿Cómo lo sabes?

Señaló hacia mis gastadas Dr. Martens.

—Pero no tienes pinta de ser del Upper Manhattan ni del West Side. ¿Lower Manhattan, quizá?

—Buena puntería. Del Lower East Side.

Me preguntó a qué se dedicaba mi padre (algo que también se hacía mucho en Wilder) y le dije que tenía una tienda de aperitivos.

—¿Una tienda de aperitivos? ¿En serio? Vaya. No sabía que aún quedaran judíos como tú.

—¿Cómo que «judíos como yo»?

—De los que venden pescado ahumado y pan de centeno con semillas. Pensaba que ese tipo de tiendas habían desaparecido ya.

—Bueno, en su mayoría sí, pero aún quedan varias.

Le dije el nombre de algunas: Guss' Pickles, Yonah Shimmel Knish, Kossar's Bialys y Russ & Daughters.

—Qué gracioso. Parecen sacadas de una novela de Malamud —respondió mientras se servía un trozo de pan *jalá*—. ¿Y qué haces aquí? ¿Tu padre ha puesto todas sus esperanzas en ti? ¿Te ha enviado aquí para que cumplieras su sueño de ascender socialmente?

No sabía qué decir. Nunca había escuchado a nadie resumir de forma tan burda y sucinta las ambiciones de mi padre. Zev me miraba como si fuera un unicornio, pero no sabía si lo que había en sus ojos era asombro o si quería atraerme para arrancarme el cuerno. Antes de poder responder, el rabino empezó a recitar las oraciones de bienvenida al *sabbat*.

La cena fue larga y caótica. Hubo muchos platos, todos ellos interrumpidos por más oraciones y el encendido de velas. Las chicas de falda larga, una de las cuales era la mujer del rabino, recogieron los platos y sirvieron agua de Seltz mientras que los dos hijos pequeños del rabino correteaban vestidos como actuarios en miniatura. No había estado con tantos judíos desde que llegué a Wilder. Tampoco éramos demasiados, y si la sala parecía abarrotada es porque era pequeña. Los judíos de Wilder, que venían en su mayoría de Scarsdale y Great Neck, tenían que permanecer unidos. Durante la cena descubrí que Zev estaba en primero, como yo, aunque era mayor porque había pasado dos años en el ejército. Era alto y larguirucho, tenía la nariz afilada, el pelo negro muy corto y unos ojos oscuros como pozos. Olía a cigarros y a desodorante. Congeniamos sobre todo gracias a nuestro desprecio mutuo por los demás, incluida Sally, que anunció en voz alta que había ido a la cena porque su madre le había dicho que sería un buen lugar para encontrar marido (esa noche se iría a la habitación con el chico sentado a su izquierda, Gabe Feldman, con el que acabaría casándose). Con los años, me daría cuenta de que el desdén de Zev por los demás se extendía prácticamente a toda la gente de Wilder, quizás incluso a las personas en general, aunque haberme reído esa noche de toda la gente de Hillel fue lo más divertido que había hecho desde que llegué.

Al término de la comida, a una de las chicas que limpiaba se le cayó una pila de platos sucios.

—*Mazel tov!* —gritó Gabe, y Sally se rio. La chica parecía a punto de llorar. Sentí una empatía repentina por ella y quise acercarme para ayudarla, pero Zev me tiró de la muñeca.

—Ni se te ocurra —me dijo—. Deja que lo hagan ellos. Quédate y sigue hablando conmigo.

Me agarró tan fuerte que me hizo daño, pero me gustó sentir aquella presión, aquella fuerza. No recordaba la última vez que alguien me había mirado con tanta intensidad, si es que alguien lo había hecho alguna vez. Volví a sentarme y hablé con él toda la noche.

Zev y yo nos hicimos amigos en aquel momento, aunque quizá «amigos» no fuera la palabra adecuada. Siempre que nos veíamos, ya fuera en el comedor o en la biblioteca, iba detrás de mí y charlábamos, aunque no de tonterías como a qué se dedicaban sus padres o si tenía mascota, sino de cosas importantes como política, economía, Dios e Israel. Zev siempre me desafiaba a cuestionar y defender mis creencias; por ejemplo, por qué era feminista o demócrata. No se me daba bien debatir y en algún momento llegué a creer que, si no podía defender lo que sentía, no tenía validez. Quizá por eso pensé que tenía que escuchar a Zev, que tenía claras sus creencias y nunca dudaba. Cuando hablábamos, notaba cómo mi mente se esforzaba por asimilar aquella nueva visión del mundo, su visión del mundo, pero sobre todo intentaba averiguar si yo le gustaba, si me encontraba atractiva o si alguna vez había pensado en besarme. Más tarde me di cuenta de que Zev no tenía más amigos aparte de mí, y siempre que lo veía en una fiesta o en clase estaba solo. Me buscaba porque no tenía a nadie más con quien hablar, nadie más lo soportaba.

Debra, sin ir más lejos, lo odiaba. «No tienes que ser su amiga solo porque sea judío», me solía decir, pero ese no era el motivo. Zev tenía algo peligroso que me resultaba fascinante, una fachada exterior fría y amarga que estaba decidida a atravesar. Era justo el tipo de hombre que evitaría cuando fuera mayor y supiera más de la vida, pero esas cosas se aprenden por las malas.

—Solo quiere follarte —me aseguró Debra, pero yo no estaba del todo segura. Salvo por aquella vez, cuando me agarró la muñeca en el Hillel, Zev nunca me había tocado. A veces, después de haber estado discutiendo un rato, experimentaba el deseo de sentir su mano de forma inesperada, sin aviso.

El calefactor de la esquina traqueteaba con fuerza, como si dentro hubiera algo o alguien. Zev pasaba sus manos ásperas y agrietadas por todas partes: por debajo de mi camisa, por el hueco entre mis piernas. Me vino a la mente un verso de un poema: «Te pasaste toda la noche buscando otro cuerpo en mi carne». Me sentí como si me hubiera metido de lleno en un encuentro sexual que ya llevaba un rato en marcha. Apoyé una mano en la pared detrás de mí e intenté recuperar el aliento. Quise pedirle que bajara el ritmo, pero me agarró por el codo y me empujó hacia la cama.

Zev era más fuerte de lo que parecía. Sentí todo el peso de su cuerpo encima de mí, tenso como la piel de un tambor, y por un instante me quedé sin aire. Me quitó la camisa de un tirón y escuché cómo saltaban dos botones, lo que por algún motivo me hizo gracia, pero Zev no se rio. Por primera vez aquella noche, y quizás en toda mi vida, sentí miedo.

—Calma, fiera —le dije cuando empezó a desabrocharse los pantalones. Visto tan de cerca, parecía que tenía los ojos muy juntos y la piel grasienta—. ¿Te importaría ir más despacio? —A pesar de los besos y las caricias, me sentía más violentada que excitada.

Zev respiraba con dificultad, como si hubiera subido corriendo un tramo de escaleras.

—No creo que pueda —me respondió mientras deslizaba mi mano dentro de sus calzoncillos. Estaba húmedo y mojado y sentí su respiración en el cuello—. Venga. ¿Por qué has venido, si no?

Por qué habré venido, pensé mientras Zev me pasaba una mano por detrás de la camisa y me desabrochaba el sujetador. Me tumbó en el colchón extragrande y pensé en decirle que tenía la regla. Oí voces en el pasillo, gente que paseaba y disfrutaba de la noche. Me pregunté si debería avisarles, pero tampoco estaba pasando nada extraordinario. Ya lo había hecho antes: no en la habitación de Zev, pero sí con otros chicos que olían a sudor y a pelo sucio. Zev fue a por un preservativo y pensé en mi madre el primer día de colegio, hace mucho tiempo, y en el ruido que hacían sus sandalias contra la acera. *Pórtate bien, Isabel*, me decía mientras se inclinaba para darme un beso en la nariz. *Se habrá terminado antes de lo que crees.*

Yo aún estaba seca, así que Zev se chupó un dedo y me lo metió con fuerza antes de follarme. Luego, la movió despacio hacia adelante y hacia atrás, tratando de encontrar el ritmo adecuado. Tenía la camisa desabrochada e intenté cerrármela porque no me gustaba estar sin camisa delante de un hombre, pero me agarró las muñecas y me las puso por encima de la cabeza.

Yo tenía los ojos abiertos, pero Zev los había cerrado y apretaba los párpados como si estuviera imaginándose algo. Quizá estaba pensando en una escena de una película del Oeste y yo era el semental al que montaba por las llanuras polvorientas, o tal vez cabalgábamos por los voluptuosos desiertos israelíes. ¿Había desiertos en Israel? Lo único que se me venía a la mente de aquella parte del mundo eran las escenas de la Operación Tormenta del Desierto. El sexo era malo, claro, pero también violento de una forma que nunca había experimentado. Las manos de Zev aferradas a mis muñecas, el miembro áspero como papel de lija. Con cada embestida, me golpeaba contra el cabecero de metal. Intenté pensar en otra cosa, cualquier cosa, como el trabajo que acababa de entregar sobre los judíos rusos del siglo xix. Observé cómo se movían las sombras por el techo de gotelé, escuché el zumbido de las luces fluorescentes del pasillo mientras Zev se movía más deprisa, acercándose al gran final. Y entonces, por fin, después de varias sacudidas estremecedoras, balbuceó y se corrió en silencio, como todos los chicos con los que me había acostado que solo lo habían hecho en lugares donde no podían hacer ruido. Una parte de mí se sintió decepcionada con que no gritara o chillara para saber si le había gustado, si al menos a uno de los dos le había gustado.

—¿Qué vas a hacer en vacaciones? —preguntó Zev después de quitarse el condón y tirarlo a la basura, donde aterrizó entre viejos ejemplares del *Wall Street Journal* e hilo dental.

—Poca cosa —le respondí mientras me abotonaba la camisa lo mejor que pude—. Trabajaré en la tienda de mi padre. ¿Y tú?

—Me voy a Washington con dos estudiantes internacionales. No me da tiempo de volver a casa.

Hablamos durante un minuto o dos sobre Washington y sobre lo que debería hacer mientras estuviera allí. Le dije que debería visitar el Monumento a los Veteranos de Vietnam, porque sabía que le interesaban los monumentos a grandes tragedias. Le conté que cuando fui a DC con el instituto expulsaron a un grupo de chicos por haberse drogado con gas de la risa.

—Que tengas buenas vacaciones —le dije. Acto seguido, recogí mis cosas y me fui.

Hacía mucho frío y el viento soplaba con tanta fuerza que empecé a replantearme mi postura sobre la sensación térmica, si es que alguna vez la tuve de verdad. *La próxima vez que vea a Zev le diré que tenía razón*, pensé antes de acordarme de que nunca volvería a hablar con él.

A menudo me pregunto qué habría pasado si Debra no hubiera estado en nuestro cuarto cuando volví, como ocurría a menudo. Pero allí estaba, sentada en el sillón redondo, comiéndose un tazón de Sugar Corn Pops. Kelsey ya se había ido a Sun Valley, donde iba a pasar unos días esquiando con Jason y su familia antes de volver a Nueva York por Navidad. Debra y yo nos íbamos al día siguiente. Me llevaría en coche hasta Scarsdale y luego sus padres me dejarían en Grand Central, donde tomaría el tren.

—¿Dónde estabas? —me preguntó Debra cuando me senté en el sofá. Noté un dolor en algún lugar profundo que no podía ver ni nombrar, así que me moví ligeramente hasta que disminuyó la sensación.

—Con Zev Niederman —le respondí mientras les echaba mano a los cereales. Me temblaba la voz.

Me costaba decir su nombre.

—Por Dios bendito, ¿te lo has follado ya?

Pensé en contarle la historia de la forma en que lo haría Debra, como otra loca aventura de una noche, de esas que tenía con chicos y chicas a los que apenas conocía, gente a la que usaba y desechaba con facilidad, pero no podía enmarcar lo que había pasado con Zev en esos términos. Había cierta oscuridad en ello, una pesadez, como la que sentía en el cuerpo antes de la regla. Los cereales que tenía en la boca se habían convertido en una bola empalagosa. Me puse a juguetear con uno de los botones rotos de la camisa y me pregunté si vomitaría.

Debra se incorporó como pudo en aquel sillón tan extrañamente profundo.

—Isabel, ¿qué coño...? ¿Ha pasado algo? —Dejó el tazón en el viejo arcón que usábamos como mesita y apoyó las manos en las rodillas.

No recuerdo exactamente qué le dije, solo que, mientras hablaba, Debra se levantó y empezó a pasearse por la habitación. Los muslos se le agitaban cada vez que sus pies golpeaban el chirriante suelo de madera. Se le había secado el pelo y se le había encrespado, así que intentó domarlo, aunque tenía los mechones como si se hubiera llevado una descarga eléctrica. Quizá fuera así como hacía acopio de su incansable energía, pensé mientras apoyaba la cabeza en el reposabrazos del sofá. Tenía una magulladura en la nuca, así que me llevé la mano hasta ella e hice presión.

—Me cago en la puta —dijo ella—. Siempre me ha caído mal.

—Pues sí, tenías razón. Es un capullo.

—Peor. Ese cabrón te ha violado.

—Por Dios, Debra.

—Lo siento. —Dejó de caminar—. ¿Cómo lo llamarías tú?

—O sea... fue todo algo más rápido de lo que me habría gustado, pero no me obligó.

—¿Tú querías?

No lo recordaba. ¿Yo quería? Muchas partes de la noche me resultaban borrosas, aunque otras las recordaba con mucha nitidez. Me froté la frente, intentando deshacer el nudo que se me había formado entre las cejas.

—No sé. Supongo que no, pero... bueno, en fin... También te habrá pasado.

—Pues claro que no.

Le había preguntado a la persona equivocada.

Debra empezó a pasear otra vez. Eché la cabeza varias veces sobre el reposabrazos y sentí la magulladura cada vez. Sentí cómo vibraban los pasos de Debra en el suelo. Su ira era palpable, algo con vida propia que respiraba. Una parte de mí quería que se calmara, pero otra se alegraba de que ella estuviera enfadada, de modo que yo no tenía que estarlo.

—Tenemos que dejarle claro que no va a salirse con la suya —dijo—. Deberíamos llamar a la policía. O al decano... ¿cómo se llamaba?

—Hansen. Pero, Debra...

—Tienes razón. A Hansen que le follen. ¿Qué va a hacer? —Se mordió el dedo—. No podemos quedarnos de brazos cruzados.

—No quiero darle más importancia. No vale la pena.

Debra me miró. Llevaba una camiseta muy grande de Lilith Fair y unos calzoncillos bóxer de hombre que le asomaban por debajo del dobladillo.

—Isabel, cuando dices eso, lo que das a entender es que tú no vales la pena. ¿De verdad lo crees?

Suspiré hondo y me eché sobre el costado. Eran casi las dos de la mañana y no sentía conexión con lo que me había ocurrido. La ira de Debra me recordó cómo debería sentirme, pero no fue el caso. ¿Qué era lo que me pasaba? ¿Por qué no reaccionaba a las cosas de forma normal, como el resto de las personas? Abrí y cerré la mano, observando la mecánica del tendón y el hueso. ¿Era aquella mi mano de verdad? Si era así, ¿cómo se conectaba con el resto del cuerpo? ¿Qué era mi cuerpo? ¿Qué lo hacía mío?

Debra seguía hablando mientras hacía la maleta y echaba humo por las orejas. No había querido acostarme con Zev, él lo sabía y aun así me obligó, ¿no? Le dije que no, pero no me había escuchado porque nunca lo hacía. Me había engañado para que subiera a su habitación y violarme... Porque eso fue lo que me hizo, ¿no? Me violó, me violó, me violó. Cerré los ojos y me pregunté qué sentiría si dejaba que las palabras de Debra se acomodaran dentro de mí, si me aferrara a ellas y les hiciera un hueco. Estaba enfadada, aunque no lo mostrara, y aunque ella describiera una noche que yo no acababa de reconocer como mía. Cuanto más la escuchaba, más enfadada me sentía, en especial cuando pensé en Zev y en cómo apretaba sus dedos en mi carne como si fuera arcilla húmeda, el ruido de su lengua en mis oídos, la forma en que había hurgado en mi interior como una bolsa de ropa vieja.

Pero, en realidad, me sentía así por Debra. Tenía mucha labia para convencer a la gente, y también para convencerme a mí.

Y así, por segunda vez esa noche, me vi subiendo las escaleras hacia el cuarto de Zev Niederman.

Con veintiún años, Debra ya era una vándala experimentada. Cuando era editora del anuario del instituto, había colado mensajes en todas las páginas (EL SILENCIO ES MUERTE, EN MI CUERPO MANDO YO, CREO A ANITA), un código de resistencia que solo podías leer si sabías dónde mirar. El primer año, a las pocas semanas de llegar al campus, organizó una marcha Take Back the Night, pero como el recibimiento fue poco caluroso, decidió que no le interesaban los eventos aprobados por la universidad. Así pues, una noche de invierno, fuimos por el campus poniéndoles sujetadores horteras de Victoria's Secret a muchas estatuas masculinas del campus (a todas, en realidad, como apuntó Debra). Al día siguiente, vimos muertas de risa cómo los de seguridad del campus los intentaban retirar y se peleaban torpemente con los cierres. Ese mismo año, junto a un grupo de chicas, llenamos el campus de pegatinas que decían «Libres y combativas». Las pegamos en todas partes: edificios, farolas, máquinas expendedoras, puertas de fraternidades. Lo más polémico fue el hecho de que algunas de las pegatinas, incluida la que pusimos en el coche del presidente de la universidad, no se podían despegar fácilmente. Hubo un aluvión de artículos en el periódico de la facultad y se habló de cargos por vandalismo, pero nadie pudo demostrar que hubiéramos sido nosotras. No sé qué enfadó más a la gente, si el vandalismo o lo de «Libres y combativas».

En segundo, Debra le robó el carné de identidad a un alumno del que se decía que manoseaba a las chicas en las fiestas y pegamos fotocopias en los espejos de todos los baños del campus. Los padres del chico amenazaron con una demanda, pero desistieron después de que una docena de chicas lo acusaran (acabó graduándose en nuestro año, se convirtió en miembro del consejo de antiguos alumnos y firma con su nombre completo en los alegres llamamientos anuales que piden donativos para el campus). Fue por aquel entonces que empezamos a llamarnos «las Sáficas», un nombre que nos hacía parecer más oficiales (y más amenazadoras) de lo que realmente éramos, es decir, un grupo informal compuesto por Debra, por mí y por cualquier otra persona que consiguiéramos arrastrar alguna que otra noche. La actividad de las Sáficas decayó después de que Debra fundara *perras furiosas*, la primera y única revista feminista de Wilder, pero a veces aún hablaba de recuperarla y hacer algo «a lo grande». Yo siempre estaba de acuerdo con las maniobras de Debra porque eran divertidas y porque ella estaba dispuesta a asumir las consecuencias que pudieran tener. Para mi alivio y su disgusto, hasta entonces no había habido ninguna.

Dicho esto, no me sorprendió que sacara un bote de espray cuando llegamos a la puerta de Zev. Sí que me resultó extraño volver allí tan pronto, así que me distraje preguntándome si existiría un universo en el que yo estuviera a ambos lados de la puerta de Zev, como el gato de Schrödinger.

Debra agitó la lata y el sonido retumbó en el pasillo silencioso. No sabía quién seguía por allí y quién se había ido ya de vacaciones, así que miré con nerviosismo a los lados del pasillo, deseando que las puertas permanecieran cerradas.

—Algo sencillito, ¿te parece?

Debra le quitó el tapón y vi cómo escribía la palabra VIOLADOR en letras rojas y grandes sobre la puerta de Zev.

—Me cago en la puta —musité.

—No está mal, ¿eh?

Después de haber retocado las letras limpiando las gotas de pintura con la manga, nos quedamos allí, saboreando el momento y el trabajo de Debra. Me sentí mareada y nerviosa, y el estómago me bailaba de tal forma que no supe distinguir lo que sentía. La palabra escrita en la puerta era fuerte y atrevida, pero me hizo sentir bien por un instante. Se me saltaron las lágrimas al pensar en lo que Debra había hecho por mí. Debra, mi ángel vengativo. Ella me devolvió la mirada y me sonrió. Nunca la vi tan guapa como en ese momento.

El sonido del pomo me bajó de las nubes. La puerta se abrió, Zev asomó la cabeza y parpadeó bajo la luz del pasillo. Tenía las gafas gruesas ligeramente torcidas, como si acabara de ponérselas.

—Señoritas —nos saludó, y sus ojos pasaron de Debra hacia mí. Tenía la piel muy rosada, como si estuviera recién salido del cascarón—. ¿Qué pasa? ¿Isabel? ¿Eres tú?

—Vamos —le susurré a Debra, pero no se movió.

—¿Qué coño? —dijo Zev, todavía con una sonrisa en el rostro mientras salía al pasillo, se frotaba los ojos y se subía los calzoncillos. Aún no había visto lo que habíamos escrito y yo quería irme corriendo antes de que lo hiciera. Le tiré a Debra de la manga, pero ella tenía los pies clavados en la alfombra. Pude ver cómo Zev desviaba la mirada de nosotras hacia la puerta y cómo se daba cuenta de lo que habíamos hecho.

Se quedó en silencio en lo que me pareció una eternidad y me di cuenta de que estaba conteniendo la respiración. Aspiré aire por la boca muy despacio y deseé desaparecer. Me imaginé flotando por el pasillo como una pompa de jabón y disolviéndome en motas de niebla y vapor, deseando que eso me ayudara.

La voz de Zev me trajo de vuelta.

—¿Qué coño? —repitió, esta vez más fuerte. Le di otro tirón a Debra, pero seguía sin hacerme caso.

—Lo que lees.

Los ojos de Zev saltaron de Debra hasta mí. Ahora sí que estaba despierto del todo. Cualquier turbación que él hubiera experimentado se había esfumado junto a la convicción que yo había sentido por la honradez de nuestro acto. En su lugar, me sobrevino una vergüenza profunda, familiar y ya vivida, como unos vaqueros viejos.

—¿Eso es lo que le has dicho? —me increpó con voz incrédula—. ¿Que te violé?

—Me ha dicho la verdad, gilipollas —le respondió Debra.

Zev tenía los ojos desorbitados y muy brillantes. Parecía dolido y confuso, pero también asustado.

—Isabel, sabes que eso no es lo que ha pasado. Díselo. Dile la verdad.

—Tú no eres quién para hablar —replicó Debra—. Es su cuerpo. Ella sabe perfectamente lo que le has hecho.

—¿Es esta otra de tus escenitas? —Se quitó las gafas y se frotó el entrecejo—. No me creo que hayas dejado que te usase así, Isabel. Creía que eras más lista.

Y, con esa frase, cualquier pequeña muestra de buena voluntad que Zev hubiera sentido por mí desapareció.

Algo se movió entre nosotros, una mirada que encerraba todos nuestros años de amistad (supongo que al final era eso) y que se esfumó de un plumazo. De alguna forma, sentí que lo había defraudado.

—¡Venga, Debra!

Tiré de ella tan fuerte que perdió el equilibrio. Zev me gritó algo, pero me fui corriendo por las escaleras. Bajé tan rápido que me caí en los últimos peldaños y me torcí el tobillo. Oí el ruido de las zapatillas de Debra contra el suelo y su voz resonando por el hueco de la escalera.

—¡Te vas a enterar, hijo de puta!

Cuando volvimos al cuarto, me desplomé en el sofá. Sentí una punzada en el tobillo y noté cómo la sangre me golpeaba los oídos. Debra se sentó a mi lado y me subió la cabeza a su regazo. Me acarició la frente, me masajeó el lóbulo de las orejas y los músculos del cuello. Me sentí tan bien que me entraron ganas de llorar.

—Ay, corazón —me dijo con una voz tan dulce que casi no la reconocí—. ¿No te advirtió nunca tu madre sobre los hombres israelíes?

Se me saltaron las lágrimas, ardientes y fugaces; me empapa-
ron el nacimiento del pelo y se acumularon en el hueco de mi
garganta.

—No —conseguí decir por fin. Mi madre nunca me había
advertido de aquello.

CAPÍTULO 2

Al día siguiente regresé a casa para las vacaciones de invierno.

De nuevo en el Rosen's Appetizing, en el Lower East Side, y de nuevo con mi padre, Abraham Rosen, a quien todos llamaban Abe, incluida yo. De nuevo en Orchard Street, Essex Street, Rivington y Delancey, calles donde los judíos inmigrantes se habían instalado a principios de siglo, arrastrando tras de sí su herencia y su tristeza. Zev tenía razón: la mayoría se había ido, pero nosotros nos quedamos.

Kelsey también era de Nueva York, y la gente a veces daba por sentado que nos conocíamos de antes. En los primeros días de amistad me preguntaba si conocía tal o cual lugar, a fulanito o a menganito, y nunca era el caso. Le costaba comprender cómo era que había una Nueva York que ella no conocía. Estaba claro que, desde su elevada posición en Park Avenue, no podía ver las oscuras y retorcidas calles donde me crie. Es normal que no nos conociéramos de antes de Wilder. Es más, era como si fuéramos de países distintos.

Me pasé la mayor parte de las vacaciones trabajando en el Rosen's. Los festivos siempre eran días de mucho ajetreo. Daba igual que los judíos no celebraran la Navidad, porque seguían viniendo para reponer la despensa de arenques y pescado ahumado, comprando comida como si no hubiera un mañana, como solía decir Abe. Este año parecía más concurrido que de costumbre, y eso era buena señal. El barrio estaba en proceso de cambio, sustituyendo a yonquis por artistas. Se estaba construyendo una torre de pisos en la esquina, lo que expulsó a los vagabundos que llevaban habitando ese solar vacío desde que tengo memoria. Así que, además de nuestros clientes habituales, había hípsters del centro que pasaban a tomarse un *schmear* junto a turistas que no conocían la diferencia entre un *bagel* y un *bialy*.

Cuando no estaba ocupada atendiendo la caja registradora, barriendo el suelo o reponiendo los estantes, me preocupaba por lo que me podría esperar a mi vuelta al campus. Quería hablar con Debra, pero estaba en Boca con sus abuelos y no tenía tiempo para ponerse al teléfono. La única vez que hablé con ella me aseguró que todo iría bien.

—Venga ya, Isabel. Se cree que se salió con la suya al violarte. ¿Crees que va a montar un pollo por unas pintadas? —Escuché cómo masticaba cubitos de hielo—. Créeme, está mucho más asustado que tú.

Sus palabras me sirvieron de consuelo, pero no por mucho tiempo. Me puse a tejer, algo que hacía cuando me daba ansiedad; en las dos semanas que estuve en casa hice una bufanda para Kelsey y unos guantes para Debra.

Los amigos del instituto que me quedaban pasaban las vacaciones con sus familias, así que en Nochebuena obligué a Abe a cerrar la tienda antes de tiempo y me lo llevé a rastras a ver *Titanic*. A mí me encantaba, aunque a él no tanto. Ya sabía cómo terminaba. Se pasó la mayor parte del día de Navidad encorvado sobre un montón de facturas en la mesa de la cocina hasta que lo mandé a por comida china. En Nochevieja, fuimos del brazo hasta el buzón de la esquina y enviamos por correo mi último pago de la matrícula. En menos de seis meses me habría licenciado. De una forma o de otra, Abe lo había conseguido. Wilder no me había ofrecido tanta ayuda económica como otras universidades, pero Abe insistió en que se las apañaría. «Es lo que habíamos planeado tu madre y yo para que pudieras ir donde quisieras», me dijo cuando envió el primer depósito, y decidí creerle. «Ya veré cómo hago para pagarlo», me dijo más tarde, cuando empezaron a llegar las facturas ya no solo de la matrícula, sino también del alojamiento, la comida, los ordenadores y los libros. Por último, cuando las cosas no iban tan bien y andaba desnudando a un santo para vestir a otro (y a todo el que se le pusiera por delante), me decía: «¿Qué van a hacer? ¿Quitarte la educación?».

De 1997 pasamos a 1998, pero todo parecía igual. La princesa Diana había muerto, y la Madre Teresa también. Bill Clinton estaba en la Casa Blanca haciendo lo que sea que hagan los presidentes en Nochevieja. Monica Lewinsky disfrutaba de sus últimos momentos de oscuridad: en menos de tres semanas, el *Drudge Report* publicaría una noticia acusando al presidente de haber tenido una aventura con la becaria de 22 años. Aquella noche, después del programa de Dick Clark, vi cómo Abe envolvía su bolsita de té alrededor de la cuchara y la dejaba a un lado para usarla más tarde, y le escuché hablar de las muchas oportunidades que tendría cuando me graduara. Médica, abogada, jefa de cocina. Me terminé el champán y me pregunté qué pensaría si supiera lo que hacía en realidad en el Wilder, donde tonteaba con chicos, destrozaba la propiedad del centro y me preocupaba por que nadie más me quisiera nunca.

Tomé el autobús de vuelta a Nuevo Hampshire el primer domingo de enero. Cuando llegamos al campus, pensé en las ganas que tenía del último semestre, de terminar el trabajo de fin de estudios, encontrar trabajo y asistir al seminario de ficción de Joanna Maxwell de último año. Todo había ido sobre ruedas hasta la noche con Zev y la estúpida escena de Debra. Me aferré a su promesa de que todo iría bien y me olvidé de que había sido ella quien me había metido en un lío. O quizá me había metido yo sola, como siempre.

El lunes, cuando volví de clase, me encontré con un mensaje en la pizarra. Kelsey lo había escrito con mucho cuidado.

—Te dije que iba a pasar —le dije a Debra cuando volvió del gimnasio. Ella se llevó una barrita de cereales a la boca y estudió el mensaje: *Llamada del decano Hansen.*

—Sí, me llamó a mí también.

—¿Qué? ¿Cuándo? ¿Y por qué no me lo habías dicho?

—Te lo estoy contando ahora. —Se terminó la barrita en cuatro rápidos bocados—. Isabel, piénsalo fríamente: ¿qué pruebas tiene Zev que nos incriminen?

—Debra, nos vio con el espray. Tenías la lata en la mano.

—Circunstancial. —Debra se quitó la sudadera y la lanzó hacia su escritorio, donde aterrizó junto a una copia del último libro de Katie Roiphe, al que le estaba echando un ojo para *perras furiosas*—. Recuerda que estábamos allí por lo que te hizo. Seguro que el decano quiere hablar contigo del tema.

—Eso no me hace sentir mejor. —Me dejé caer de nuevo en el sofá—. Debra, ya no sé ni qué pasó. Igual me lo estoy tomando demasiado a pecho.

—Basta —me espetó—. Sabes perfectamente lo que te hizo y le diremos al decano lo que pasó *de verdad*. Piénsalo: ¿qué va a hacernos a estas alturas? En seis meses ya nos habremos largado, es él el que debería preocuparse. Cuando pase todo esto, lamentará haberse metido con nosotras.

Hojeé las páginas del libro de Roiphe mientras Debra se duchaba. El moratón de la nuca estaba curado casi del todo, pero si lo apretaba, aún podía sentir dolor. Lo hice en ese momento para recordarme que tenía piel, huesos, un límite que indicaba dónde terminaba mi cuerpo y empezaba el de otras personas. Dejé el libro de nuevo en la mesa, me puse el abrigo y me fui antes de que Debra saliera.

La sala de lectura de la biblioteca, hecha de paneles de madera, estaba tranquila, apenas había un puñado de personas preparándose para el semestre. El té de la tarde, que servían todos los días a las cuatro, acababa de terminar, y el olor a Earl Gray inundaba aquel espacio cálido y acogedor. La gente me miraba al pasar para ver si era alguien con quien perder el tiempo, como si ese fuera el verdadero trabajo de la universidad (amigos, amantes e intrigas) y todo lo demás fuera una mera interrupción. Las cabinas telefónicas a la entrada de la sala de lectura estaban vacías; a medida que avanzaba el semestre, se irían llenando con estudiantes que llamaban a casa para llorar por una ruptura o por malas notas. Me crucé con un grupo de chicas de mi clase de francés. «*Salut*, Isabel», me dijo una de ellas, pronunciando mi nombre como lo hacía nuestro profesor, con una ese aguda y sibilante. Subí volando las escaleras. Mi largo abrigo gris formaba una cola, como si fuera el vestido de una princesa rusa. Los calefactores emitían ruidos metálicos y gemían en su lucha contra el invierno de Nuevo Hampshire. Pasé el torniquete y me dirigí a las estanterías.

Me encantaba todo lo relacionado con la biblioteca: el olor rancio del pegamento y el papel, el hecho de que solo pudieras entrar después de enseñar el carné de estudiante, como si la colección de libros fuera un importante dignatario al que proteger a toda costa. Caminé a paso lento entre los estantes y pasé los dedos por los lomos hasta que se me llenaron de polvo, saqué libros al azar, me detuve aquí y allá para leer unas páginas sobre la Segunda Guerra Mundial, ingeniería eléctrica o Willa Cather. Libros en chino, en yidis, ruso y francés, libros de música clásica y cine, historias de civilizaciones antiguas y modernas. Me encantaba ese tira y afloja de lo grande y lo pequeño, la forma en que cada escritor profundizaba en sus temas, sin importar lo oscuros que fueran. En su conjunto, los libros parecían más grandes que el propio mundo.

Deambulé por allí hasta que me rugió el estómago y me recordó que no había comido. Pensé en buscar a Kelsey y a Will, ya que me habían invitado a cenar, pero en su lugar me vi delante del cubículo de estudio de Andy Dubinski. La biblioteca estaba en silencio, pero sabía que lo encontraría allí. Como siempre, se tomó su tiempo para salir.

—¿Isabel?

Casi parecía que le hubiera despertado. La dedicación de Andy al trabajo era parte de su encanto misterioso. Eso y su pelo largo del color de la miel, que ese día llevaba recogido con una gomilla de oficina, de esas que te arrancan el pelo. Andy era un constructo, la representación del tipo de persona que me acabaría encontrando muchas veces en el mundo de la literatura del que terminé formando parte, de los que te convencían de lo difícil que era hacer lo que ellos hacían, de modo que no lo intentaras tú.

—*C'est moi* —le respondí—. ¿Puedo entrar?

—*Oui, oui. Entrez, s'il vous plaît.*

Su sala de estudio era pequeña, no mucho más grande que la cabina de una ducha. Había un escritorio pegado a la pared, una ventana minúscula y un largo calefactor metálico que iba del suelo al techo. Tenía el ordenador apagado; rara vez lo usaba, ya que prefería escribir sus poemas en fichas con lápices no más grandes que un pulgar. Había trozos de papel clavados en el tablón de anuncios sobre su escritorio, algunos con una sola palabra: *granada, abismo, pardo*. Me pregunté si Andy se alegraría de verme. No era la única chica que lo visitaba en su cubículo, pero sí quizá la única con la que no se acostaba.

Me senté en el suelo junto a la tubería de calefacción y apoyé la barbilla en mis rodillas.

—¿Estás preparado para el seminario de la profesora Maxwell?

—Estoy en ello —me dijo Andy mientras bajaba la silla—. ¿Sabes quién más ha entrado?

—Los sospechosos de siempre: Holly y Alec, Kara Jiang, Linus Harrison, Ginny.

—¿Ginny McDougall? ¿De veras?

—Al parecer, escribió una historia muy buena sobre una chica que pierde la virginidad el día que se muere su King Charles Spaniel. Una descripción muy acertada del *cunnilingus*.

El seminario de último año de Joanna Maxwell era la clase a la que todo el mundo aspiraba en el departamento de Filología Inglesa. Era muy intenso y exclusivo, y la admisión se basaba en una serie de criterios que nadie sabía discernir de forma racional, y no precisamente por falta de ganas. Me emocioné cuando supe que me habían aceptado, pero el sentimiento se convirtió en pavor: a pesar de su voz suave y su sonrisa beatífica, la profesora

Joanna Maxwell, novelista galardonada, jefa de departamento y leyenda del campus, me daba mucho miedo.

—¿Te has enterado de lo de Will? —me preguntó.

—Sí.

Me sorprendió que no hubieran admitido a Jason, el novio de Kelsey. Para mí, él era el estudiante de Filología por antonomasia: se aprendía poemas de memoria, hacía comentarios de relatos de *The New Yorker* y escribía un trabajo de fin de estudios ininteligible sobre James Joyce. Yo me limitaba a escribir «historias de chicas que sentían cosas», como dijo Andy una vez en el taller. Según Kelsey, Jason estaba destrozado.

—Bueno, *c'est la vie*.

Andy se volvió hacia el escritorio. Los omóplatos se le marcaban bajo la camiseta como si fueran alas. Debra decía de broma que podías aferrarte a ellos si alguna vez te llevaba una racha de viento. En otra vida, Andy podría haber sido atleta, pero en esta, sus magros músculos se comprimían bajo la fina piel de un poeta pálido y de venas azules como los quesos de la vitrina del Rosen's.

Andy y yo nos habíamos acostado dos veces, la última después de una fiesta del Día de San Patricio, en segundo. Se había pintado tréboles en la cara y, mientras follábamos, la pintura verde le goteaba por las mejillas y se acumulaba en la hendidura de su barbilla. No había mucho más que contar, salvo que decidimos no volver a hacerlo y que, de algún modo, habíamos conseguido seguir siendo amigos.

—En realidad —siguió mientras se daba la vuelta en la silla—, sí que tengo algo que contarte, pero no puedes decírselo a nadie. O sea, la gente se enterará el miércoles, pero...

—Venga ya. ¿Qué pasa?

—Joanna no dará clases este semestre.

—¿Qué dices? ¡Pero si ella siempre enseña Lengua Inglesa 76! ¿Estás de coña?

—No, lo digo en serio.

—¿Y por qué?

—Bueno, aún no se ha hecho público, así que no puedes decir nada. —Le juré que no lo haría y me lo contó—. Le está diciendo a la gente que su editor le ha adelantado una fecha de entrega, pero lo cierto es que... —bajó la voz—. Ella y Tom Fisher están en proceso de divorcio.

—¿No va a dar clases porque se divorcia? En secundaria, un autobús atropelló al marido de una profesora y ella no faltó ni un solo día.

—Me imagino que es un marrón. Tom es... especial, y con lo de su hija...

Me dio la sensación de que quería seguir hablando. Andy fue el primer estudiante de primero al que admitieron en el seminario de poesía avanzada. Desde entonces, Andy y Joanna tenían mucha confianza. Había trabajado para ella como ayudante de investigación y profesor auxiliar. El verano anterior lo pasó en su casa de June Bridge Road, trabajando en el jardín y ayudando a cuidar a su hija, Igraine. Llevaba todo el año colaborando con Joanna en su trabajo de fin de grado, una antología de poemas sobre la masculinidad, la tecnología y el control parental. Incluso se decía que aparecería en la página de agradecimientos de la próxima novela de Joanna. Si alguien sabía lo que le estaba pasando con Tom, ese era Andy, aunque no soltaba prenda.

—Oye, ¿Fisher no es tu director del trabajo de fin de grado?

—Sí.

—Pues mucha suerte.

Antes de poder preguntarle a qué se refería, Andy se volvió y anotó algo en una ficha. Me di cuenta de que el tiempo que había reservado para mí estaba llegando a su fin.

—Ah, por cierto —le dije mientras metía la mano en la mochila—, tengo un regalito para ti.

—*Pour moi?* —se sorprendió y abrió el regalo que le había envuelto en la primera página de la sección de Arte y Ocio de *The New York Times*—. ¡*Mon dieu*, Isabel! ¿Lo has hecho tú?

Del envoltorio sacó un gorro de lana azul marino.

—Sí, durante las vacaciones. Tampoco tenía mucho que hacer.

Andy se puso el gorro y giró la cabeza a ambos lados.

—¿Qué tal estoy?

—*Très jolie* —le dije—. Será mejor que te lo pongas, porque si no...

—Si no, ¿qué? —me desafió—. ¿Me vas a pintar GILIPOLLAS en la puerta?

Tardé un momento en darme cuenta de a qué se refería. Andy sabía lo que había pasado con Zev, claro. Y si él lo sabía, muy pronto lo sabría todo el mundo, si no se habían enterado ya. Andy sonreía, como si estuviera esperando a que captara la broma. Quise arrancarle el gorro de la cabeza y prenderle fuego, o incluso prenderle fuego mientras lo llevaba en la cabeza.

—Vete a la mierda, Andy.

—Venga, Isabel, que estaba de broma —se rio mientras me levantaba y me acercaba a la puerta.

Con las prisas me tropecé con el abrigo y aterricé con la mano en el tubo de la calefacción. La espuma que habían usado para aislarla se había ido desgastando con el tiempo y el calor me abrasó la palma de la mano.

—Joder, ¿estás bien? —me preguntó, pero no le respondí.

Bajé corriendo las escaleras, salí de la biblioteca y me abrí camino hasta la calle, donde había empezado a caer una lluvia helada. Me detuve bajo una farola y esperé un minuto antes de mirarme la mano. Tenía la piel rosada y brillante, pero sin heridas ni ampollas. Vi cómo el color se difuminaba poco a poco, y luego me agaché y puse la mano contra la nieve. El frío me sentó bien y el calor emanó de mi mano como un chisporroteo. Empezó a dolerme, pero la mantuve un rato más.

CAPÍTULO 3

El miércoles por la mañana me senté a esperar en un sofá capitoné verde frente al despacho del decano Hansen. Debra se había reunido con él el día anterior.

—La verdad es que no fue para tanto —me había dicho la noche anterior, subida conmigo en la litera de arriba—. Ni siquiera preguntó por la violación. Lo que más le preocupaba era la pintada del espray, como si ese fuera el mayor problema. Luego me dijo: «Voy a tener que ponerte una nota en el expediente», y yo estaba tal que: «Estoy a punto de graduarme, IMBÉCIL. ¿Qué coño me importará una nota en el expediente?».

Debra me agarró la mano y la apoyó sobre la suya. Eran prácticamente del mismo tamaño, aunque ella tenía más palma que dedos, y yo, al revés.

—Todo irá bien —me susurró—. Te lo prometo.

Me levanté y estudié una foto que había en la pared frente al sofá, una imagen en blanco y negro del Wilder Green tomada en 1897. Si mirabas por la ventana, la imagen era prácticamente la misma que entonces. Wilder vivía en el continuismo y la tradición. Cualquier cambio, por pequeño que fuera, como actualizar el tipo de letra de los documentos del centro, era debatido con fervor para asegurarse de que se preservara el «espíritu» de Wilder. Debra odiaba ese conservadurismo inherente a Wilder, pero a mí me tranquilizaba saber que las cosas allí siempre seguirían iguales.

—Ya está disponible, cielo.

La recepcionista del decano Hansen, una mujer menuda con un jersey alpino, señaló con la cabeza hacia una pesada puerta de madera.

El despacho del decano Hansen parecía la habitación de un hotel, aunque del más bonito que había visto en mi vida: tenía unas cortinas verdes y doradas que llegaban al suelo y una alfombra oriental tan afelpada que me daban ganas de acurrucarme en ella y echarme una siesta. El decano Hansen estaba sentado detrás de un amplio escritorio con cuero repujado, completamente vacío salvo por una carpeta, accesorios a juego también de cuero, un tarjetero Rolodex y una foto de lo que supuse que sería su familia, rubia y de mandíbula corta, posando delante de una montaña nevada.

—¿Sigue haciendo viento fuera? —me preguntó mientras me tendía la mano. El tacto era seco y rugoso, como de papel—. Tome asiento, por favor.

Bill Hansen, decano de estudiantes en Wilder, era un hombre pequeño, de pelo rubio y fino y unos ojos azules como el agua. Se presentaba en algunos actos ceremoniales del campus y su firma figuraba en la carta de admisión a Wilder College. Quitando eso, era una persona misteriosa y difícil de ver, excepto cuando se trataba de asuntos disciplinarios. Se le conocía sobre todo por las pajaritas que llevaba siempre. Ese día lucía una amarilla con ballenas.

—¿Ha ido a la montaña a esquiar? —me preguntó.

—¿Yo? Pues… no.

—Cuando tenía su edad, solíamos agrupar nuestras clases de invierno los martes y los jueves, de modo que pudiéramos pasar todo el fin de semana esquiando.

Sonreí, sin querer decirle que no esquiaba, que nunca lo había hecho y que había ido a Wilder sin saber que tenía montaña propia para esquiar.

—Bueno, veamos qué ha estado haciendo en vez de esquiar.

Abrió la carpeta que tenía delante con un dedo. Tenía las uñas rosas y brillantes y llevaba los puños de la camisa bordados, como las etiquetas que me solía coser mi madre en los mitones. *Si los encuentra, por favor, devuélvaselos a Isabel Rosen.*

—Vaya, vaya —silbó—. Buen expediente. No me extraña que no la haya visto antes por aquí. Lengua inglesa como especialidad y francesa como asignatura secundaria. Miembro de Jóvenes Demócratas, redactora en *El Farolero* y en *perras furiosas.* Incluso ha sido percusionista en la banda de música.

—Durante un semestre —aclaré—. Necesitaban a alguien que tocara el triángulo.

El decano cerró la carpeta.

—Hábleme un poco de usted, Isabel. ¿De dónde es? ¿A qué se dedican sus padres?

—Soy de Nueva York. Mi padre regenta una tienda de aperitivos y mi madre era pintora.

—¿Una tienda de aperitivos? ¿Qué es eso?

—Es como una charcutería, salvo que en las charcuterías se vende carne, y en las tiendas de aperitivos, pescado y lácteos: queso fresco, pescado ahumado o arenques, el tipo de ingredientes que se ponen en los *bagels.* Los judíos practicantes no mezclan carne y lácteos, así que las tiendas… bueno, venden los productos por separado.

El decano Hansen asintió. No sé por qué le di tantos detalles. La mayoría de las veces decía que mi padre tenía una charcutería y ya está. Allí nadie sabía lo que era una tienda de aperitivos, y al decano Hansen no parecía preocuparle demasiado el pescado ahumado.

—¿Tiene planes para después de graduarse?

—Aún no lo sé —respondí—. Quiero ser escritora.

—Un trabajo sacrificado. —se reclinó en su silla—. Yo también les daba caña a las letras cuando era más joven. Tenía mi propia columna en *La Voz de Wilder.*

Me habló un rato de cómo era Wilder cuando estudiaba, a principios de los sesenta. Aquel era el tipo de conversación que me sacarían a menudo más tarde, cuando ya era escritora, y alguien, por lo general un hombre mayor, me arrinconaba en un cóctel o en una boda y me contaba la historia de su vida por si quería escribir sobre ella, como si lo difícil fuera tener ideas. Cada vez que me veía en esa situación pensaba en el decano Hansen (que para entonces hacía tiempo que había muerto de un extraño tumor de hipófisis) y en la mañana que pasé en su despacho.

—Bueno, Isabel —me dijo, esta vez con un gesto serio que intenté replicar. «Tú sonríe, asiente y lárgate en cuanto puedas. No admitas nada», me había dicho Debra. También me prometió que me invitaría a unas patatas fritas con queso cuando terminara—. Siento decirle que su nombre ha salido a colación por un incidente ocurrido en la residencia el mes pasado. Se le ha acusado a usted y a otra estudiante por... ¿actos de vandalismo contra un dormitorio? —Subió la voz en tono de pregunta, como si todo aquello fuera demasiado absurdo para ser verdad—. Ayer hablé con su amiga, Debra Moscowitz —continuó mientras consultaba sus notas. Parecía que iba a decir algo sobre Debra, pero se lo pensó mejor—. Dijo que había sido un malentendido, que ustedes tres son amigos y que se trataba de una broma. ¿Me equivoco?

¿Una broma? ¿Así lo había llamado Debra?

—No fue una broma —puntualicé—. Bueno, no exactamente.

Bajé la vista a mi regazo. Un círculo blanco de piel asomaba por uno de los agujeros de mis vaqueros y lo tapé con el pulgar.

—Cuando hablé con el señor Niederman, me dijo que su amiga tenía la costumbre de hacer cosas del estilo, pero que usted no es el tipo de persona que las hace. —La saliva se acumulaba en la comisura de sus labios mientras hablaba—. El señor Niederman afirmó que quizá su amiga la estaba controlando o algo así.

Zev, el señor Niederman, me había defendido sentado en aquella silla. Contuve la respiración.

—¿Puedo preguntarle desde cuándo se conocen Zev y usted? —siguió el decano Hansen.

—Desde primero.

—¿Y eran amigos?

—No exactamente. Siempre he pensado que me odiaba.

—¿Y por qué iba a odiarla?

—Bueno, no es tanto que me odie a mí, sino mi *imagen*.

Negué con la cabeza. ¿Por qué le estaba contando aquello? La imagen que Zev tenía de mí era la de una judía débil, que se odia a sí misma y a la que le parecía bien que otras personas llevaran metralletas para proteger al Estado judío. ¿En qué universo iba a entender eso el decano Hansen? «¿Dónde estaríamos sin Israel?», me solía preguntar Zev. «¿Crees que tu familia se fue de Rusia porque tenían ganas de vender pescado ahumado en el Lower East Side? No. Se fueron porque los estaban masacrando».

El decano Hansen esperaba que me pronunciara, pero yo no sabía qué decir. Clavé los ojos en la chica de la foto que tenía sobre la mesa y di por hecho que era su hija. Llevaba gafas de esquí y una parka rosa palo. Parecía el tipo de muchacha de la que mi madre diría: «¿Por qué no puedes ser su amiga, con lo simpática que parece?».

—Supongo que éramos amigos —dije, por fin—. Al menos, del tipo de amigos que se tienen aquí.

—En cualquier caso —retomó el decano Hansen—, el señor Niederman dijo que no quería meterla en ningún problema. Y, en vista de su expediente académico, voy a pasar por alto la acusación de vandalismo.

Terminó la frase y deslizó la carpeta hacia un lado de la mesa.

—Estupendo. Muchas gracias.

—Ahora bien, sí que me gustaría hablar con usted de otro asunto, si no le importa. El señor Niederman me dijo que ustedes dos habían tenido un encuentro consentido esa noche. —Se aclaró la garganta—. De ser así, me preocupa más el motivo del acto vandálico que el propio acto.

El decano enarcó una ceja, como preguntándome si sabía a qué me refería. Era obvio que no quería tener aquella conversación, ni en ese momento ni nunca.

—Isabel, disculpe mi indiscreción, pero… ¿ocurrió algún tipo de agresión? Porque, aunque fuera de broma, la palabra que escribieron… Es decir, si ocurrió algo de esa naturaleza, estaríamos hablando de palabras mayores, no de una mera acusación de vandalismo. Como ya sabrá, nos tomamos muy en serio este tipo de cuestiones.

—No pasó nada —aclaré con voz más alta de lo normal.

—¿Está usted segura?

No admitas nada.

—Sí, estoy segura.

—Sé que resulta difícil hablar de estas cosas.

—No tanto.

El decano se reclinó en la silla y exhaló con fuerza.

—Quizá se sentiría más cómoda tratando el tema con otra persona. La doctora Cushman, por ejemplo, tiene más experiencia en este tipo de cuestiones.

El decano rebuscó en su Rolodex, sacó una tarjeta de su ranura y me la entregó. Conocía a la doctora Cushman de oídas. Su despacho, en el sótano del Potter Hall, era el lugar al que enviaban a las chicas para hablar de sus malas experiencias sexuales y sus trastornos alimenticios, el pack completo de problemas psicológicos femeninos. Me pregunté si el decano Hansen se acordaría de la carta que le había escrito Debra el año pasado. En ella, le decía que la ubicación del despacho de la doctora Cushman era una «representación simbólica del trato que reciben las mujeres en Wilder: arrinconadas en un sótano, donde nadie pueda ver el batiburrillo de problemas femeninos».

—No tengo motivos para cuestionar su interpretación de los hechos —se excusó el decano Hansen—, pero algo le hizo volver al dormitorio del señor Niederman y escribir esa palabra en su puerta. Y si no fue eso lo que ocurrió… imagino que sabrá que tenemos que tomarnos estas cosas en serio, porque lo son.

El decano se cruzó de brazos y dibujó una especie de sonrisa de abuelo, severa y condescendiente al mismo tiempo.

—Decano Hansen —me detuve y bajé la vista hacia la tarjeta que tenía en la mano. Pude notar las lágrimas detrás de los párpados, y me esforcé por no dejarlas salir.

—¿Sí, Isabel?

—¿Va a decírselo a mi padre?

—¿A su padre?

—No quiero que se entere de todo esto...

Se me quebró la voz y traté de imaginarme cómo me vería el decano Hansen, lo desesperada y triste que estaba. Me pregunté si él se habría sentido igual de desesperado por algo en su vida. Algo me decía que no.

Frunció los labios.

—No veo por qué tendría que saberlo. Usted procure cuidarse y vaya a ver a la doctora Cushman. ¡O vaya a hacer esquí a la montaña! Nada como un día en las pistas para curar los males.

—Eso haré. Se lo prometo.

En ese momento, le habría prometido cualquier cosa.

—Y no pase frío —me dijo mientras me ponía el abrigo—. En días como este, a uno le da la impresión de que nunca va a llegar la primavera.

Salí a trompicones de su despacho y me adentré en la luminosa mañana de invierno. Había nevado durante la noche y una gruesa capa de nieve lo cubría todo, también las imperfecciones. Ojalá pudiera hacer lo mismo conmigo. Me imaginé a Debra saliendo de esa misma reunión, la que me había asegurado que no era para tanto. Claro que, para ella, quizá no lo fuera. Nada era gran cosa para Debra, que iba por la vida sin pensar en cómo sus acciones afectaban a los demás. A mí todo me afectaba más.

Eran casi las diez. Tenía que darme prisa para no llegar tarde a la clase de la profesora Maxwell, o a la que solía ser su clase, pero el corazón me iba tan deprisa que tuve que pararme y sentarme en el banco más cercano. Era un banco conmemorativo, de esos que se ven por el campus dedicados a la memoria de alguien que ha muerto. En este caso, la placa decía que iba por Walter «Binky» Ballard, de la promoción de 1979. Abe y yo no habíamos hecho nada para conmemorar a mi madre, que murió hace ya casi cuatro años. A pesar de que los judíos no creían en la cremación, la incineraron y, hasta donde sé, sus cenizas seguían en el fondo del armario de Abe, en la urna en la que nos había llegado. «Miramos hacia adelante, no hacia atrás», me decía Abe, y eso es lo que hicimos. Sin embargo, a veces la sensación me quedaba grande, como ahora. ¿Me sentiría mejor si mi madre tuviera un banco como Binky Ballard?

Unos minutos más tarde, me levanté y me encaminé hacia la clase, pero me detuve cuando escuché un grito.

—¡Cuidado!

Joanna Maxwell estaba agachada sobre la nieve a pocos metros delante de mí. Tenía el brazo alrededor de una niña pequeña.

—Siento haber gritado —se disculpó—. No quería que lo pisaras. —Señaló un charco de vómito a mis pies.

—No pasa nada —dije—. ¿Estás bien?

La niña me miró y luego volvió a mirar hacia sus botas. Era Igraine, la hija de Joanna Maxwell y Tom Fisher. Tenía el mismo nombre que la madre del rey Arturo, una carga de significado muy grande para una persona tan pequeña. Igraine tendría unos cuatro años. Yo no sabía mucho de niños, pero debía de ser un bebé cuando yo entré en Wilder. Era igual de diminuta y delicada que su madre, pero tenía los mismos tonos que Tom: piel clara, ojos verdes, pelo rubio fresa. Igraine era muy tranquila y reservada, no una de esas niñas que quieren aprobación y atención, y la admiraba por ello.

—¿Estás bien, cielo? —quiso saber su madre mientras le limpiaba la cara a su hija con un pañuelo—. Te has bebido el chocolate demasiado rápido.

Joanna llevaba un abrigo largo de plumón que parecía un saco de dormir, una gruesa bufanda a cuadros y unos tenis desgastados y empapados por la nieve. Sus ojos grises se ocultaban tras unas pestañas tan pálidas que casi parecían invisibles. Mi tía Fanny tenía las pestañas igual, pero las cubría con unas capas de rímel tan gruesas que siempre se le corrían por la cara. «Qué pena que Fanny sea tan rubia», solía decir mi madre, como si tuviera una enfermedad incurable.

—Profesora Maxwell —me dirigí hacia ella mientras rebuscaba en su bolso—, quería decirle que me he vuelto a leer *Mente de ave* en las vacaciones. Creo que me lo he leído media docena de veces.

—Gracias, querida —me dijo—. Eres muy amable.

—He leído en alguna parte que estaba pensando contar la historia de nuevo, pero desde el punto de vista de la abuela. ¿Es cierto?

Igraine tiraba de la manga de su madre.

—Lo estoy buscando, cariño. La gente me lo solía preguntar mucho y creo que dije una vez que sí por cortesía. Me lo planteé, pero ya no. Se me pusieron otras historias por delante. Ah, aquí está.

Levantó triunfalmente el chupete y lo limpió con la boca antes de dárselo a Igraine, que se relajó al instante y se apoyó en su madre con los ojos caídos.

—Claro, entiendo —respondí—. Entonces supongo que está perfecta tal y como está.

Joanna apoyó las rodillas en el suelo y se aflojó la bufanda. En ese momento vi que tenía un moratón oscuro cerca de la nuca.

El reloj del campanario anunció las diez en punto.

—Será mejor que me vaya, o llegaré tarde. Siento mucho que no dé clase este semestre.

—Sí —respondió, y me pareció percibir un retintín en su voz—. Que tengas un buen día —me dijo, y le prometí que así sería.

CAPÍTULO 4

Quería llegar pronto a clase, pero mi reunión con el decano Hansen y el encuentro con la profesora Maxwell me habían retrasado, así que entré corriendo justo cuando el profesor empezó a pasar lista. Me deslicé en un asiento vacío al fondo de la mesa del seminario, saqué una libreta de anillas y escribí mi nombre y la fecha en el margen superior: *Isabel Rosen, 7 de enero de 1998*. Así era como empezaba todos mis trabajos desde primero. Por un instante se me ocurrió que quizás aquel sería mi último día de clase.

—Isabel, tronca, ¿cómo estás?

Whitney Shaw me dio una palmada en la espalda. Era una jugadora de hockey hierba del sur de California. Tenía la nariz larga y recta y la tez rojiza. Casi daba la impresión de que había pasado mucho tiempo en el mar.

—Ya sabes, viviendo mi sueño —le dije, y levanté la mano cuando el profesor dijo mi nombre.

—¿Has pasado buenas Navidades? Espera... ¿vosotros celebráis la Navidad?

—No, pero...

—¡Ay, madre! Lo siento, culpa mía.

La voz de Whitney era áspera, como si hubiera crecido respirando demasiado aire fresco. Empezaron a distribuirse montones de papeles por toda la mesa mientras Whitney me ponía al día de sus vacaciones de invierno: dos semanas en Isla Júpiter jugando al golf con su padre y almorzando en el club con su abuela.

—Es una zorra de cuidado, pero lo paga todo. El único precio es la lealtad. —Juntó las palmas de las manos e hizo una reverencia—. Oye, te quería preguntar: ¿va todo bien?

—Sí, ¿por qué?

—He oído que pasó algo entre Zev Niederman y tú.

Me había olvidado de que Whitney vivía en la residencia de Zev.

—No fue nada —le aseguré mientras me quedaba con una copia del plan de estudios y le pasaba el resto a Whitney—. Está todo bien.

Lengua Inglesa 76: el arte de escribir ficción. Profesor R. H. Connelly. Miré al hombre sentado al frente de la mesa y supuse que sería el sustituto de Joanna. Andy no sabía quién la iba a sustituir y a mí tampoco me sonaba su cara. Parecía tener unos cuarenta años, pero no estaba segura: me costaba discernir la edad de cualquier persona mayor que yo pero más joven que mi padre. Le eché entre treinta y cinco y noventa. Su espeso cabello oscuro estaba salpicado de canas y su rostro reflejaba la sombra de una barba. Era alto y grueso, pero no enorme, y tenía los hombros anchos. Su cuerpo tenía una solidez que, aunque nunca lo había pensado antes, solo se consigue con la edad.

Whitney quiso decirme algo más, pero el profesor empezó a hablar.

—Es probable que os preguntéis si estáis en el aula correcta —anunció—. Estáis en Lengua Inglesa 76 pero, como podréis ver, no soy la profesora Maxwell. Soy el profesor Connelly, voy a sustituir a Joanna este semestre.

Un vistazo rápido a la sala reveló quién se había enterado de la noticia de la profesora Maxwell y quién no.

El profesor Connelly se reclinó en su silla y se cruzó de brazos. Tenía las manos tan grandes que podría sujetar una pelota de baloncesto o el cráneo de un alumno con la palma. En el dorso de la mano derecha, una cicatriz gruesa y fea le cruzaba desde el índice hasta la muñeca, y en la izquierda llevaba una alianza de oro sencilla.

—Joanna y yo nos conocemos desde hace años —explicó el profesor—. Es una escritora excelente y una profesora grandiosa. Me apena de corazón que no podáis estudiar con ella. —Mientras hablaba, se frotaba la correa de cuero del reloj con el pulgar. Parecía desgastado, como si lo llevara hasta en la ducha—. Además de una sombra a sus pies, ¿quién soy yo? Se me conoce más como poeta, pero he escrito todo tipo de cosas: cuentos, ensayos, un par de novelas que guardo en el proverbial cajón. Ahora trabajo como reportero en el *Daily Citizen*. El mejor trabajo que he tenido, por cierto. Escribes todos los días y siempre tienes un plazo de entrega, nada de sentarse a esperar a las «musas». El periodismo es utilitario, tiene un propósito, pero nada de valor. ¿Cuántos de ustedes leen la prensa?

Levantamos la mano un par de personas.

—Bien —dijo, mientras me miraba de forma fugaz—. A la gente le gusta valorar el arte por el arte, pero tal y como yo lo veo, la literatura está en todo lo que vemos, en la vida real. Está en las reuniones del consejo escolar, en las sequías, en los niños desaparecidos y en los políticos corruptos. Conflictos, resolución, hombre contra naturaleza. Si no conseguimos que la gente se interese por la comunidad en la que vive, ¿cómo vamos a conseguir que se preocupen por el resto? —Le quitó el tapón a su botella de agua y dio un sorbo muy ruidoso—. Os aseguro que soy mucho más feliz que antes. También puedo pagar las facturas. Sé que eso no os importa todavía, pero ya os llegará.

Se quedó callado un minuto. Sus ojos oscuros brillaban como una botella de licor expuesta a la luz y tenía el tipo de pestañas que mi madre habría dicho que eran un desperdicio en un hombre. Algo en él me resultaba familiar. Quizá la forma en que se frotaba las manos, se las pasaba por el pelo al hablar, se frotaba la barbilla o se recorría la cicatriz del dorso de la mano con un dedo, como si estuviera probando los límites de sí mismo y quisiera asegurarse de que seguía existiendo.

Volvió la cara hacia la ventana.

—Pero vosotros no estáis aquí por eso. Sois escritores, queréis escribir. Entonces —dio una palmada en la mesa—: ¿puedo enseñaros a escribir? Joanna diría que sí. Ella cree que cualquier persona que quiera escribir puede hacerlo, siempre y cuando tenga las herramientas adecuadas. —Levantó una copia del plan de estudios—. Si por ella fuera, todo esto estaría lleno de talleres, desmontaríamos historias y las volveríamos a armar. Herramientas, destreza, opiniones, críticas. Sigue a «X» para llegar a «Y», que «Z» vendrá después. Yo, en cambio —dijo, y tiró los papeles—, no tengo ni idea. Todo lo que sé sobre escribir es que me siento y, si tengo suerte, salen las palabras. Mi única certeza es que algunas personas tienen talento y otras no, y que algunas siguen adelante pese a todo y otras se rinden. Si os digo la verdad, la mayoría de vosotros no llegarán a escritores. Estudiáis en un centro muy distinguido y, seamos sinceros, no creo que vuestros padres os mandaran aquí para que fuerais escritores. Os han mandado aquí para que ganarais pasta, para que seáis médicos, abogados, consultores, banqueros de inversiones o como coño se diga.

Solté una risita por lo bajini. Nunca había oído hablar así a un profesor. Ya no solo por las palabrotas, sino por reconocer que no tenía todas las respuestas y admitir que estaba tan perdido como los demás.

El profesor Connelly miró a su alrededor. Todo el mundo esperaba, bolígrafo en mano, a que siguiera hablando. No tenían muy claro qué anotar, si era que tenían que anotar algo.

—Total: ¿qué puedo enseñaros? A ser honestos, a decir la verdad, a afrontar lo que os aterra ver, a no tener miedo de lo que piensen vuestros amigos o padres, a quitarse de en medio las gilipolleces y ver las cosas tal y como son, a encontrar la claridad moral en vuestro trabajo y en vuestra vida.

Whitney me pinchó con el bolígrafo. En el margen de su libreta había escrito algo en letras grandes: «¿¿¿NO ESTÁ TREMENDO EL PROFE???». Escribí encima y sentí cómo se me encendía la cara. Mientras el profesor Connelly hablaba me di cuenta de que era guapo, muy guapo. Es más, quizá fuera el hombre más guapo que había visto en Wilder o en general. Las malas lenguas lo involucraban en un escándalo, aunque puede que yo también contribuyera más tarde. Con los años, los hombres como él me parecerían demasiado guapos para ser verdad: entraban en bares y en salas de conferencias como si fueran dioses mortales. Pero, por aquel entonces, aún creía que la belleza confería una especie de superioridad moral. Por eso, mientras lo veía acercarse a la ventana, seguí con los ojos la línea de su camisa hasta donde desaparecía por la parte de atrás de sus pantalones. Si me lo pidiera, hubiera ido detrás de él.

—Sacad los cuadernos —nos pidió, e hicimos lo que nos dijo—. Quiero que escribáis sobre algo que hayáis perdido. Puede ser cualquier cosa: un objeto, una persona, la ilusión o la virginidad.

Ramona Díaz, la única estudiante de tercero de la clase, soltó una risa corta y nerviosa. Whitney levantó la mano, pero el profesor Connelly la ignoró.

—Cerrad los ojos e imaginadlo. —Miró alrededor de la sala. Solo Ginny McDougall tenía los ojos cerrados, aunque igual era porque se quedó dormida—. Venga, cerradlos.

Esperé a que todo el mundo cerrara los ojos y entonces lo hice yo también.

—Escribid lo primero que se os pase por la cabeza, lo que os asuste, lo que no queráis escribir, lo que no queráis que sepa vuestra madre, vuestros mejores amigos o amantes. —Le oía caminar alrededor de la mesa y percibía el suave golpeteo de sus botas, el tintineo de algo en su bolsillo—. ¿Qué se siente al perder algo que nunca podréis recuperar? ¿Cómo es vuestra vida, cómo os sentís sin ello? Tal vez os hayáis acostumbrado ya a la ausencia, o tal vez no.

Se detuvo detrás de mí y apoyó las manos en el respaldo de mi silla. Si me hubiera echado hacia atrás, mis omóplatos habrían entrado en contacto con sus dedos.

—Sea lo que fuere, escribid y no paréis bajo ningún concepto. Creeréis que lo que escribís es una mierda, y buena parte lo será. Pero para eso estoy aquí: para deciros que no todo lo es.

Podía notar su respiración, su olor a humo de leña y menta. Contuve la respiración y sentí cómo se me hinchaba el pecho hasta que no pude contenerla más.

—Al lío —susurró el profesor Connelly.

Lo primero que me vino a la mente fue Binky Ballard, olvidado por su familia, sus amigos, el mundo y el tiempo, así que escribí sobre él y me imaginé la vida que habría tenido en Wilder y al graduarse. No dejé de escribir, como me había ordenado el profesor Connelly. Antes de darme cuenta, Binky y la familia que había dejado atrás se disolvieron en una historia sobre mi madre, que arrastraba los pies por la cocina con su albornoz lavanda y hervía café en una cafetera exprés de lata que alguien le había traído de Italia, uno de los muchos lugares en los que nunca había estado y al que nunca iría. Escribí sobre mi madre, Vivian, sentada en la mesa de la cocina mientras pasaba las páginas de *The New York Times*, escuchando a medias cómo me había ido el día mientras pensaba en el cuadro en el que estaba trabajando, al que le dedicaría su atención en cuanto yo me marchara, el cuadro que quise ver terminado y por el que volví corriendo a casa a final del día. Todo se desvaneció y regresé a esa cocina con vistas al callejón, a solas con mi madre, con los tirabuzones rozándole las mejillas, acunando una taza de café entre las manos. Podía sentir su respiración, su rápida carraspera al inhalar, el aroma del café cuando exhalaba, el olor a disolvente y a perfume, tan intensos que creí que Whitney también los olería. «Mi madre nunca será una anciana», escribí una, dos y hasta tres veces seguidas. Pronuncié las palabras en silencio y me sentí débil.

Cerré los ojos, mareada por el recuerdo, pero el bolígrafo seguía su marcha como si ya no estuviera conectado a mi mano. El recuerdo me invadió de nuevo y volví a nuestra cocina la noche en que murió, con la cafetera aún en el fuego y el albornoz detrás de la puerta del baño. Todo estaba en su lugar, todo menos ella. Alguien llamó a la puerta. Era el hombre del crematorio con un par de pendientes de mi madre. Nos dijo que el hospital se había olvidado de quitárselos y él había venido desde Brooklyn para traérnoslos. *Pensé que la chica los querría*, le dijo a Abe dirigiéndome una mirada compasiva. Abe le dio las gracias. *Demasiado efusivo*, pensé. Cuando se marchó, Abe dejó los pendientes sobre la mesa, se sirvió un trago y luego me sirvió uno a mí. Por la mañana, los pendientes aún seguían allí. Eran una baratija de mierda, como todas las baratijas de mierda de nuestro apartamento, como su vida de mierda. Agarré los pendientes, los tiré por la ventana y aterrizaron en el callejón detrás de nuestro edificio. Y allí siguen, hasta donde sé.

—Dejad de escribir.

El profesor Connelly estaba de nuevo en su asiento. No tenía ni idea de cuánto tiempo había pasado. Tenía la palma de la mano húmeda y había sudado hasta por el sujetador. Había escrito casi ocho páginas en la libreta. Frente a mí, Holly Crane y Alec Collier, que parecían hermanos e iban a todas partes agarrados de la mano, se reían de lo que había escrito el otro. Linus Harrison, que le contaba a quien le escuchara que su abuelo había inventado la trituradora de papel, estaba copiando los detalles del plan de estudios en su agenda electrónica. Solo Andy seguía escribiendo; desde donde yo estaba sentada pude ver que apenas llevaba media página.

El profesor Connelly me miraba fijamente.

—¿Qué tal ha ido? —me preguntó. Antes de que pudiera responder, se lamió el pulgar y lo utilizó para darle la vuelta a un papel que tenía delante—. En cuanto al plan de estudios, empezaremos con Matthiessen...

Cuando terminó la clase, recogí mis cosas y me dirigí a la puerta.

—¿Crees que la profesora Maxwell estará embarazada otra vez? —escuché que le dijo Ramona a Kara Jiang, que tenía los ojos ocultos bajo un espeso flequillo que no dejaba ver en qué pensaba. El profesor Connelly guardaba papeles en su maletín; por debajo de la mesa se podían ver sus largas piernas estiradas y cruzadas por los tobillos. Levantó la vista cuando pasé a su lado y su mirada se desplazó lentamente de mis ojos a mi barbilla, por todo mi cuerpo y se detuvo en la punta de mis botas. Sentí la sangre llegar a lugares que había olvidado: el meñique del pie, los lóbulos de las orejas, la parte posterior de las rodillas. Luego volvió a dirigir sus ojos hacia los míos y desistió. Andy se detuvo a hablar con él y le tendió la mano.

—Encantado de conocerle —le oí decir mientras que yo me lanzaba al pasillo y me ponía una mano en la mejilla. Notaba la piel caliente, viva, como si la membrana que me protegía del mundo se hubiera hecho más fina.

Andy me alcanzó en la salida.

—¡Espera, Isabel! —La chaqueta verde militar le colgaba abierta sobre la camiseta y llevaba el gorro que le había tejido—. Lo siento —se disculpó mientras se acercaba trotando—. De verdad. Mira, llevo tu gorro.

Se tocó la cabeza e hizo el símbolo de la paz.

—Estupendo.

Andy le dio un golpecito a un paquete de cigarrillos que llevaba y me ofreció uno.

—¿Quién dices que es este tipo? —le pregunté, y él me encendió el cigarro con su Zippo plateado.

—¿El profesor? R. H. Connelly.

—Sí, eso ya lo sé, pero ¿quién es, aparte de eso?

—¡Vale, vale, no te enfades! Es poeta. Escribió un par de libros en los ochenta. Cambia de género a menudo y vendió mucho. Creo que publicó una novela no muy buena. —Se metió la mano bajo el gorro y se rascó la cabeza—. Creo que salió en la portada de la revista *Time* o algo así, y luego desapareció por completo. Siempre me he preguntado qué había sido de él.

—Se está encargando de las reuniones del consejo escolar en White River Junction.

—Lo sé, por la cara. Escribía muy bien, de veras. —Hizo una pausa para dar una calada larga—. ¿Cómo acaba un tipo así trabajando en un periódico de pueblo?

—Los escritores tienen que ganarse la vida. ¿No ha dicho algo así?

Andy se encogió de hombros.

—En fin, resulta que es buen amigo de Joanna y de Tom. No sé cómo no me enteré. Ah, y está casado con Roxanne Stevenson.

—Anda.

Roxanne Stevenson era profesora en el departamento de Historia, especialista en historia británica. Nunca había asistido a clase con ella, pero mi madre y yo solíamos verla en documentales televisivos de la familia real. La había visto hacía poco en un informativo, durante las vacaciones, en una de las tropecientas retrospectivas sobre la vida de Lady Di.

—Anoche vi a Zev Niederman en Ágora —me comentó Andy, y el repentino cambio de tema me mareó—. Te juro que no le dije nada, pero me sacó el tema.

—Andy, no quiero hablar de ello.

—Nadie de su cuarto quiere hablar con él. Todo el mundo sabe lo que hicisteis Debra y tú y ahora lo tratan como a un paria. Me siento un poco mal por el chico, la verdad.

—Andy…

—Dijo que se sentía muy confundido por lo que pasó y que quiere hablar. Si te digo la verdad, Isabel, creo que igual está obsesionado contigo.

—Adiós, Andy —le corté, tiré el cigarro en la nieve y le di la espalda. El viento se levantó y me cerré más el abrigo alrededor de la cintura. Detrás de mí, Andy aún me hablaba, pero no me di la vuelta.

CAPÍTULO 5

Cuando era pequeña y mi madre estaba bien, solía organizar cenas en nuestro apartamento. Colocaba una mesa larga en diagonal en el salón, la cubría con un mantel grueso de color marfil, tapaba los muebles con paños y atenuaba la luz para que no se notara tanto el mal estado de la pintura. Luego ponía la mesa con nuestra «mejor» vajilla (no sé cuán buena sería, pero era distinta a los platos que usábamos todos los días), copas de cristal grueso y servilletas de tela. No estaban muy parejas, ya que con los años se habían ido rompiendo piezas, o quizá fuera que nunca tuvimos un juego completo. No recuerdo qué cocinaba, quién venía ni de qué hablaban. Lo único que recuerdo es que mi madre transformaba nuestro hogar en algo hermoso, al menos durante una noche. Por la mañana, el hechizo se rompía.

La mayoría de los negocios como el Rosen's eran familiares, pero mi madre dejó claro que la tienda era de Abe y que no quería tener nada que ver con ella. El matrimonio de mis padres siempre me había resultado una incógnita, pero no aquello. Con el tiempo me daría cuenta de la carga que suponía para Abe y para mí, que decidí ayudar de la misma forma en que lo haría una esposa, pero en aquel entonces tenía sentido. Mi madre era artista y su obra siempre era lo primero.

Cuando volvía a casa del colegio, a menudo me la encontraba de pie frente al caballete, todavía en bata, con el pelo sucio y los platos del desayuno sobre la mesa. Se pasaba todo el día absorta con la misma esquina del lienzo. De pequeña, me ponía un caballete de mi tamaño junto al suyo y yo intentaba ver el mundo como ella, en colores, formas y trazos de luz. Pero, por mucho que lo intenté, nunca fui capaz. Más tarde, cuando empecé a escribir, le oculté mi trabajo porque pensaba que no era arte, o al menos no como ella lo definía. No era tortuoso ni difícil, no me producía dolor.

En el tablón de anuncios de la residencia había un póster que veía todos los días al entrar y al salir, un mensaje de esperanza para quienes pensaban en quitarse la vida: «No tomes decisiones permanentes para hacer frente a sentimientos temporales». Las palabras flotaban sobre el dibujo de un árbol que me recordaba a una serie que había pintado mi madre y le había vendido a nuestro dentista a cambio de alguna factura. Pintaba ese árbol a menudo, el único que veíamos desde la ventana del salón. Era un arbolito mustio, descuidado y poca cosa, rodeado de latas de cerveza y mierdas de perro, pero en los cuadros de mi madre siempre estaba en otro lugar, como un campo rodeado de flores silvestres o junto a un arroyo de montaña. Parecía buscar algo en su obra, una vida más allá del Rosen's Appetizing y del Lower East Side. Buscaba una forma de escapar. No había sido la primera artista en hacerlo.

Cuando volví el viernes por la tarde, Kelsey y Jason estaban en nuestra habitación. Kelsey trabajaba en el escritorio y sus dedos volaban sobre el teclado de su iMac turquesa mientras que Jason leía *Corre, conejo* tirado en el sofá. Sarah McLachlan sonaba despacio en el radiocasete.

Jason se enderezó para hacerme hueco.

—¿Dónde estabas? —me preguntó Kelsey con la vista aún puesta en el ordenador. Se había sentado sobre una pierna y, desde donde yo estaba, parecía que le salía de la raja del culo.

—En el mostrador de información.

—¿En serio? —Se sorprendió y se dio la vuelta—. No sabía que trabajaras hoy.

—Necesitaban que cubriera un turno extra. Ramona tenía dolores menstruales.

Kelsey se volvió hacia su ordenador. Yo saqué un cigarro y Jason me pasó la tapa del bote de mantequilla de cacahuete que usábamos como cenicero. Odiaba que fumara (siempre me hablaba de una abuela que había tenido cáncer de pulmón), pero no me dijo nada. Así era Will: cariñoso y halagüeño, simpático todos los días del año. Mi madre lo habría llamado «hombrecito de mazapán».

—No te he preguntado cómo te fue en el seminario de Maxwell —me dijo, y Kelsey dejó de teclear.

—Estuvo bien —le respondí—. ¿Sabes que no está dando clase?

—Creo que lo sabe todo el mundo.

—¿El qué? —preguntó Kelsey, volviéndose de nuevo.

—Que la profesora Maxwell no da clases este semestre —explicó Jason—. Ella y el profesor Fisher están en proceso de divorcio.

—¿Esa es la pareja con la niña tan mona y la casa en June Bridge Road? —inquirió Kelsey, a lo que Jason asintió—. ¡Ay, qué pena! —añadió antes de volver al teclado.

—¿Conoces al sustituto? —le pregunté a Will.

—¿R. H. Connelly? Sí, he leído cosas suyas. Sus poemas son buenísimos, y escribió una novela muy loca que la gente detestó, aunque a mí no me disgustaba. Siempre he querido saber qué fue de él. Es más, creía que se había suicidado. —Pensé en la cicatriz que tenía el profesor en la mano—. ¿Cómo está Andy?

Kelsey gruñó.

—¿Qué pasa? —preguntó Will.

—Que odia a Andy —le respondí.

—Pero si tú no odias a nadie, cielo.

Kelsey se volvió de nuevo en nuestra dirección.

—Vale, no me cae bien. Es pretencioso y te trata como una mierda.

—Mentira —repuso Jason—. No siempre.

Jason y Andy eran coeditores de *El Farolero*, la revista literaria de Wilder. Tenían una rivalidad cordial, aunque últimamente Andy le había estado dando la lata a Jason para que se matriculara en Derecho. Lo cierto era que los padres de Jason toleraban que estudiara Filología (un caballero debe ser culto), pero esperaban que fuera abogado como su padre, y Jason era demasiado bueno para oponerse.

—Eso sí, tiene un pelo estupendo —apunté—. Al césar lo que es del césar.

—Sí —dijo Kelsey con tristeza, que empezó a darle vueltas a un mechón de su fino pelo rubio—. Te doy la razón. Oye, ¿vienes a Gamma Nu esta noche?

La miré sin comprender.

—La fiesta de invierno en la playa. ¿Te acuerdas? La celebran todos los años.

—Es verdad —respondí.

Cada enero, la fraternidad de Jason, Gamma Nu Alpha, llenaba de arena la primera planta de su edificio y ponía los calefactores a tope hasta que todo el mundo sudaba y las chicas se veían obligadas a quedarse en sujetador. Siempre había muchos sombreros de paja y camisetas hawaianas. El año anterior, el suelo estuvo a punto de derrumbarse por el peso de la arena, pero me habían dicho que lo habían reforzado. Yo no era muy partidaria de las fraternidades y la devoción de Jason por Gamma Nu me parecía irritante y fuera de lugar, pero las fiestas estaban bien. Para ser en Wilder, Nuevo Hampshire, un pueblo con un solo bar, no era poca cosa.

—Bo Benson va a ir —apuntó Kelsey.

—Kelsey.

—¿Qué?

—Para ya con lo de Bo Benson.

—¿Por qué? Le gustas. ¿A que sí, J? Además, es mono y muy simpático.

—Sí, tienes razón, pero piénsalo: ¿crees que yo saldría con alguien como él?

Jason miró el reloj.

—Tengo que irme, cielo.

Se levantó y puso las manos en los hombros de Kelsey, que se giró y le dio un beso rápido. Yo aparté la vista, ya que no quería que me vieran admirando su intimidad sencilla y despreocupada. Kelsey y Jason llevaban juntos toda la vida (o lo que parecía toda una vida, desde la primera semana del primer año), así que estaba acostumbrada a compartirla. Siempre supe que Kelsey no me necesitaba tanto como yo a ella.

Debra entró cuando Jason se iba.

—Eh, que no tenéis que iros porque venga yo. Puf, ¿tenemos que escuchar siempre esta música de chica triste?

Me la llevé al cuarto y Kelsey acompañó a Jason escaleras abajo.

—He tenido la reunión con el decano Hansen —le comenté—. ¿Dónde estabas?

—Ah, es verdad —respondió, dejándose caer en la cama—. Se me había olvidado. ¿Cómo ha ido?

—Ha sido un asco, pero me dijo que lo iba a dejar estar.

—¿Ves? Te lo dije.

—Me dio la tarjeta de la doctora Cushman, en caso de que «necesite a alguien con quien hablar».

Me saqué la tarjeta del bolsillo y se la di a Debra.

—La puta doctora Cushman. —Estudió la tarjeta por un instante y me la devolvió—. Me pregunto a cuántas chicas habrá enviado allí. Mano de santo, vaya. ¿Te acuerdas de Elizabeth McIntosh?

Asentí. Elizabeth McIntosh era la típica chica alta y delgada del instituto (Kelsey la conocía de los veranos en Quogue) y estaba en su último año cuando nosotras estábamos en segundo. Durante más de un año la vimos bajar las escaleras del despacho de la doctora Cushman dos o tres veces por semana. Estaba claro que tenía un trastorno alimentario bastante grave, aunque, por aquel entonces, ese tipo de cosas me parecían lo más. Una semana antes de graduarse se la llevaron en ambulancia. El revuelo que se armó fue tan grande y el campus tan pequeño que la gente seguía hablando del suceso casi dos años después. Según Kelsey, Elizabeth estaba mejor, pero no era que fuera precisamente el ejemplo más claro de la destreza clínica de la doctora Cushman.

—¿Cómo está Reinhard? —le pregunté y me tumbé a su lado. Debra había pasado las dos últimas noches con Reinhard, un estudiante alemán de posgrado que nos había traído pizza a la habitación antes de las vacaciones.

—Es un grano en el culo. Ya entiendo por qué mi madre me advirtió sobre los alemanes.

Kelsey asomó la cabeza y le preguntó a Debra si iría a la fiesta playera de Gamma Nu.

—No —respondió Debra, e intuí hacia dónde se dirigía la conversación. Doblé la tarjeta de la doctora Cushman hasta convertirla en un cuadradito y las escuché discutir, primero sobre el sistema griego universitario y lo que Debra catalogaba como su «influencia destructiva en la vida del campus», y luego sobre a quién le tocaba limpiar el baño. Intervine un par de veces, le recordé a Debra cuánto se había divertido la última vez que fuimos a Gamma Nu (convencimos al DJ para que pusiera a Björk toda la noche) y le dije a Kelsey que Debra había limpiado el baño la última vez, si bien es cierto que había hecho un estropicio. Quitando eso, me quedé escuchándolas en segundo plano. El ruido de la discusión me resultaba reconfortante.

Llevé la vista a una foto de nosotras que había sobre la cómoda. Nos la echaron en otoño del primer año, al poco de conocernos. Formábamos un trío de lo más inusual: Kelsey, alta y rubia, con un polar de Patagonia y gafas redondas de carey; Debra, ancha, con mucho busto y el pelo oscuro y espeso cortado a la altura de la barbilla, de modo que la cabeza le flotaba sobre el cuello como un triángulo; y yo, la más pequeña, de pie entre las dos, engullida por mi falda larga y mi jersey enorme. Pasé frío todo ese año, ya que mi cuerpo se estaba adaptando al clima del norte y a la forma en que te calaba los huesos como una enfermedad. Debra me dijo que, la primera vez que me vio, había pensado que era ortodoxa.

Mi madre solía advertirme sobre los grupitos así, pero nunca había tenido unas amigas como ellas. Las del instituto eran más brutas y mezquinas, con esa desesperación inherente de quien lo tiene difícil. Debra y Kelsey desprendían un amor y una seguridad que no dudaban en compartir conmigo. Me traían sopa cuando estaba enferma y me sujetaban el pelo cuando vomitaba. El año anterior habíamos ido a Jamaica durante las vacaciones de primavera y me habían ayudado a pagarme el viaje. Me dijeron que no les suponía un esfuerzo y que no se habrían ido sin mí.

—Chicas —las interrumpí cuando su discusión alcanzó el punto álgido—, ¿hoy no es noche de chili?

—¿Es viernes? —preguntó Kelsey, y Debra asintió—. Sí, entonces hoy toca.

Me levanté y tiré la tarjeta de la doctora Cushman a la basura.

—Pues venga, vámonos.

Y eso hicimos.

CAPÍTULO 6

La puerta del despacho del profesor Fisher estaba abierta cuando llegué, pero llamé de todas formas. Él me hizo un gesto para que entrara.

—Isabel, siéntate. Ya casi he terminado con tus páginas. ¿Quieres uno?

Me tendió una bolsa de caramelos Starburst. Me llevé un puñado y me senté en el sofá de cuadros desteñido junto a una torre de carpetas manila. Había pilas iguales por todo el despacho: en la silla rota de la esquina, en los estantes abarrotados junto a la puerta. Había ido corriendo por miedo a llegar tarde, pero me di cuenta de que no había necesidad. El profesor Fisher (o Tom, como insistía en que lo llamara) no parecía saber qué hora era. Saqué un caramelo del envoltorio y esperé a que terminara de leer las páginas que le había dejado la semana pasada.

El despacho de Tom, en la segunda planta de Stringer Hall, estaba un poco más abajo que el de Joanna Maxwell. Igraine solía sentarse en el pasillo entre los dos y se ponía a colorear o a escribir en un cuaderno negro, pero ese día no estaba allí. El ventanal tras el escritorio de Tom daba a la zona verde del campus, y la media docena de plantas que tenía en el alféizar eran tan frondosas y estaban tan descuidadas que parecía que trabajaba en una jungla en miniatura. Había un póster de César Chávez en la pared, junto a un cartel que promocionaba el ya desaparecido Comité de Acción Política de la Uva de Wilder. La habitación apestaba a tabaco. Tom se liaba sus propios cigarros, un ritual que repetía varias veces durante nuestras reuniones semanales para hablar de mi trabajo de fin de estudios, un estudio literario de los espacios domésticos en *La edad de la inocencia* de Edith Wharton.

—¡La leche! —exclamó Tom cuando terminó de leer. Su voz era potente como una sirena. Era una de las muchas cosas que me gustaban de él, además de sus jerséis andrajosos, su barriga y su ojo izquierdo, ligeramente vago—. Va tomando forma, ¿no crees?

—Bueno, no sé.

—He de admitir que me preocupaba un poco, pero esto es otra cosa. Me gusta cómo recuperas el darwinismo: «La sociedad de Wharton es un ecosistema construido con esmero, y la condesa Olenska, la enfermedad a desterrar». —Su rostro se torció en una sonrisa y yo no pude evitar sonreír también. No tenía ni idea de si mi trabajo de fin de estudios iba a alguna parte o no; me limitaba a echarle cinco páginas a Tom en el buzón todas las semanas y a esperar su veredicto—. ¿Qué es lo próximo?

Le hablé de la sección en la que estaba trabajando sobre la iconoclasta señora Mingott, abuela y defensora más acérrima de Ellen Olenska, que escandaliza a la sociedad neoyorquina al vivir por encima de la calle 34 y tener su habitación en la planta baja. Esta disposición era, cuanto menos, inusual en la vieja Nueva York, ya que desde la sala de estar se podía captar «la inesperada visión de un dormitorio». Dicha distribución, escribió Wharton, «nos recuerda a escenas de la ficción francesa» al facilitar «un escenario para el adulterio».

—Genial —dijo Tom, se acercó el papel de liar—, pero ¿cuándo vas a hablar del dinero? Lo mueve todo, aunque nadie quiera hablar de él y sea un tema tabú. Odian a los *nouveaux riches*, pero los necesitan para sobrevivir. Ahí está la gracia: Nueva York siempre ha sido una sociedad comercial. Su posición aristocrática no viene de sangre, sino por el dinero, aunque fingieran lo contrario. —Roció el tabaco en el espacio vacío del papel y lo cerró con la lengua.

Cuando empezamos a trabajar juntos, a Tom no le gustaba Wharton. Había desestimado en gran medida su trabajo por su conservadurismo social y su riqueza y había aceptado ser mi tutor a regañadientes. Desde entonces, sin embargo, había desarrollado cierto afecto por ella, lo que me tomé como un gran cumplido. También yo aprendí mucho de él. Siempre me había gustado la novela de Wharton sobre el amor condenado en la vieja Nueva York, pero Tom me había llevado a indagar en las fuerzas sociales que se agitaban bajo la superficie.

—Creemos que nuestra historia es personal, pero todos somos productos de nuestro tiempo. Sigue así, Isabel. Sé que puedes hacerlo. —Me devolvió las páginas, se encendió el cigarro y le dio una calada—. ¿Cómo va el seminario de ficción?

—De momento, bien.

—Connelly es un viejo amigo mío. Le hablaré bien de ti.

Volvió a sonreír y recordé lo que Andy me había contado sobre el divorcio, la forma en que había insinuado algo tan ominoso. Tom, sin embargo, parecía el mismo de siempre, igual de sociable, y me alegró pensar que quizás Andy se equivocara.

—Muchas gracias —le respondí—. ¿Nos vemos la semana que viene?

—En realidad, Isabel... ¿Tienes un minuto? Quería comentarte otra cosa. —Tom dejó el cigarro en el cenicero. Una ráfaga de viento sacudió la ventana—. Creo que ya no hace falta que nos veamos cada semana. Vas bastante bien y, bueno, yo estoy pasando por una mala racha en casa. No sé si te habrás enterado, pero Joanna y yo nos vamos a divorciar.

No supe qué responderle. Di por hecho que los profesores sabían que cotilleábamos sobre ellos, pero no sabía si debía reconocerlo.

—Podría decirle al departamento que te asignase a otro tutor —continuó—, pero no creo que haga falta. Seguiré dándote el visto bueno a lo que me mandes, así que no debería afectar a tu progreso. Y, por encantadoras que resulten estas reuniones, no creo que sean del todo necesarias.

Asentí, aunque a mí me parecían vitales. En cualquier caso, comprendí por qué Tom no quería pedirle al departamento que me asignara a otro tutor: preguntar al departamento era preguntarle a Joanna.

—Lo siento mucho —añadió—. Nada de esto es culpa tuya. ¿Cómo se dice? ¿Daños colaterales? —se rio—. Joanna y yo llevamos juntos más de veinte años, así que sí, hemos tenido una buena racha. Veinte años. Madre mía, me siento viejo diciéndolo. Durante todo este tiempo, siempre hemos podido hablar el uno con el otro, ¿sabes? Hablar *de verdad*. Algunas parejas pierden esa capacidad, pero nosotros no, pese a *todo*.

Subrayó la palabra con tanta intensidad que pude sentir su peso en cada rincón de la habitación.

Tom volvió la cara hacia el ventanal y yo desenvolví otro caramelo. Fuera, unos cuantos estudiantes andaban encorvados por el césped para protegerse del viento.

—La cosa se puso difícil cuando la carrera de Joanna despegó. No paraba de viajar, aunque estaba muy orgulloso de ella. Cuando quiso que nos mudáramos a Nuevo Hampshire, le dije que sí, aunque eso afectara a mi carrera profesional. Mi carrera —se mofó—. Menudo chiste.

Se miró las manos y me di cuenta de que aún llevaba el anillo de casado.

—¿Tus padres están divorciados, Isabel?

—¿Los míos? No.

—Eso es bueno. Creo que todo esto le está costando a Igraine. Pobrecilla. La que quería una niña era Joanna —apuntó, como si yo hubiera sugerido lo contrario—. La gente decía que las cosas cambian después de tener un hijo, y pensé... bueno, eso es porque no conocen a Joanna. No nos conocen.

El cigarro seguía apoyado en el cenicero, convirtiéndose poco a poco en ceniza, pero lo levantó y le dio una calada temblorosa.

—Pasamos por muchos baches para tenerla, pero no la cambiaría por nada. Igraine es la luz de mi vida. Más aún: lo es *todo* para mí. —De nuevo esa palabra—. ¿Tu madre trabaja?

—¿Mi madre? No, la verdad. Era artista.

—¡Anda! Entonces ya sabes cómo va la cosa. Estar casada con un artista significa que todo el tiempo y la concentración van dirigidos al acto creativo. —Su voz, fuerte de por sí, se elevaba cada vez más—. Entendía ese empeño, pero cuando tienes un hijo, todo cambia. El tiempo que antes teníais el uno para el otro desaparece. El trabajo siempre es lo primero. Tú lo sabes, vaya, pero mientras tanto, tienes a esa personita y alguien tiene que criarla y llevarla al pediatra y asegurarse de comprarle botas. Alguien tiene que despertarse con ella cuando tiene una pesadilla y hornearle un bizcocho por su cumpleaños. La gente dice «ah, eso es lo que hacen las madres. Un *padre* no se ocupa de esos asuntos». —Su voz era enérgica, burlona, cantarina—. Me entiendes, ¿no?

Asentí, pero... ¿qué sabía yo? Nunca me había considerado una carga para mis padres, como tampoco lo era una planta de interior o un pez de colores, si bien Abe siempre sentía que tenía que cargar con todo, y yo era parte de lo que estaba dispuesto a soportar.

Tom seguía hablando, aunque más bien gritaba. Me pregunté si la gente le oiría desde el pasillo.

—«Tom, ¿puedes llevarla a casa de tu hermana el fin de semana? Tengo que terminar este capítulo. Tom, ¿puedes llevarla al parque? Necesito tiempo para preparar la conferencia». Yo le conseguí los premios y las novelas, a costa de *mi* carrera. ¿Y ahora quiere quitármelo todo? —Dio un puñetazo en el escritorio y al suelo cayó una lluvia de envoltorios de caramelos. Las plantas detrás de él oscilaron, sacudidas por la fuerza de su rabia. Y entonces, tan pronto como había empezado, terminó.

Las campanas del reloj de la torre comenzaron a sonar y dieron las doce. Si no salía pronto, llegaría tarde a mi próxima clase. Tom se acercó el cigarro, que ya no era más que una columna de ceniza, y le dio una última calada antes de apagarlo.

—¿Por qué no quedamos para vernos dentro de, digamos, un mes? Mientras tanto, puedes seguir dejándome páginas en el buzón. Por cierto, Isabel, ¿podrías informar a Amos Jackson de mi situación? Creo que sigue en el norte.

Amos era el otro alumno al que tutorizaba, pero no lo conocía bien y no sabía cómo iba a transmitirle todo aquello.

Salí al pasillo temblorosa e inquieta. No era la primera vez, ni sería la última, que veía a un hombre perder los papeles de esa forma, aunque sí era la primera vez que me sentía parte del problema, aunque no fuera conmigo. Tom habría tenido esa rabieta (porque al final no era otra cosa) estuviera yo allí o no. Algunos estudiantes deambulaban por los pasillos. Holly y Alec estaban sentados juntos en el suelo con la cabeza sumergida en un ejemplar de *Vanity Fair*, y me llamaron por mi nombre cuando pasé por delante. Si habían oído el arrebato de Tom, no parecía haberles molestado. Bajé el ritmo delante del despacho de Joanna Maxwell, que tenía su nombre grabado en dorado sobre la puerta de cristal traslúcido. Pegado a ella había un horario de sus clases del semestre anterior, una postal en blanco y negro de Virginia Woolf y un par de viñetas de *The New Yorker*. En una esquina bajo su nombre había una pequeña nota. *De excedencia en invierno de 1998. Para cualquier cuestión, pónganse en contacto con Mary Pat Grimaldi.*

La biblioteca estaba más concurrida la segunda semana del semestre. La sala de lectura se estaba llenando, pero aún no estaba completa. Vi a Whitney atrincherada detrás de una pila de libros, arrastrando con pereza un subrayador amarillo por las páginas de un artículo. Me hizo un ademán para que me acercara, pero me señalé el reloj y seguí avanzando.

Me detuve frente a los ficheros, abrí uno de los largos cajones y hojeé las tarjetas hasta que encontré la que buscaba: CONNELLY, R. H., 1958. El fin de semana había leído el artículo de la revista *Time* del que me había hablado Andy. El profesor Connelly no aparecía en portada, pero sí en un artículo sobre escritores contemporáneos que estaban «reformando el panorama de la poesía estadounidense». Era uno de los varios poetas que presentaban, en su mayoría hombres blancos y guapos de entre veinte y treinta años que habían dado la espalda al espíritu de los años ochenta de enriquecerse a toda costa y habían optado por escribir poesía. «Los lectores», continuaba el artículo, «en su mayoría mujeres jóvenes, responden positivamente». Uno de los poetas, graduado de Princeton y antiguo miembro de una academia militar, posaba en la foto montado en un tractor en su rancho de Montana. Otro, con el pelo largo y negro hasta los hombros, estaba sentado al volante de un Mustang del 67 aparcado en un callejón lleno de grafitis. En su foto, el profesor Connelly salía descalzo, de pie delante de una cabaña en el bosque. Llevaba una camisa de franela y vaqueros, y detrás de él había una pila de leña y un hacha apoyada en un tocón.

Según el artículo, R. H. Connelly nació en una familia católica irlandesa de Nueva Jersey. Su amor por la literatura le distanció de sus padres y de la clase trabajadora: su padre era mecánico de aviones y su madre trabajaba en una cafetería (uno de sus poemas, «La mujer del almuerzo», trataba sobre ella). Se marchó pronto de casa, trabajó como obrero, conductor de tren y camarero mientras escribía poesía. Llegó a publicar dos libros: el segundo, *Siento no poder quedarme más*, que trataba sobre la muerte de su padre, obtuvo excelentes críticas y un premio importante. De acuerdo con el artículo, recibió innumerables cartas de amor e incluso propuestas de matrimonio de lectoras entusiastas. Una joven había llegado hasta su cabaña, donde se retiraba cuando necesitaba paz e inspiración, para demostrarle su amor. «Era una chica dulce, una amante de la poesía y una vieja alma». Pero, como era un caballero, no quiso decir más.

Tarjeta en mano, me dirigí a las estanterías del cuarto piso, donde estaba la sección de poesía. Al término de nuestra cuarta clase, el profesor Connelly había dicho lo siguiente: «Cuando escribes, tienes que llevarte a la gente al armario. No al salón, a la cocina ni a tu dormitorio. No, te los llevas directamente al puto armario, donde guardas tus secretos más profundos e inconfesables». Pensé en la frase mientras me sentaba en el suelo y abría su primer libro, *Un mundo de verde*. Lo hice despacio y con cuidado, como si estuviera pasando la mano por su cajón de la ropa interior.

Aquel primer poemario era tranquilo. La mayoría de los textos eran sobre la naturaleza, la puesta de sol, caracolas marinas y los juegos de luces y sombras de una brizna de hierba. Una vez le dije a Jason que no entendía la poesía, a lo que me contestó: «Eso es porque le estás buscando un significado. Tienes que dejar que la obra te suceda. Olvídate de si la entiendes o no. ¿Cómo te hace sentir?». A medida que leía a Connelly, notaba cómo me aferraba a su significado y buscaba un hilo narrativo que me ayudara a entender la obra, y a él por extensión. Leí todos los poemas una vez, luego respiré hondo y los volví a leer varias veces hasta que me dejé llevar. Dejé que su lenguaje me abarcara y, al cabo de un rato, sentí cómo se retorcía en mi interior como una lombriz.

El segundo libro de Connelly, *Siento no poder quedarme más*, era más corto que el primero, no mucho más grande que una *plaquette*. Me parecía curioso que un hombre tan grande escribiera libros tan finos. La relación de Connelly con su padre había sido tensa. Tenía muy mal genio, era alcohólico y muy competitivo con su único hijo en el peor sentido. Sin embargo, Connelly escribió sobre él desde el cariño. En un poema lo describe de pie sobre el césped frente a su casa, cerveza en mano, viendo despegar aviones. Me recordó a un poema de su primer libro sobre un hombre que observaba una bandada de gansos cruzando el cielo. Había algo triste en ambas imágenes: dos hombres que anhelaban la libertad, fuera de su alcance, y me pregunté si Connelly habría pretendido que cada poema fuera un reflejo del otro. Me dije que se lo preguntaría alguna vez. Había más poemas sobre su padre, uno solo sobre su madre, otros pocos que aludían a su complicada relación con el alcohol y a las muchas formas en que había dirigido el odio a su padre hacia sí mismo. Todo ello lo resumía en una frase: «Sangre, alcohol y mujeres».

Los poemas del libro eran cortos y concisos, salvo por el último, uno sobre la muerte de su padre que ocupaba casi siete páginas. Lo leí deprisa, con avidez, engulléndolo tan rápido que casi se me atragantó. Cuando terminé, volví a leerlo despacio e intenté comprender cómo había hecho para captar algo tan inefable, ese momento en el que se cambia de estado, pero también cómo había conseguido describir el pavor y la fealdad de la muerte con tanta belleza. Sus palabras me devolvieron a los últimos momentos de mi madre, a la habitación del hospital, al incesante pitido de las máquinas y a aquellos olores tan atroces y abominables. Mi madre, aterrorizada, desesperada y cegada por el dolor. «Esto no puede estar pasando», repetía Abe, como si su opinión sirviera de algo, como si el mundo tuviera sentido.

Hacia el final del poema, Connelly se pregunta si su padre habría querido que viera cómo su cuerpo se volvía contra él por última vez, de forma tan horrible, y si habría hecho mal en marcharse. Quiere que todo acabe cuanto antes y, cuando sucede, siente vergüenza por haberlo deseado. Fue justo como me sentí cuando murió mi madre, pero nunca se lo había dicho a nadie porque me parecía mal. ¿Cómo no ibas a querer pasar los últimos instantes con la persona que quieres? Pero ahí estaba Connelly, no solo hablando de ello, sino también dejándolo por escrito. Es verdad lo que nos decía en clase: se puede escribir de cualquier cosa y decir cualquier cosa. No había normas, y ese poema era el claro ejemplo. Una vez leí que escribir es como tener una conversación con un lector invisible, y así me sentí al leer su poema. Era como si lo hubiera escrito para que yo lo leyera algún día sentada en el suelo de una biblioteca de Nuevo Hampshire, para que atravesara el tiempo y el espacio y me hablara directamente a mí.

Cerré el libro y estudié la foto del autor. Connelly miraba fijamente a la cámara, como si la retara a que le hiciera una foto. Tenía el pelo más oscuro y la cara más rellena, pero por lo demás estaba igual. Es más, puede que estuviera más guapo entonces. Debajo de la foto, en letras minúsculas, estaba el nombre de la fotógrafa: Roxanne Stevenson. Miré en todas direcciones antes de quitar la sobrecubierta y arrancar la foto. Me la guardé en el bolsillo del abrigo y bajé las escaleras.

Roxanne Stevenson era antigua alumna de Wilder y formaba parte de la primera promoción de mujeres graduadas. Había escrito siete libros, todos ellos publicados en editoriales académicas con un intervalo perfecto de dos años entre cada uno. Se había especializado en la corte de los Tudor y se la conocía especialmente por haber reinventado la figura de Ana Bolena desde un enfoque feminista: no la presentaba como una astuta *femme fatale*, sino como víctima del acoso y del derribo sistemático de su reputación por parte de Enrique y la corte. En los agradecimientos de su libro más reciente mencionaba a R. H. Connelly, a quien le daba las gracias por su «generoso y necesario apoyo».

Junté todos los libros de Roxanne, examiné su foto en cada uno, y pude trazar su transformación de académica joven y lozana a mujer de mediana edad. En las primeras fotos llevaba un corte bob por la barbilla que le acentuaba la línea de la mandíbula, y en la más reciente tenía el pelo mucho más corto. Sin embargo, sus ojos seguían siendo los mismos, firmes y concentrados, algo pequeños para su rostro, con unas cejas oscuras que le cruzaban la frente como una raya hecha con rotulador. Vestía ropa de un solo color, americanas, jerséis de cuello alto y una camisa blanca con el cuello abierto.

—Mírala —recuerdo que me dijo mi madre una noche mientras veíamos la televisión en miniatura a los pies de su cama. Yo tendría unos once o doce años—. Va a salir en la tele, por Dios bendito. Cualquiera le diría que se pintara un poco los labios. ¿Esa chaqueta? —Señaló la televisión con el cigarro—. Una mezcla de poliéster barata. Te das cuenta, ¿no?

Asentí mientras mi madre se llevaba el cigarrillo a los labios y le daba una calada larga y lenta.

Me acerqué al televisor y observé a Roxanne mientras parpadeaba en la pantalla, ya no escuchando lo que decía, sino estudiando la inclinación de su nariz y la forma en que se curvaba al final, la piel oscura bajo sus ojos, los poros abiertos de sus mejillas. Noté cómo me observaba mi madre. Me estaba enseñando a buscar belleza y, aunque nunca sería una experta como ella, me di cuenta de que Roxanne no era guapa. Me acurruqué junto a mi madre, estudié su cuello largo, sus ojos hundidos y su delicada estructura ósea mientras me acariciaba la mejilla y buscaba la belleza, como si fuera algo subterráneo, oculto bajo la superficie como un bulbo en invierno.

Saqué la foto de Connelly que llevaba en el bolsillo y la sostuve junto a la de Roxanne. Kelsey siempre decía que el nivel de atractivo en las parejas «estaba bastante igualado», pero no era el caso de Connelly y Roxanne. Aunque aún no comprendía qué atractivo encontraban los hombres en las mujeres además de la belleza, sí que pude ver que Roxanne no era guapa y Connelly sí; guapo, una cualidad que nunca había advertido en un hombre. Intenté imaginármelos a los dos juntos, el pelo oscuro de Roxanne en la cara de Connelly, las manos de él abriéndole las piernas como un libro. La luz que había sobre mí se apagó y me levanté, dejando los libros amontonados en el suelo.

CAPÍTULO 7

P asé por encima de los abrigos y las mochilas esparcidos por el suelo del aula 203 y me deslicé en mi asiento, frente a las ventanas. El profesor Connelly ya estaba sentado y escribía algo en un bloc de notas amarillo. Llevaba un chaleco polar negro sobre la camisa de botones y parecía que se había cortado el pelo. Me gustaban esos momentos intermedios en los que podía sentarme y estudiarle, empaparme de cada detalle suyo como si fuera a caer en un examen. Observé cómo se acariciaba el hueco entre su labio y su nariz y me pregunté si sería más grande o más pequeño que la punta de mi dedo índice.

—Bueno, clase —anunció cuando Ginny entró corriendo—. Bienvenida, Ginny. Vamos a empezar con el relato de Isabel. Recordad que primero decimos lo que nos gusta y ya luego hablamos de lo que se podría mejorar. Por cierto, empezar una intervención con un «sin ánimo de ofender» no os da carta blanca para decir lo que queráis. —Miró directamente a Alec, que se encogió de hombros como si la cosa no fuera con él.

Nos reímos todos, incluido Connelly. Habíamos congeniado muy bien en apenas tres semanas de semestre. Me gustaba cómo nos hablaba, como si fuéramos iguales. Cuando se reía de algo que decíamos (una vez fue por algo que dije yo), parecía hacerlo con honestidad.

Hubo mucho ruido de papeles en la mesa cuando empezaron a sacar copias de mi relato. Algunas estaban arrugadas y con anotaciones, y otras, totalmente en blanco. La de Ginny estaba tan impoluta que se notaba que no se lo había leído. Me limpié las manos en la falda e intenté respirar con calma. Estaba ansiosa por saber qué pensaba la gente; había intentado escribir como Connelly nos decía, sin tapujos, sin corregir, sin filtros, escribir como si nadie nos mirara. La única persona a la que imaginaba vigilándome era a él, sonriendo ante algo que había escrito, quizás incluso conmovido. Me imaginaba su rostro, serio y pensativo, y sus manos rozando las páginas, lamiéndose un dedo para pasarlas.

Mi historia transcurría en los años cincuenta en una comunidad de bungalós en las montañas de Catskill. La protagonista era Miriam, una niña de doce años de Brooklyn. Sus padres eran judíos que habían escapado de Polonia durante la guerra. A pesar de los detalles históricos, el relato iba sobre mí y un viaje que hice con mis padres cuando tenía doce años para visitar a Leon, el hermano de Abe, y a su familia en la casa del lago. Nunca viajábamos todos juntos (el trabajo de Abe no lo permitía) y no sé cómo consiguió escaparse esa semana o por qué mi madre accedió a ir, ya que no soportaba a la mujer de Leon, mi tía Fanny, que tampoco la aguantaba a ella. Además, mis padres odiaban Catskill. A mi madre le parecía cutre y deprimente. «Demasiados judíos», decía Abe. Lo que mejor recuerdo es el viaje en sí, siete días en los que nos comportamos como una familia normal, haciendo el tipo de cosas que pensaba que hacían las familias normales.

Esa semana aprendí a nadar en el lago que lindaba con la propiedad. Me pasé todo el día compitiendo con mis primos, Celia y Benji, y nadamos hasta el muelle que marcaba el final de la zona de baño. Cuando llegábamos, nos subíamos y saludábamos a nuestras madres en la orilla. Mi madre casi parecía encajar con el resto de las madres de la playa, ya que limpiaba narices, repartía bocadillos y servía limonada en vasitos de papel como las demás. Al igual que la refugiada polaca en la que la había convertido, mi madre siempre se había sentido un poco extranjera, pero aquella semana parecía feliz, y vi cómo podría haber sido su vida si hubiera tomado otro rumbo.

El motivo por el que mi madre estaba tan contenta aquella semana, el motivo por el que había aceptado ir a casa de Leon y Fanny, era que pensaba dejar a mi padre cuando regresáramos. Pero, al volver, se enteró de que tenía cáncer, así que no tenía sentido. Me lo dijo más tarde, mucho más tarde, en su habitación del hospital, mientras Abe se tomaba un café en la planta baja, cuando se estaba muriendo y me contaba cosas que yo no quería saber. Pasara lo que pasara, mi familia iba a cambiar por completo después de esa semana, y Abe y yo nos quedaríamos solos. Creo que si le di un contexto histórico tan concreto al relato fue no solo por miedo a que no se sostuviera, sino porque quería que algo atormentara a mis personajes. En el caso de Miriam y sus padres era la guerra; en el mío, el cáncer. Aunque por aquel entonces no lo sabíamos, cada vez que pensaba en esa semana me acordaba de la enfermedad de mi madre. Muchos de mis recuerdos felices estaban así, a la sombra de la enfermedad y la decadencia.

En la escena final, Miriam pasa la última noche en el lago durmiendo en el porche con mosquitera junto con sus primos. Su tía la arropa, le trae un plato con galletas y le acaricia el pelo mientras les lee un cuento. Miriam levanta la vista y ve a su madre en el umbral de la puerta. Se siente culpable de que todo le guste tanto (los primos, las galletas, el lago, el tacto de la mano de su tía), de querer rendirse a ello, de amar un espacio que no se parece en nada a su hogar. O, al menos, eso era lo que había querido transmitir. Estaba a punto de averiguar si lo había conseguido o no.

—Me gusta la descripción de la madre en la playa —intervino Kara desde debajo de su flequillo—. Con el sombrero y el caftán me recuerda a una flor.

—Es como si la hubieran trasplantado a una maceta diferente —señaló Linus, pero nadie le hizo caso.

—El vínculo entre la madre y la hija es muy fuerte —dijo Ginny. Su comentario tan vago me confirmó que no se había leído la historia.

—Me recordó mucho a mi madre —señaló Holly, que procedió a contarnos una historia sobre un viaje que había hecho con su madre a Johannesburgo. Connelly solía pararnos los pies cuando hacíamos comentarios autorreferenciales, pero esta vez no la interrumpió. Llevaba toda la mañana en silencio, repantigado en la silla mientras chupaba el extremo del bolígrafo como si fuera un cigarro. Solía dejarnos que resolviéramos las cosas antes de intervenir él. Tenía muchas ganas de saber qué pensaba de la historia, si le gustaba o si la odiaba. Lo peor de todo sería la indiferencia, sin duda.

Alec levantó la mano, aunque Connelly siempre le decía que no hacía falta.

—¿Cuántos años se supone que tiene Miriam?

—Doce —dijo Holly.

Alec frunció el ceño.

—Da la impresión de ser mayor.

Iba a decir algo más, pero Connelly lo interrumpió.

—Estoy de acuerdo, es una voz madura. —Se sacó el bolígrafo de la boca—. Cuesta creer que quien habla es una niña de doce años.

Quise decir algo para defenderme, pero no se nos permitía intervenir mientras se hablaba de nuestro relato.

—Ahora bien —continuó Connelly, y se incorporó con calma, como un gato que se levanta de la siesta—, creo que es intencionado. Es la voz de alguien que acude al pasado desde la experiencia en lugar de escribir desde ella. Es una elección que ha hecho la escritora y creo que ha sido acertada. Veamos cómo lo hace en la página cinco, por ejemplo.

La clase pasó a la página cinco y Connelly me miró y me guiñó un ojo. Lo hizo tan rápido que casi no me di cuenta. Bajé la vista hacia mis blancas rodillas, que asomaban entre las mallas.

Me senté a escuchar a Connelly hablar sobre la voz y la distancia narrativa y me asombró su capacidad para diseccionar mi escritura: temas, imágenes, alusiones, cosas que no había previsto y que no sabía que estaban ahí. La historia no era muy buena, las motivaciones de Miriam eran confusas y el contexto histórico no se sostenía, pero Connelly ignoró los puntos débiles. En su lugar, sacó a relucir los mejores pasajes. Aseguró que había conseguido «trazar el paisaje emocional de la historia» y, según él, eso era lo único que me interesaba como escritora y lectora: lo que la gente hacía, decía y pensaba cuando no decía ni hacía nada. *Chicas que sentían cosas.* Si antes me había parecido una definición muy pobre, ahora la sentía como un regalo.

—Estás muy callado, Andy —dijo Connelly cuando terminó—. ¿Algo que añadir?

Andy estaba sentado frente a mí y tomaba notas en su cuaderno. Antes de que Connelly se dirigiera a él, se había acercado a Kara, le había susurrado algo al oído y ella había sonreído, como si le hubiera hecho gracia una broma. Los había visto juntos un par de veces haciendo cola en el comedor y caminando por Main Street bajo el mismo paraguas. Andy no había dicho nada en toda la mañana, a pesar de que se había leído el relato porque su copia estaba llena de anotaciones. En el fondo, valoraba su opinión.

—Yo lo veo inconcluso —intervino por fin mientras hojeaba las páginas—. Hay partes muy bien escritas, tal vez un poco ñoñas, pero creo que el mayor problema es que se pega demasiado a la realidad.

—¿A qué te refieres? —preguntó Connelly.

Bajé la mirada. Andy sabía de mi vida a grandes rasgos, aunque le había hablado de mi madre más que a nadie, aparte de a Kelsey.

—No sé —expuso mientras se limpiaba la boca con una servilleta—. Me da que es autobiográfico, y creo que, si la autora hubiera dejado algo más librado a la imaginación, la historia podría haber sido buena.

—¿Crees que no se ha esforzado lo suficiente?

—Exacto. Más que un relato completo, parece un fragmento, un recuerdo. —Andy apartó las páginas—. Por cierto, no deberías empezar nunca una historia describiendo el tiempo. Perdón, es una manía que tengo.

La clase se rio y yo sentí que se me revolvía el estómago. Kara me miró y me sonrió con timidez.

—De acuerdo —dijo Connelly—. Es posible que la autora no haya exprimido la historia al máximo. Hay cosas que yo también me he quedado con ganas de saber. Por ejemplo, ¿qué vida ha dejado atrás Miriam y qué la hace tan diferente de la que encuentra en el lago? La ausencia del padre también me resulta curiosa, aunque me parece una figura benévola. Y es verdad que los detalles históricos también podrían desarrollarse mejor. —Habló despacio y con prudencia, como si estuviera dando marcha atrás a un camión en una calle muy transitada—. Con el tema del tiempo, no estoy de acuerdo en que nunca se deba empezar así, aunque haya mejores formas de hacerlo. ¿Alguna sugerencia, Andy?

—¿Yo? —se sorprendió—. Tendría que darle una vuelta.

—Muy bien. —Connelly se cruzó de brazos—. En mi opinión, el personaje está elaborado al detalle, quizá por ese factor autobiográfico del que hablas. En cuanto al carácter fragmentario... yo diría que es parte de lo que hace buena la historia. Quizá no sepamos todo de la narradora, solo lo justo y necesario. Tampoco hay que explicárselo todo a los lectores; como tales, la autora nos respeta y deja que descubramos los detalles por nuestra cuenta. Fíjate, por ejemplo, en lo que hace al final —dijo, y leyó—: «Una tarde nadé demasiado lejos, más allá de las boyas. Cuando eché la vista atrás, la gente de la orilla parecía diminuta. Mi madre estaba de espaldas a mí y el ala del sombrero le ocultaba el rostro. El agua bajo mis pies era oscura y fría y me pregunté si sería capaz de volver a la orilla. Sentí miedo por un instante, pero me centré en el sonido de mi respiración y en el sombrero de mi madre y me dirigí hacia ella, brazada a brazada, con movimientos firmes. Cuando llegué, apoyé la cabeza en su regazo, y ella se asustó y se levantó de un salto cuando sintió el pelo mojado en el muslo. Ni siquiera se había dado cuenta de que me había ido».

Connelly dejó el papel en la mesa.

—¿Te das cuenta de lo que hace? Este relato, este fragmento —miró a Andy—, nos dice todo lo que tenemos que saber sobre la chica. Es fuerte y adora a su madre, a quien siente de algún modo fuera de su alcance. Es capaz de salir sola de situaciones difíciles. —Se pellizcó el labio inferior con los dedos—. Sabe apañárselas.

»En mi opinión —estudió las páginas como si hubiera algo oculto en ellas—, lo que resuena es la cuestión de qué les debemos a nuestros padres y el significado de entrar de lleno en nuestras propias vidas, decidir qué queremos hacer al margen de lo que nos han ofrecido. Así que, a pesar de los defectos del relato, en el fondo hay una pregunta valiosa y verdadera. ¿Y qué otra cosa esperamos de la literatura?

La clase se quedó en silencio, y yo, atónita. Me había conmovido sobremanera el sonido de mis palabras en su boca. Connelly se volvió hacia la ventana y dio la impresión de que iba a añadir algo, pero inspiró de forma brusca y cambió de tercio.

—Bien, sigamos.

Cuando terminó la clase, recogí mis cosas, y al quitar el abrigo del respaldo de la silla escuché cómo algo se rompía.

—Isabel, espera un momento —me dijo el profesor Connelly.

Le eché un vistazo a mi abrigo mientras él terminaba de hablar con Ramona y me encontré un desgarrón en el forro. Nada que no pudiera arreglarse, pero sentí una profunda tristeza.

Alguien se había dejado un bolígrafo de cuatro colores y me lo metí en el bolsillo cuando Andy y Kara pasaron por delante. Me negué a mirarle a los ojos.

—Toma asiento —me indicó Connelly cuando la clase se vació—. No muerdo.

Me abracé a mi abrigo y me senté cerca de la puerta. Vista de cerca, la cicatriz que tenía en la mano era larga y dentada, dando a entender que se había producido con violencia. Pensé en lo que había dicho Jason sobre un R. H. Connelly que se había suicidado y me pregunté si habría algo de verdad en ello.

—Quería asegurarme de que estuvieras bien —comentó—. Sé que no es fácil encajar las críticas por algo en lo que has trabajado tan duro, y es evidente que te has dejado la piel.

Asentí y se me llenaron los ojos de lágrimas. Me sorprendió y traté de contenerlas, pero eso solo hizo que salieran más rápido.

—Mierda —dije—. No sé por qué estoy llorando. Ni siquiera estoy molesta.

Connelly se sacó un pañuelo del bolsillo y me lo dio.

—Mi esposa dice que las mujeres lloran cuando están enfadadas.

—Pero yo no lo estoy.

Me llevé el pañuelo a la nariz. Olía a él, a menta y a humo de leña mezclados con detergente de la ropa.

—Si me lo permites, me gustaría preguntarte algo: ¿los comentarios de Andy te han dado ganas de volver a trabajar en tu historia para mejorarla?

Lo pensé un momento y luego negué con la cabeza.

—No, pues claro que no. Te ha hecho dudar de ti misma y de todo lo que sabes de contar historias, y sabes mucho. La gente quiere echar tu trabajo por tierra porque les han enseñado que la forma de aprender y crecer es mediante la crítica. Pero, si Andy se saliera con la suya, nunca volverías a trabajar en esa historia. Eso hace la crítica: callarnos para que solo los fuertes sobrevivan, disminuir la competencia.

Me sonrió y la rabia que había sentido (porque al final no era otra cosa) se disolvió como hielo en el agua.

—Cuéntame, Isabel —me dijo, apoyando la barbilla entre el pulgar y el índice—: ¿De dónde eres?

—¿Nueva York? ¿Lower East Side?

Mi tono seguía elevándose al final de cada frase, lo que revelaba inseguridad, según Debra. Odiaba cuando me lo decía, seguramente porque tenía razón.

—Ah, es por eso que te encantaba Catskills. A Miriam, quiero decir —añadió con una sonrisa—. Viví allí un tiempo. Bueno, en Brooklyn. No sé si los neoyorquinos de pura cepa lo consideran parte de la ciudad.

—Probablemente no —me reí—. Tengo familia en Brooklyn. ¿Conoce Borough Park? La parte religiosa de mi familia paterna. No los vemos mucho. No somos religiosos. Vamos, mi padre no lo es, dice que no tiene tiempo para la religión porque… ¿siempre está trabajando? Ellos creen que lo único que nos importa es el dinero, y resulta extraño, porque no tenemos mucho.

Las palabras me salían a trompicones, así que me tapé la boca para detenerlas.

—Supongo, entonces, que ambos estamos lejos de casa. —Connelly me devolvió el relato y yo le tendí el pañuelo—. Quédatelo.

Me lo metí en el bolsillo, me puse en pie y levanté una mano cuando llegué a la puerta, haciendo una especie de saludo torpe. Luego salí a toda prisa y casi me choqué con el marco de la puerta.

Las luces de la habitación estaban apagadas cuando volví. Las encendí y oí un gemido procedente de la litera de abajo.

—¿Debra? —Miré el reloj. Eran pasadas las dos.

Debra se puso de lado y se tapó la cabeza con la manta. La habitación olía a ajo y a sudor.

—Apaga la luz, guarra.

Hice lo que me pidió.

—¿Por qué estás en la cama?

—Porque estoy cansada.

—¿Solo eso?

—Sí, solo eso —me espetó—. Tenía que entregar un trabajo y me he pasado toda la noche despierta. ¿Me dejas dormir de una puta vez?

Cerré la puerta con cuidado y me senté en el escritorio. Saqué el relato y me fui a la última página, donde Connelly me había dejado una nota.

Una historia maravillosa sobre las experiencias de la infancia, sobre cómo nos dan forma y descubrimos que hay muchas maneras de vivir. Has sabido capturar con elocuencia y sin esfuerzo la voz de una forastera que quiere entrar, pero algo se lo impide. Me gustaría saber el qué.

Connelly había escrito algo más en la penúltima página, en la parte del relato en la que Miriam ve a su madre de pie en la puerta. Tuve que girar la página para leerlo bien: *Me da que algo aqueja a esta mujer. Una parte de mí se pregunta si va a morir.*

Me abracé a las páginas y me olvidé de Debra, durmiendo en pleno día. Aunque hacía calor en la habitación, estaba temblando, un estremecimiento que empezaba en algún lugar profundo de mi ser. Pensé en la forma en que me había mirado Connelly, como si pudiera ver algo de lo que no me había percatado, la forma en que pronunció mi nombre y el deje de su voz. Me saqué el pañuelo del bolsillo, me lo llevé a la cara y pensé en el aspecto de su mano cuando me lo dio: áspera, irritada por el viento, con el anillo de casado apretándole la piel como una soga.

CAPÍTULO 8

Mis padres se conocieron en el Rosen's. «¿Dónde si no?», me decía mi madre cuando le pedía que me contara la historia. Un día de invierno, había ido con una amiga en busca de un café y Abe quedó prendado de ella. Mi madre, alta y delgada, con el pelo largo, castaño y liso como el de Ali McGraw en *Love Story*, no se parecía a la mayoría de las mujeres que compraban allí. Mi abuela Yetta, la madre de Abe, la llamaba «guapita de cine», aunque no sabían si lo decía como un cumplido.

Abe tenía cuarenta años, estaba soltero y cenaba con su madre casi todas las noches. El día que entró en el Rosen's Appetizing, Vivian tenía veinticinco años y acababa de llegar a la ciudad. Había pasado su infancia en el condado de Rockland y alrededores, yendo de casa en casa y de pueblo en pueblo, cada cual más pequeño y destartalado que el anterior. Lo más elegante que tenía era su nombre, aunque lo detestaba. Había empezado a trabajar nada más salir del instituto y con el tiempo ahorró lo suficiente para mudarse a Nueva York con la esperanza de estudiar Bellas Artes. Los detalles del noviazgo de mis padres eran una nebulosa, pero se casaron un año después de conocerse, y al poco nací yo.

En principio, Abe no iba a casarse con Vivian, sino con Barbara Horowitz, cuya familia regentaba la tapicería al final de la calle. No era un matrimonio concertado, sino más bien un acuerdo verbal de que se casarían llegado el momento, pero cuando llegó, no lo hicieron. En su lugar, Barbara se casó con Stanley

Fishman, adoptó su apellido, se mudó a Great Neck y sus padres acabaron vendiendo la tienda. «Una pena», decía Abe. «La tapicería es un buen negocio».

Un día, cuando yo tenía ocho años, Barbara vino a la tienda con su familia. No sé si Abe estaba al tanto de que vendría; lo único que recuerdo es estar detrás del mostrador con él cuando se abrió la puerta y entró. Barbara era guapa, pero no tanto como mi madre. Tenía la nariz respingona, llevaba una manicura francesa y un largo abrigo de piel. Cuando se inclinó hacia mí para darme la mano, pude percibir su aroma a rosa de té.

Barbara tenía una hija de mi edad, Lauren, y mi padre me dijo que le dejara escoger algo del mostrador de dulces. Mientras Barbara y Abe hablaban, yo le enseñé a Lauren cómo me ponía los aros de chocolate en los dedos para comérmelos.

—¿Tienes hermanos o hermanas? —me preguntó. Ella tenía dos hermanos gemelos, que iban juntos en un carrito grande que Stanley mecía con una mano.

—No.

—Qué suerte —me aseguró, aunque yo no me sentía afortunada. Hacía poco le había preguntado a mi madre por qué no tenía un hermano o una hermana. «Isabel, por Dios», se había quejado. «Contigo es suficiente».

»¿Dónde juegas? —inquirió entonces Lauren mientras le echaba un vistazo a la tienda, estrecha y polvorienta. De la calle nos llegó un ruido de bocinas y una música a todo volumen que salía de un coche aparcado en la esquina.

—El cole tiene patio —le dije. En realidad, no era un patio de recreo, sino un parque donde jugábamos a la comba y lanzábamos pelotas contra una pared llena de grafitis.

Deseé que cambiáramos de tema antes de que Lauren me preguntara si sabía montar en bici, que no era el caso.

Abe salió con Stanley para admirar su Mercedes y Barbara se arrodilló para limpiarle la cara a uno de los gemelos. Lauren no paraba de preguntarme por la casa, el colegio, qué me gustaba hacer y dónde jugaba. Me hacía sentir incómoda, como si intentara atravesar la fachada de normalidad que había empezado a construirme. Ya por aquel entonces me daba la sensación de que nuestra forma de vivir no era normal. Mis amigos iban a campamentos de verano y a la iglesia, tenían hermanos, hermanas y abuelos que les daban billetes de cinco dólares y un beso en la mejilla. Mi familia, en cambio, era pequeña y extraña: Abe siempre con su delantal, mi madre con la pintura y Yetta con su mirada fulminante. Incluso nuestra forma de comer, en una mesita redonda pegada a la pared de la cocina, rodeada de ceniceros, botes de pintura y paquetes grasientos de pescado ahumado, era extraña.

—Tenemos un columpio en el patio de atrás —me dijo Lauren mientras mordisqueaba uno de los aros de chocolate que tenía en el índice. Sus dientes eran pequeños, como los de una ardilla—. Tiene barras y un columpio con una rueda.

—¿Tenéis un columpio?

Me encantaba el columpio de neumáticos del parque al que mi madre me llevaba a veces, pero siempre me tocaba esperar mi turno. Si los que lo usaban eran adolescentes, nunca llegaba a subirme.

—Dile a tu papá si puedes venir de visita —me invitó Lauren.

—¿En serio?

—Sí, pero no puede fumar en casa, mamá lo odia.

Miré hacia fuera. Abe estaba apoyado en el coche de Stanley con un cigarro en la mano.

—¿Dónde está tu madre? —me preguntó, pero antes de que pudiera contestar, Bárbara la llamó y se marcharon.

Cuando Barbara se fue, le pregunté a Abe si podíamos visitarlos.

—Ya veremos.

Durante las semanas siguientes, el apartamento me resultó insoportable, en especial si lo comparaba con la casa de Lauren, que me la imaginaba como salida de una comedia: con un trozo de césped verde, una planta baja y un primer piso y el columpio de neumáticos, claro. Mis padres fumaban en silencio mientras cenábamos. A mi madre le brillaban las uñas pintadas mientras pasaba las páginas de su revista. Más tarde, Abe lavaba los platos, se mojaba los pies en una palangana mientras veía el partido de los Yankees, y mi madre se quedaba dormida en el sofá con el albornoz puesto. Me pregunté cómo sería mi vida si Abe se hubiera casado con Barbara. ¿Viviría en Great Neck en una casa con moqueta? ¿Me prepararía un chocolate y me haría trenzas francesas? ¿Tendría hermanitos y una cama con dosel? En verano, cuando no estuviera en el columpio, ¿montaríamos un tobogán de agua en el césped del jardín?

—Papá, ¿dónde viviríamos si te hubieras casado con Barbara? ¿Aquí, o en Great Neck? —le pregunté. Mi madre se había quedado dormida, pero él seguía despierto, con la cara iluminada por el partido de los Yankees.

—¡*Bubeleh*, si me hubiera casado con ella, tú no estarías aquí! —me respondió, y vi cómo el humo de su cigarro se arremolinaba bajo la lámpara de lectura. Luego se rio y me llevó de vuelta a la cama, pero a mí no me hizo gracia lo rápido que me había borrado del mapa. Nunca volví a preguntarle sobre Barbara o Lauren.

Estaba cosiendo el desgarrón del abrigo cuando sonó el teléfono.

—¿Isabel?

Mi padre siempre sonaba confuso al teléfono, como si no se desenvolviera bien con aquella nueva tecnología.

—Hola, papá. ¿Cómo estás? ¿Cómo tienes el dedo?

—Nada que una aspirina no pueda aliviar. ¿Cómo van las cosas por allí?

—Tirando. ¿Y tú?

—Tirando.

A diferencia de Kelsey, que se lo contaba todo a su madre, rara vez hablaba con Abe de cómo pasaba el tiempo. «Tirando» era nuestra forma de decir que todo iba bien, que nos las íbamos arreglando. Era lo mismo que decía cuando le preguntaban cómo iba la tienda. Así iban las cosas, tirando.

Me llevé el teléfono al sofá y hojeé una revista («*Ally McBeal*: ¡todos los detalles!») mientras Abe me hablaba del tiempo, de dónde había aparcado el coche y de las últimas noticias sobre el presidente Clinton y su supuesta aventura.

—Los republicanos llevan años detrás de él —comentó—. Parece que por fin lo han atrapado.

—Pues sí.

Fuera, un coche se paró en seco. Miré por la ventana y vi a un chico y a una chica bajando rápido por el camino de la residencia. A primera vista, daba la impresión de que la chica estaba huyendo de él.

—¿Te he contado lo de la hija de Lenny Hurwitz? —me preguntó Abe—. ¿Cómo se llamaba?

—¿Casey?

—Eso, Casey. Lenny me ha dicho que ha entrado en un posgrado en la Johns Hopkins, donde te entrenan para formar parte de la CIA.

—Guau.

Traté de imaginarme a Casey Hurwitz en la CIA. La última vez que la vi fue en el escenario del Mercury Lounge, en bikini y con una serpiente viva enroscada al cuello.

—Siempre me has dicho que no era muy lista —comentó Abe.

—Quizá ser lista no sea tan importante.

—Claro que lo es, Isabel.

Fuera, el chico le dijo algo a la chica, que se dio la vuelta. Era evidente que discutían por algo. La chica agitaba las manos y pude oír cómo subían y bajaban la voz, incluso con la ventana cerrada. Entrecerré los ojos, pero no logré distinguir quiénes eran. Él llevaba una parka verde y grande con la capucha ceñida a la cara, y ella, un sombrero por encima del pelo largo.

—¿La has pedido, Isabel? —preguntó Abe.

—Perdón. ¿El qué?

—¿Has pedido cita en el servicio de carreras profesionales?

—No, todavía no.

—Me dijiste que lo harías en cuanto volvieras. Es importante que lo hagas. Por eso estás allí, para conseguir un buen trabajo cuando termines.

—Anda, así que estoy aquí por eso —murmuré.

Abe suspiró y yo me sentí mal por haber sido sarcástica. Le oí darle un sorbo a algo, seguramente a una tónica Cel-Ray. Siempre llamaba a última hora de la tarde, cuando iba a cerrar la tienda. Me pregunté si habría ido mucha gente o si habría sido otro domingo de poca afluencia. Me pregunté también qué cenaría y si lo haría solo en la mesa o frente al televisor.

—Te llamo mañana, te lo prometo.

Colgué y volví a centrar mi atención en la pareja de fuera. Abrí una rendija de la ventana para intentar escuchar lo que decían y me puse de rodillas para ver mejor. Me fijé en que había un coche aparcado en la calle del fondo. Seguía en marcha y tenía la puerta del acompañante abierta, como si uno de ellos hubiera salido corriendo a por algo. Vi que había alguien dentro, que se arrastró desde el asiento trasero hasta el delantero.

El sol se había puesto casi por completo, y con la ventana abierta, la habitación estaba helada. Fui a cerrarla cuando el hombre gritó «¡Joder, Joanna!» lo suficientemente fuerte como para que yo lo oyera desde el cuarto piso. Las palabras rebotaron contra el edificio y volaron de vuelta hacia la cúpula nocturna. Gemí al ver que Tom Fisher agarraba a Joanna Maxwell del brazo y tiraba de ella, llevándosela a rastras por la nieve. Luego la metió en el vehículo y cerró la puerta. Antes de que se alejara, vi por la ventanilla la carita de Igraine, sumida en el llanto.

Me di la vuelta y me agazapé junto al alféizar. Noté cómo me palpitaba la sangre en las sienes y en las axilas. Más tarde me diría que lo que había visto no tenía mayor importancia, pero en ese momento, inmediatamente después, no podía negar la violencia de la escena que había presenciado, la forma en que Tom agarraba a su mujer y la desesperación con la que ella había intentado zafarse de él. Me estremecí al recordar el moratón que le vi a Joanna en el cuello aquel día frente al despacho del decano Hansen, el arrebato de Tom durante nuestra reunión, la forma en que le había dado un golpe al escritorio. Pensé en volver a llamar a Abe, pero seguramente ya se habría ido de su despacho para subir a remojarse los pies. Además, no quería molestarle, y… ¿qué le iba a decir? ¿Qué me iba a responder él? ¿Qué pintaba yo en aquel asunto?

Cerré la ventana y puse a Joan Armatrading mientras terminaba de coser el forro del abrigo. El sol ya se había ocultado y la habitación estaba prácticamente a oscuras. Partí el hilo con los dientes, como solía hacer mi madre, y me dirigí a la ciudad para ver una película en el cine con Kelsey y Jason. Pensé en contarles lo que había presenciado, pero las luces se apagaron y caí en el ensueño de la imagen en la pantalla. Mientras nos pasábamos un cubo de palomitas grasientas, me pregunté por qué me había escandalizado tanto. Los matrimonios se peleaban, ¿no? A veces en público y a veces delante de sus hijos. Era una pena, pero tampoco era nada raro. En cualquier caso, no era mi problema, así que me lo guardé junto al resto de mis secretos y, como mandaba el anuncio, me senté a disfrutar del espectáculo.

Tom me había sugerido que releyera *Las costumbres nacionales*, la novela de 1913 de Wharton sobre el ascenso social de Undine Spragg. A diferencia de Ellen Olenska, cuya decisión de divorciarse casi la arruina, Undine utiliza el divorcio en varias ocasiones como forma de salir adelante. Tom me preguntó qué significa que una mujer tenga el control de su destino, por qué Undine nos resulta tan desagradable y si preferimos heroínas que sufran.

Saqué una bolsa de M&Ms de la máquina expendedora y me los comí lentamente mientras me paseaba por las estanterías, chupando primero la cobertura dulce y dejando luego que el chocolate se derritiera en la lengua. La luz estaba encendida sobre la estantería de Wharton y había un hombre delante. Tenía la cabeza inclinada hacia un lado y los brazos cruzados sobre el pecho. Tardé un segundo en reconocer al profesor Connelly.

—Isabel —se sorprendió—. Madre mía, me has asustado.

—Lo siento. —Di un paso atrás.

—No te preocupes. Estaba sumido en mis pensamientos, me pasa siempre que estoy aquí.

Llevaba una sudadera gris que decía RUTGERS y un gorro de lana negro. Parecía joven sin el pelo en la cara; bien me lo podría haber encontrado en el sótano de una fraternidad o en la lavandería de la residencia.

—Venía a por un libro.

Él miró a su alrededor.

—Lo daba por hecho.

—No, me refería aquí. —Señalé la estantería que tenía delante. El pasillo era estrecho, pero había espacio suficiente para pasar por su lado sin tocarle.

—Ah, Wharton. Una de mis favoritas.

—La mía también. —Me apreté los nudillos contra las mejillas para ocultar el rubor. Connelly me preguntó a qué me estaba dedicando y le hablé de mi trabajo de fin de estudios.

—Qué interesante —opinó, como si lo dijera de corazón—. Oye, me leí el relato que escribiste en la revista feminista y te lo quería comentar. —Se dio un golpecito en la frente—. ¿*Perras*... no sé qué?

—*perras furiosas* —le corregí—. ¿Cómo es que la ha leído?

—Publicaron una entrevista a mi mujer, Roxanne, en uno de los números, así que la teníamos por casa.

—Claro, entiendo.

Debra la había entrevistado el año pasado para hablar de su experiencia en Wilder. El artículo se titulaba «Antes muertos que en la mixta», que fue una de las consignas contra el aprendizaje mixto. Había olvidado que yo también publiqué un relato en ese número sobre una fiesta de una fraternidad que había salido mal. Había intercalado la acción con entradas del *Glosario Wilder*, un folleto que enviaban a los alumnos del primer año para que se familiarizaran con la jerga de Wilder.

—¿Existe de veras la jerga de Wilder? —inquirió Connelly.

—Pues claro —le respondí—. *Echar la papa, farra, chorretón.*

—Por Dios, ¿qué significan esas palabras? Bueno, no sé si quiero saberlo.

Fingí que me lo pensaba.

—No le va a pasar nada. *Echar la papa* significa «vomitar», *farra* es «fiesta» y, mi favorita, *chorretón*, que son las capas de saliva, pis, cerveza y vómito que recubren el suelo de todas las fraternidades.

Se echó a reír.

—La leche, menudo sitio. Mi mujer tiene algunas historias. Antes de que la educación fuera mixta, solían traer mujeres en autobús a las fiestas. Lo llamaban, si no recuerdo mal, el *follabús*.

—Madre mía —me reí con él—. No me creo que haya leído mi relato. Era un poco tonto.

—No —dijo, muy serio de repente—. No era tonto en absoluto, fue escalofriante. Al utilizar el glosario, demostraste cómo la cultura general consiente este tipo de comportamientos, hasta tal punto que llega a ponerlos por escrito.

—¿Eso hice? Guau. Es usted bueno.

Bajó la mirada hacia sus zapatos de tenis.

—Es mi trabajo. Mi superpoder, el único que tengo. ¿De veras que las cosas son así aquí?

Abrí la boca y la cerré antes de decirle que sí.

—Joder.

Me volví a reír. La luz sobre nosotros zumbaba como una abeja atrapada en el marco de una ventana. Pensé en la historia de la revista *Time* y en la chica que había conducido hasta su cabaña en el bosque. Quise preguntarle sobre ello, sobre los poemas, la cabaña, la chica, pero entonces la luz se apagó.

Los ojos de Connelly brillaron en aquella oscuridad repentina como los de un animal sorprendido por los faros de un coche. Había algo íntimo en aquellas risas y en la oscuridad. Quería que durara para siempre, pero sabía que no podía ser así. Hablé yo primera porque no quería que él rompiera el hechizo.

—Bueno, debería irme —comenté.

—Adiós, Isabel. Un placer hablar contigo. Disfruta de Wharton.

Accionó el temporizador que hacía funcionar la luz y se volvió hacia las estanterías. Al alejarme me di cuenta de que no le había preguntado qué buscaba. No le había preguntado muchas cosas, en general, y no sabía cuándo tendría la ocasión.

Me moví rápidamente entre los estantes, apretando el libro contra mi pecho. Pasé por delante del cubículo de Andy sin comprobar si la luz estaba encendida. No sabía a dónde iba, pero necesitaba estar sola. Me deslicé en el cuarto de baño bajo las escaleras y cerré la puerta con pestillo. Me costaba respirar y notaba el pecho agitado. Me miré en el espejo que había sobre el lavabo. Tenía la cara sonrojada y una telaraña roja me recorría el cuello. Me puse una mano en el esternón y sentí un cosquilleo en la palma, una maraña de energía que recorría mi cuerpo y se acumulaba en mi ser.

Cerré los ojos y me imaginé a Connelly observándome en la oscuridad. La línea de sus pómulos, el espacio en forma de huella sobre sus labios. Recordé el calor de su cuerpo mientras pasaba por su lado. La sensación me invadió tan rápido que al principio no la reconocí. Me deslicé la mano bajo el jersey y por mi mente pasaron imágenes de mi relato: sótanos sudorosos de fraternidades, cuerpos apretados contra otros cuerpos, manos tanteando lugares suaves y secretos. El olor a sudor, a cerveza, a vómito, a deseo. Se me cayó el libro al suelo cuando me metí la mano en los pantalones. Me imaginé el follabús aparcado fuera, las ventanas empañadas por el sexo. Oí la voz de Connelly, suave y baja, golpeándome como las ondas del agua. Luego me zambullí bajo aquella ola y nadé hacia la luz.

CAPÍTULO 9

Había estado echándole un ojo a Debra desde que me la encontré en la cama a mediodía. A veces se sumía en uno de esos espacios oscuros que ahora llamaríamos «depresión», pero por aquel entonces era parte de lo que hacía que Debra fuera Debra. Picos altos de lucidez y picos bajos desgarradores. La primera vez que lo noté fue en mi primer año, unas semanas después de nuestra primera hazaña de Sáficas. Aún no éramos compañeras de cuarto, menos aún amigas, pero teníamos una clase juntas. Después de que no apareciera durante unos días y no contestara a mis llamadas, me pasé a ver cómo estaba.

Ese año, Debra vivía con Kelsey en una habitación doble del primer piso de Sagebrook Hall. Se peleaban constantemente, sobre todo por la limpieza. Llamé varias veces a la puerta antes de entrar. Cuando mis ojos se adaptaron a la oscuridad, comprendí por qué Kelsey se quejaba tanto. La habitación era un desastre: ropa y papeles por el suelo, una bolsa de Doritos vacía, una botella de Sprite medio llena. El cubo de basura de la esquina estaba a rebosar y pude ver compresas manchadas de sangre. La habitación olía mal, a olor corporal y a lo que solo pude catalogar como putrefacción.

Me acerqué a la ventana y abrí las persianas. Debra asomó la cabeza entre un montón de mantas sucias. Tenía tan mal aspecto como la habitación. Estaba delgada, lo que seguramente le gustaba, tenía el pelo alborotado y la piel macilenta y manchada. Lo más aterrador eran sus ojos: normalmente eran brillantes y veloces, pero parecían planos y opacos, como muertos.

Sonó el teléfono antes de poder preguntarle qué le pasaba. Ninguna de las dos quiso descolgarlo, y sonó cuatro veces antes de que saltara el contestador.

Era la madre de Debra, Marilyn Moscowitz.

—¿Debra? Cariño, contesta si estás ahí. —Esperó un minuto y se aclaró la garganta—. Bueno, espero que si no contestas es porque te has levantado y has salido. Eso es buena señal. Oye, Patel te ha pedido una receta, puedes recogerla mañana en el centro de salud. Y he hablado con el decano Hansen. Me ha dicho que, como solo quedan unas semanas de semestre…

Debra salió de debajo de las sábanas y pulsó el botón de detener la llamada del contestador. Se movió despacio, como si tuviera rotos los huesos de los pies.

—¿Qué te pasa? —le pregunté—. ¿Estás enferma?

—La verdad es que no —me respondió mientras volvía a meterse en la cama—. Me pongo de mal humor. Algún cable que tengo cruzado. Le preocupa que no termine el semestre. Tengo las prácticas este verano en Nueva York y no quiere que me las pierda. — El contestador emitió un pitido y un zumbido. Ella se frotó los ojos y me miró—. ¿Qué haces aquí?

—No sabía dónde estabas. Te echaba de menos.

No pensaba que fuera cierto hasta que lo dije.

Me senté junto a ella el resto del día. Mientras dormía, saqué la basura, le lavé la ropa y se la guardé. El sol se puso, Debra se despertó y la ayudé a salir de la cama. Mientras se duchaba, le cambié las sábanas. Fuimos juntas hasta el comedor y, con dos tazones de yogur por delante, me contó todo lo que le había estado pasando a lo largo de los años: los estados de ánimo, los médicos, los medicamentos. Yo le hablé de mi madre, de cómo a veces no salía de la cama durante días, no se lavaba el pelo ni se cambiaba de ropa. Siempre me dije que era porque estaba absorbida por su trabajo, pero aquello no era del todo cierto. Debra asintió.

—Creo que voy a por más —anunció. Ese día llevaba ya cuatro tazones de yogur.

Poco a poco, Debra volvió a ser ella misma. Se puso al día con los estudios, terminó el semestre y aceptó las prácticas en un bufete de Nueva York. Ese día, algo cambió entre nosotras. Había visto a Debra en sus horas bajas, y me he dado cuenta de que eso es lo que suele unir a las mujeres.

Los hombres se admiran cuando están en su mejor momento, pero las mujeres disfrutan encontrándose en los pozos de desesperación. Que yo supiera, Debra nunca había tenido otra crisis, pero cada vez que sospechaba que decaía, me ponía alerta, como si a fuerza de voluntad consiguiera mantenerla en la orilla junto a los demás.

En ese momento, volvía a estar preocupada por ella. Debra estaba de peor humor que de costumbre y su comportamiento era más errático. Dejaba que la ropa se amontonara en su cama, hacía semanas que no lavaba las sábanas y había mensajes de Marilyn sin escuchar en el contestador. Kelsey se había resistido a volver a vivir con ella después de primero, pero cedió por mí y porque Debra le había prometido que estaba mejor. No tenía muy claro cuánto sabía Kelsey ni si Debra le había contado cosas alguna vez como había hecho conmigo. Incluso si fuera el caso, no estaba segura de si Kelsey la comprendería. Pensaba que los líos de Debra eran parte de su naturaleza, una muestra de su falta generalizada de disciplina, algo que podía controlar si se esforzaba lo suficiente. «No tienes que protegerla —me decía Kelsey cuando me preocupaba por Debra—. No es tu responsabilidad». Pero ¿de quién era?, me preguntaba. ¿Quién estará ahí para ayudarnos, si no lo hacen nuestros amigos?

Cada febrero, el departamento de Filología Inglesa organizaba una fiesta para los estudiantes de último año llamada Senior Mingle. Siempre era el origen de los mejores cotilleos del departamento y, por lo que sabíamos, siempre la organizaban Joanna y Tom. Ese año, dadas las circunstancias, no quedaba claro si la fiesta se celebraría como de costumbre o si llegaría a celebrarse siquiera.

Cuando llegamos a la clase del profesor Connelly el miércoles, aún no se habían repartido las invitaciones. Había un sentimiento generalizado de decepción ante la posibilidad de que no pudiéramos disfrazarnos y beber con nuestros profesores, como habían hecho tantas legiones de estudiantes de Filología de Wilder antes que nosotros. Ese sentimiento de injusticia pesaba más que cualquier preocupación que pudiéramos tener por Tom, quien, según había oído, la semana anterior había llamado para avisar de que estaba enfermo, o quizá fuera por Joanna, a quien Ramona había visto en el Grand Union el sábado por la noche vestida de chándal, con gafas oscuras y empujando un carrito lleno de gofres precocinados, compresas e ibuprofeno. O tal vez fueran galletas, pañales y aspirinas. Nos reímos de lo absurdo de aquellos detalles, como si fuéramos gilipollas. No le había contado a nadie la pelea que había presenciado, y cuanto más tiempo pasaba, más lejano se volvía el recuerdo. Solo había visto a Tom una vez desde entonces fuera del centro de estudiantes, con la mirada perdida. No sabía qué decirle, así que di un rodeo para no pasar cerca de él.

Hacía un día de perros, lluvioso y gris, con el tipo de frío húmedo que te calaba los huesos. El aula 203 solía ser tan luminosa que no había que encender la luz, pero ese día sí. Linus leía el periódico al otro lado de la mesa: «Según los registros, Lewinsky visitó la Casa Blanca hasta 37 veces», decía un titular.

Whitney se sentó y se pasó los dedos por el pelo mojado.

—Si hubiera sabido que iba a hacer tanto frío que se me iba a congelar el pelo, habría hecho caso a mi madre y me habría ido a la USC —se quejó.

Connelly llegó unos minutos tarde. Llevaba la camisa mal abotonada y tenía una mancha de crema de afeitar bajo la barbilla. Me sonrojé al recordar nuestra conversación en la biblioteca. Había tenido flechazos antes y volvería a tenerlos, pero aquella vez era distinto. Debra siempre decía que, cuando se trataba de chicos, «si lo sientes es porque existe: esas mierdas no te las inventas», y tenía razón. Cuando dos personas se atraían y era mutuo, siempre había algo en el aire, como una tensión, pero Connelly era mayor, estaba casado y era mi profesor. En estas cosas siempre hay unos límites. Más tarde comprendería que no, que no los había, y saldría por patas de relaciones que no me convenían y hacia algún compañero de trabajo o hacia el novio de una amiga, pero en ese momento no lo sabía. O quizá sí: aquella noche, cuando volví de la biblioteca a mi habitación, había sacado el pañuelo de Connelly y la foto de autor del cajón de mi ropa interior y los había tirado en la papelera que había al final del pasillo.

—Empecemos. —Connelly se desabrochó los puños de las mangas y se las subió—. Andy, ¿estás listo?

—Pues sí.

Andy sorbió por la nariz con fuerza. A su lado había una caja de pañuelos y un termo del que bebía lenta y cuidadosamente. Tenía la nariz roja y las mejillas sonrosadas, como si alguien le hubiera dado una bofetada. Con el abrigo puesto y la bufanda rojo vino alrededor del cuello parecía un poeta con tisis del siglo diecinueve. Solo le faltaba vivir en una buhardilla.

—¿Acaba de sacar un Halls? —susurró Whitney. Me fijé en cómo Kara le pasaba algo a Andy. Tenía el antebrazo suave y sin pelo muy cerca del suyo.

El relato de Andy era corto, solo tenía tres páginas. Agradecí la brevedad; la semana pasada, Linus había enviado un extracto de treinta páginas que estaba escribiendo sobre un asesino en serie que acechaba a prostitutas. Apenas lo leí. La historia de Andy trataba de una mujer, Agnes, que sufría demencia y parecía estar en un hospital o en una residencia de ancianos. Había un par de personajes que aparecían y desaparecían, tal vez una enfermera y una nieta, o quizá su hijo. La sensación general era de vaguedad, lo que podría ser un reflejo del fino hilo que mantenía a Agnes con vida. Estaba muy bien escrito (todo lo que hacía Andy lo estaba), pero había algo que sonaba forzado. Frío. Siempre me había costado entender los textos de Andy, lo que achacaba a mis deficiencias como lectora, pero, como nos decía Connelly, «escribís para que *os lean*. Vuestro trabajo es que se os entienda». Además, no había nada sobre Agnes, más allá de su nombre, que dejara claro que era una mujer y, a pesar de ser una historia de alguien a punto de morir, no me conmovió en absoluto. Eso es lo que habría dicho de la historia si me hubieran preguntado, pero decidí que no iba a comentar nada.

El profesor Connelly abrió el debate como siempre hacía, preguntando por «opiniones, impresiones, prejuicios y confesiones». Holly fue la primera en levantar la mano.

—Queda muy claro que lo ha escrito un poeta.

Holly se sentó recta, con los hombros hacia atrás. Nunca supe si tenía mucho pecho o si solo me lo parecía. Mi madre habría dicho que le gustaba Holly porque siempre sacaba lo mejor que tenía.

Connelly tenía las piernas cruzadas como en una llave de lucha libre y agitaba el pie como las alas de un colibrí.

—Explícame por qué lo ves así, Holly.

Holly señaló frases que reflejaban claramente el estilo de Andy, en las que se notaba el trabajo y la dedicación que había empleado. Me recordaba a mi madre y la forma en que decía cómo era el arte: difícil y doloroso. Yo no lo veía así. Las historias y las palabras fluían con facilidad, y empecé a creer que quizá no fuera tan malo.

—El lenguaje que describes es poético —Connelly desmenuzó la palabra en sílabas, como si las estuviera masticando—, pero yo diría que el lenguaje aquí enmascara su trabajo, oculta la verdad. Estamos hablando de una mujer en sus últimos días; quizás un lenguaje bello no sea lo más necesario.

Un sentimiento de nerviosismo recorrió el aula. Holly tenía la boca abierta, como si esperara a que alguien le metiera algo. Kara desenvolvió otro caramelo para la tos y se lo dio a Andy. Se quedó en la mesa entre ellos, intacto.

—¿De qué trata esta historia? —preguntó Connelly, agitando las páginas delante de Andy—. Es decir, ¿de qué va en realidad? ¿Va sobre una mujer al final de su vida, o es Agnes una metáfora de algo más? En cualquier caso, para poder ser una metáfora, primero tiene que ser una mujer de verdad. —Soltó el relato. Había tanto silencio en el aula que se pudo escuchar el ruido de las páginas al caer sobre la mesa—. ¿A ti te parece una mujer de verdad?

Sus ojos se posaron en mí por un instante y el corazón me dio un vuelco, pero luego se dirigieron a otra persona y quedó claro que no le preguntaba a nadie en particular.

—La voz de una mujer no es fácil de captar, y no estoy seguro de que este escritor lo haya conseguido.

Whitney silbó por lo bajini y Linus abrió los ojos de par en par. La única que no reaccionó fue Ginny, que parecía estar dormida otra vez. Nunca habíamos oído una crítica como aquella sobre el trabajo de Andy. De todos los escritores que pasaban páginas por debajo de la puerta de Joanna Maxwell con cierta esperanza, Andy era el único ungido. Connelly, sin embargo, había dado en el clavo con su comentario, lo que me hizo sentir bien. Me pregunté si el resto de la clase pensaría igual.

Andy se limpió la nariz con un pañuelo. Tenía un aspecto tan miserable y febril que no pude evitar sentir lástima por él. La valoración había sido dura, y eso que Connelly nunca lo era, pero ese día parecía distraído. No dejaba de mirar el reloj y la puerta como si tuviera que irse a otro sitio.

Andy levantó un dedo con timidez y Connelly asintió para que hablara, rompiendo su regla habitual.

—No creo que me esté escondiendo de la verdad —se excusó Andy—. Es solo que, bueno, yo no escribo ficción. Estoy acostumbrado a trabajar de forma más minimalista.

—Yo también soy poeta, ¿recuerdas? —le respondió Connelly—. Pero los poetas tienen que contar historias. Hasta los poemas más cortos albergan multitudes. —Se cruzó de brazos—. Deja que te pregunte algo. ¿Alguna vez has estado presente cuando ha muerto alguien?

—¿Yo? No.

—Se nota. Andy, aquí hay mucho material bueno. Vamos a echarle un ojo.

Algo cambió y Connelly se volvió más amable, como si pudiera relajarse habiendo dicho lo que tenía que decir. Durante el resto de la clase nos guio a través de la historia de Andy, mostrándole dónde podía ampliar la emoción que subyacía a las descripciones. Intenté tomar nota de todo, como si nos estuviera dando instrucciones para algo que necesitaría saber más tarde. Escribía tan rápido que casi no me enteré cuando pronunció mi nombre.

—¿Te acuerdas de lo que dijiste sobre el relato de Isabel? Dijiste que parecía un fragmento, que no estaba acabado, pero su historia tenía un fondo, una honestidad que te permitía entrar en ella. El lenguaje no era elevado, sino real. Era auténtico. Ese es el tipo de relato que quiero leer, uno en el que no pueda dejar de pensar, uno que se arrastre por dentro de mí y me habite.

Me costaba respirar hondo, como si los pulmones se me hubieran quedado pequeños. Sentía los ojos de Whitney sobre mí, pero quería permanecer un poco más en aquel instante, ya que sabía que, una vez que terminara, empezaría a dudar de lo que Connelly había dicho. Andy era el mejor de la clase, todo el mundo lo sabía, y que Connelly dijera lo contrario me hacía preguntarme si podía confiar en él. Pero, por el momento, me hizo sentir bien.

—Parece que el profe tiene un ojito derecho —me dijo Whitney mientras recogía mis cosas al final de la clase. Yo negué con la cabeza y me apresuré a cruzar la puerta. Casi me choco contra Tom Fisher al salir al pasillo.

—¡Profesor Fisher! —exclamé—. Hola, quería llamarle. ¿Recibió las páginas que le dejé?

Tom se asustó y dio un paso atrás.

—Isabel. Tus páginas. Claro. —Tenía un ojo clavado en la puerta del aula 203 y el otro mirando en todas direcciones. A pesar del tiempo, llevaba pantalones cortos y zapatillas de baño.

Un cigarro colgaba apresurado entre sus dedos—. Sí, eh… Acabo de recogerlas del buzón.

—Genial. ¿Tiene tiempo para hablar esta semana? Me he releído *Las costumbres nacionales*, como me aconsejó…

Justo entonces, el profesor Connelly salió.

—¡Randy! —gritó Tom.

—Tom. —Connelly le saludó con la cabeza y luego se dirigió a mí—. ¿Conoces a Isabel?

—¿A Isabel? Claro. —Tom volvió la vista hacia mí, en un esfuerzo por concentrarse—. Isabel, ¿por qué no hablas con Mary Pat para programar una reunión? No tengo la agenda a mano.

Connelly le puso una mano a Tom en el hombro.

—Ven, hablemos arriba. Isabel, ¿nos vemos la semana que viene?

Al salir del edificio, me pasé por la sala de correo, donde vi mis páginas en el buzón de Tom, exactamente como las había dejado tres días antes.

Más tarde ese mismo día, cuando comprobamos los buzones en el centro de estudiantes, nos encontramos una tarjetita de color sepia dentro de un sobre del mismo color. En ella, el departamento de Filología Inglesa nos pedía disculpas por el retraso y anunciaba que el Senior Mingle tendría lugar el siguiente sábado por la noche en casa de Joanna Maxwell y Tom Fisher. A pesar de la poca antelación, todos pudimos asistir.

CAPÍTULO 10

El centro de estudiantes, donde trabajaba diez horas a la semana, era el eje que articulaba la rueda de la vida universitaria. Todo el mundo pasaba por el edificio grande y moderno al menos una vez al día para ver a sus amigos, consultar el buzón o comer algo de camino a clase. Solían ir muy rápido como para fijarse en mí, que estaba sentada detrás del mostrador de información, donde me volvía invisible y formaba parte de la maquinaria oculta que hacía funcionar aquel lugar.

Nevaba cuando llegué a mi turno del jueves por la mañana, y el suelo de linóleo ya estaba sucio con sal y aguanieve. Cuando yo llegaba, el suelo siempre estaba reluciente. Era obvio que alguien lo limpiaba, pero nunca había visto a nadie hacerlo. Tenía pocas responsabilidades en el mostrador: responder al teléfono, ayudar a los visitantes y vender fichas para los videojuegos de la planta baja. No ocurría gran cosa en torno al mostrador de información, salvo por una vez en el penúltimo año, cuando alguien se olvidó de cerrar sesión en el ordenador público y otra persona utilizó esa cuenta para enviar un correo electrónico que decía «Te voy a violar después de las vacaciones de invierno». La chica que recibió el correo avisó a la policía del campus y, como yo había estado trabajando ese día, los agentes me preguntaron si había visto a alguien sospechoso. No recordaba haber visto a nadie capaz de enviar un correo electrónico así y, al mismo tiempo, había visto a mucha gente capaz. Al final, no fui de ninguna ayuda, y hasta donde supe, ahí se quedó el asunto.

Las cosas se calmaron después del ajetreo del desayuno. Me comí una magdalena de maíz y saqué los materiales de punto. Había empezado a hacer una bufanda con restos de lana, algo que solía hacer mi madre. Era un poco peculiar, parecía hecha a parches, pero tenía un encanto extraño. Debra me la había pedido, pero pensé que podría quedármela para mí. Fuera, un grupito de estudiantes se había reunido en el césped para trabajar en la escultura de hielo como preparación para el Carnaval de Invierno. Había unos cuantos subidos a los andamios que habían montado alrededor de la escultura de Jack Frost, de tres metros de altura, y el resto estaba en el suelo, rociándola con agua fría de una manguera. Tardaban semanas en completar el proceso y siempre existía la preocupación de que lloviera o hiciera calor y tuvieran que empezar de nuevo. Por suerte para ellos, el invierno había sido frío.

La gigantesca impresora láser que tenía a mis espaldas zumbó y me levanté del asiento de un brinco. Archivar los documentos que salían de la impresora pública era mi parte favorita del trabajo. Se daba por supuesta la confidencialidad, pero yo lo leía todo: ensayos, relatos, historiales médicos, cartas enfadadas a mamá y a papá. Desde hacía poco, la gente había empezado a imprimir sus currículums, donde se reflejaban sus notas medias, prácticas, premios, logros y ambiciones. El que tenía en la mano era impresionante: nota media de sobresaliente, especialización en Estudios de la Mujer y Sociología como asignatura secundaria. Había hecho prácticas en NARAL, la Asociación Nacional para la Derogación de la Ley del Aborto, y era fundadora y redactora principal de *perras furiosas*. Pertenecía a Debra Sadie Moscowitz, de Scarsdale, Nueva York, y antes de que pudiera colocarla en los archivadores alfabéticos que había en la esquina del escritorio, se abrió la puerta y entró.

—¿Ha llegado algo guay? —Debra señaló la impresora. Llevaba una falda larga de cachemira y una chaqueta de esquí morada. Tenía el pelo oscuro lleno de nieve y parecía que se hubiera vestido para interpretar a Golde en una representación de instituto de *El violinista en el tejado*.

Hojeé los expedientes.

—A ver… Bueno, Hanna Lamb tiene un sobresaliente alto.

Debra bostezó, poco convencida con Hannah Lamb.

—¿Qué más?

—Marcus Wainwright busca trabajo en marketing.

—Déjame ver —me pidió y me quitó la carta—. «Creo que mi afán por la excelencia y mis grandes dotes interpersonales me convierten en el candidato ideal para el puesto». Por Dios. Marcus Wainwright no tendría buenas dotes interpersonales ni aunque se lo follaran por detrás. No me creo que los inútiles de la fraternidad vayan a gobernar el mundo. —Me devolvió la carta y apoyó la cabeza en el escritorio.

—¿Qué te pasa? —le pregunté mientras jugueteaba con un mechón de su pelo.

—Nada —suspiró—. Solo que el mundo está cabreado conmigo.

—¿Quién está cabreado contigo, *bubeleh*?

—¿Por dónde empiezo? —repuso con dramatismo—. Los de Gamma Nu están enfadados porque envié a Majara y a Maureen de incógnito para escribir un artículo sobre la fiesta de iniciación de la fraternidad y dejarlos en evidencia. Resulta que los capullos conservadores del *Wilder Review* quieren que nuestros anunciantes retiren su apoyo porque publiqué imágenes de vaginas en *perras furiosas*. Como si nunca hubieran visto un clítoris. Ah, espera, que no lo han visto. —Abrió una bolsa de pipas de girasol—. Y no hablemos de Kelsey, Miss Liga Juvenil. Te juro que como me vuelva a lavar la ropa… —Levantó un puño—. Sabes que solo acepté vivir con ella para poder compartir cuarto contigo.

—Lo sé. ¿A quién más le has tocado las narices?

Debra abrió una pipa con los dientes.

—Bueno, a ti.

—¿A mí? Yo no estoy enfadada contigo.

—Me da la impresión de que sí. Ya sabes, después de todo el asunto de Zev.

—No lo estoy, corazón. Te lo juro. —Le di la mano—. Aunque sí que estoy un poco preocupada.

—¿Preocupada por mí? ¿Qué te crees, que voy a hacer como Elizabeth McIntosh y me van a llevar en ambulancia antes de la graduación? Bah. ¿Has visto todo lo que como? Oye, ¿has visto esto? —Sacó un ejemplar del *New York Observer*—. Estoy intentando montar el mismo tipo de mesa redonda para *perras furiosas*. Les preguntaré a las mujeres: «¿Te tirarías a Bill Clinton?».

—No creo que hayan follado.

—Ya, bueno. Putos puritanos... no debería dimitir, Lewinsky dijo que todo fue consentido. —Tiró un puñado de cáscaras a la basura y luego señaló mi bufanda—. Por cierto, la quiero.

—Lo sé —le respondí mientras rodeaba el escritorio para darme un abrazo. Lo hizo con toda su humanidad, y me apretó tan fuerte que pensé que se fundirían nuestros cuerpos.

La vi alejarse y me volví a preguntar si estaría bien. Kelsey me había contado lo que habían hecho sus «informantes» en Gamma Nu: se habían hecho pasar por anfitrionas en la fiesta de iniciación para luego escribir un artículo mordaz sobre el evento. Según Kelsey, toda la gente de Gamma Nu estaba furiosa, incluido Jason, que nunca se enfadaba con nadie. Hasta yo pensaba que su decisión de publicar bocetos anatómicos detallados de vaginas era un poco ordinaria. También había oído que todas las fraternidades del campus tenían una copia pegada en la pared. Me pregunté por qué Debra no podía dejar las cosas como estaban. Para el poco tiempo que nos quedaba allí, ¿por qué no disfrutarlo?

Volví a mi labor de punto y me acordé de la noche en que Debra y yo nos conocimos, allá por primero, en una reunión de *El Farolero*. Yo estaba sentada junto a Jason cuando Debra entró con unas botas militares y un pin que decía «Aborto legal siempre». A mitad de la reunión, se volvió hacia mí y me dijo: «Larguémonos». Aunque no la conocía ni había hablado nunca con ella todavía, la seguí fuera del aula. Con el tiempo, me convenció para dejar de escribir en *El Farolero* y, en su lugar, hacerlo para *perras furiosas*. Nunca me arrepentí de ello, pero, aun así, ¿cuántas veces había hecho algo porque Debra me lo había dicho o porque me había creído algo que ella decía que era verdad? Mira dónde habíamos ido a parar. *Quizá tenga razón*, pensé mientras empezaba un nuevo ovillo. Puede que estuviera enfadada con ella.

El resto de mi turno pasó muy lentamente. Debra se había dejado el periódico, así que leí el artículo que me había enseñado: «A las pibas neoyorquinas les va la marcha presidencial», decía el titular. «¿Qué quieren las mujeres? A un jefazo jovencito al que se le ponga dura». Holly se pasó para ver si alguien había encontrado su jersey de cachemira. En torno a las once, Sally Steinberg pasó corriendo mientras se comía un bollo de arándanos grande como un puño. Veinte minutos más tarde, un grupito de Zeta Psi vestidos de forma idéntica, con pantalones caqui y chaquetas acolchadas, compraron cincuenta dólares en fichas para los videojuegos. Acababan de desaparecer escaleras abajo cuando se abrió la puerta y entró Zev.

Apenas lo había visto en todo el semestre. Era difícil evitar por completo a alguien en un campus tan pequeño como el de Wilder, pero como no teníamos clases juntos y sabía que él estudiaba casi siempre en su habitación, a veces me pasaba días sin verlo. Pero allí estaba, caminando hacia mí. Miré a mi alrededor y, por primera vez en la vida, el centro de estudiantes estaba desierto. Volví al periódico, me puse a desenredar la lana y fingí buscar algo en la mochila, con la esperanza de que se hubiera ido cuando levantara la cabeza. Pero allí estaba.

—Mi documento no está aquí —indicó mientras señalaba los archivadores. Tenía el pelo oscuro mojado por la nieve y llevaba una bufanda negra anudada al cuello.

Volví la vista hacia la impresora, pero sabía que no había nada; si hubiera habido algo de Zev, me acordaría.

—He archivado todo lo que ha llegado. ¿Estás seguro de que lo has mandado a esta impresora? A veces la gente…

—No sé si lo sabes, pero he tenido muchos problemas.

Tardé un segundo en darme cuenta de que no se refería a la impresora.

—Todo el mundo habla de lo que hiciste. Tuve que ir a ver al decano Hansen y mis padres creen que debería volver a casa, pero la llevas clara si te crees que tú y tu amiga me vais a echar de mi propio campus.

¿De qué hablaba? ¿Cómo que había tenido que ver al decano Hansen? Creía que había sido él quien le había avisado. Quería preguntarle a qué se refería, pero no me atreví a abrir la boca por miedo a que, si lo hacía, se me escapara algún tipo de disculpa. *Siento que te hayamos escrito «violador» en la puerta. Siento que no tengas amigos. Siento que te hayas comportado como un cabrón y que hayamos tenido que llegar a esto.*

Zev me observaba como si fuera algo que se le hubiera pegado a la suela del zapato. Miré a todas partes, esperando que alguien pasara por allí, quien fuera. ¿No querían más fichas los de Zeta Psi? Fuera, junto a la escultura de hielo, un chico se metía con una chica con la manguera, diciéndole que la iba a mojar, y ella se cubría con las manos. En sus ojos, la alegría se mezclaba con el pánico.

—Tu amiga es una cabrona de cuidado, siempre metiéndose donde no la llaman. —Apoyó un puño en el escritorio—. Creo que lo que pasó entre tú y yo fue un malentendido cultural. —Hablaba despacio, como si llevara tiempo dándole vueltas a su teoría—. Creo que las mujeres estadounidenses no entienden la agresividad sexual de los hombres israelíes. Pero a ti te gusta, así que…

Zev sonrió y a mí se me subió la bilis a la garganta. Quise decir algo, pero las palabras se hicieron un nudo dentro de mi cabeza y mi conexión con ellas se interrumpió, como si me hubieran cortado un cable.

En ese momento, la puerta principal se abrió de golpe y entró una ráfaga de aire frío.

—¡Madre mía, Isabel! Qué bien que estés aquí. ¿Has visto mi cartera?

Sally Steinberg se acercó corriendo, sin aliento, y procedió a contarnos con pelos y señales cómo había pasado antes a recoger su correo: su abuela le había enviado un regalo de cumpleaños y ella había venido a buscarlo antes de que cerrara la sala de correo. Había recibido el paquete (aún no lo había abierto; a saber qué le habría enviado), pero ahora no encontraba la cartera por ninguna parte y no estaba en el mostrador del correo, así que... ¿se la había dejado alguien en recepción?

Zev se escabulló mientras Sally hablaba, pero antes tiró al suelo el archivador, haciendo volar los papeles.

—¿Y a este qué le pasa? —preguntó Sally al verlo yéndose. Nos agachamos a recoger los papeles y pensé en algo que me había dicho Zev la noche en que nos conocimos en la cena en Hillel. «¿Eres real?», me había preguntado justo antes de que la chica tirara los platos sucios, antes de que me agarrara del brazo. *¿Eres real?* Las palabras se repetían una y otra vez en mi cabeza (*eres real eres real eres real*) y empujé las rodillas con fuerza contra la baldosa para recordarme que sí que lo era.

CAPÍTULO 11

La noche del Senior Mingle hacía buen tiempo. El aire olía a primavera, con una fragancia suave y dulce como una promesa. La gente del Carnaval de Invierno esperaba que la escultura de Jack Frost aguantara todo el fin de semana. Kelsey y yo pasamos por su lado de camino a la cena. Se estaba empezando a derretir y le goteaba la cara como si hubiera salido a correr. Kelsey dijo que parecía como si estuviera llorando.

—¿Quién te ha hecho daño, Jack Frost? —exclamó al pasar.

Jason y yo nos dirigimos a casa de Joanna y Tom poco después de las ocho, temprano para ser sábado noche. Kelsey no venía, ya que la lista de invitados era muy selecta y no se permitían acompañantes. June Bridge Road era la calle más bella de la ciudad y las casas daban al estanque Corness. Cuando yo hacía de guía por el campus, se nos decía que siempre acabáramos en el estanque, ya que estaba bonito todo el año, incluso en invierno, cuando se congelaba para que la gente patinara sobre él. Esa mañana, como parte de las actividades del Carnaval de Invierno, la gente del club de eventos al aire libre había hecho un agujero en el hielo y había colocado plataformas para los tradicionales chapuzones de invierno.

En June Bridge Road había casas más nuevas y grandiosas que la de Joanna y Tom, pero yo me habría quedado siempre con su destartalada casa victoriana. Estaba situada al final de un camino serpenteante de adoquines y tenía un porche amplio, jardineras y una buhardilla con ventanas. El hecho de que necesitara una mano de pintura no hacía sino aumentar su encanto. Jason y yo subimos los escalones y entramos en el salón. Sonaba una música ligera y tintineante, propia de un restaurante durante el almuerzo. Todos los muebles (sofás con estampados de flores, sillones de respaldo alto desgastados, alfombras orientales deshilachadas) estaban raídos y no casaban los unos con los otros, como si los hubieran adquirido en lugares y épocas diferentes. Pensé que se podía trazar el recorrido de la vida en común de Joanna y Tom en cada silla, alfombra y obra de arte. Había libros por todos lados: desparramados por las estanterías hasta el techo, apilados en mesas auxiliares y formando montañas. Cerca de la puerta principal, un abrigo de invierno pequeño colgaba de un perchero junto a una cartera de cuero. A su lado, un paragüero con forma de labrador retriever acumulaba polvo. Echando un vistazo a aquella habitación cálida y acogedora me pregunté cómo podrían Joanna y Tom empezar a desenredar los muchos hilos que los unían.

Jason y yo dejamos los abrigos en el dormitorio y nos dirigimos al bar improvisado. Me serví una copa de vino y un par de galletas y me acerqué a hablar con Whitney, que me saludaba desde un sofá junto a la chimenea.

—No me jodas —me dijo cuando me senté a su lado—. ¿Y este vestido? Chica, estás despampanante.

—Calla —le respondí entre dientes. Me sentía acomplejada por el vestido, que me lo había prestado Kelsey.

Era precioso, de un azul marino con un escote redondo y mangas de campana. Era mucho más elegante que todo mi armario, y además lo llevaba con unas braguitas a juego, aunque me iba grande de pecho. Kelsey y yo habíamos intentado ajustarlo con alfileres, pero seguía quedándome ancho y poco natural. Además, no tenía zapatos que combinaran, así que tuve que ponerme mis botas de punta impermeable.

—Aún no me creo que hayan organizado la fiesta —comentó Whitney—. Cuando mis padres se divorciaron, mi madre apenas podía levantarse de la cama. ¿Has visto a la profesora Maxwell? Parece exhausta, la pobre. Mi madre dice que el divorcio siempre es más duro para la esposa.

—Me pregunto quién se quedará con la casa.

—¿Este estercolero? Con mucho gusto me lo quitaría de encima.

Joanna Maxwell llegó anudándose al cuello una rebeca larga y plateada. Era bajita, apenas superaba el metro y medio, y con la espalda ligeramente encorvada parecía aún más pequeña. Bajo su largo vestido lavanda asomaban unas delicadas zapatillas bordadas. Bajé la vista hacia mis botas y me arrepentí todavía más. Joanna se paró a hablar con Amos Jackson.

—Es mono, ¿no crees? —me preguntó Whitney, pero a mí no me lo parecía. No veíamos mucho a Amos; se pasaba la mayor parte del tiempo en el norte de Nuevo Hampshire ocupado con su trabajo de fin de estudios, una antología anotada de relatos inéditos escritos por su bisabuelo que habían descubierto en un desván hacía unos años. Era justo el tipo de cosas que le encantaban a Tom (populares, rurales, sin pulir), y siempre me dio la sensación de que Amos estaba en la antesala de algo más grande. Joanna se despidió de él y cruzó la habitación hacia nosotras. Igraine iba detrás, enganchada a su falda como un abrojo.

—Hola, chicas —nos saludó mientras se apoyaba en la mesita con Igraine, acurrucada a su lado.

Whitney tenía razón: parecía agotada.

—Profesora Maxwell —se alegró Whitney—. Muchas gracias por habernos invitado.

—Es un placer. A Tom y a mí nos encanta organizar esta fiesta, nos da la oportunidad de empaparnos de vuestra energía juvenil. —Su voz era alta y melodiosa. Se dirigió hacia mí—. Sé que nos conocemos, pero no recuerdo tu nombre.

—Soy Isabel Rosen —me presenté y le tendí la mano.

—¡Isabel! —se sorprendió, llevándose una mano al pecho—. ¡Tú eres de la que tanto me ha hablado Randy!

—¿Quién?

—¡Randy Connelly, corazón! Me ha dicho que has estado escribiendo unos textos estupendos para su taller.

—Bueno, no creo que sean para tanto.

—Anda, anda, tonterías —repuso—. Conozco a Randy desde hace mucho tiempo y no es de los que te regalan el oído. Deberías hacerle caso. —Me apretó la mano con fuerza—. A mí, al menos, me encantó escucharlo. Hacen falta más mujeres jóvenes con voz propia que se abran camino.

—¡Randy! —canturreó Whitney cuando Joanna se fue—. Y hablando del rey de Roma…

Connelly estaba en la puerta conversando con una pareja mayor. Tenía una botella de cerveza colgando entre los dedos que se llevó lentamente a los labios mientras yo lo observaba. Con cada trago, la nuez le subía y bajaba.

—Espera, ¿esa es su mujer? —preguntó Whitney.

Nunca había visto a Roxanne en persona y me sorprendió lo alta que era, casi tanto como su marido. Tenía el pelo corto con muchas canas y no usaba maquillaje. Se vestía de forma sencilla, sin aspavientos, pero llevaba varios anillos gruesos de plata en cada uno de sus dedos largos y huesudos, así como unas tiras de tachuelas que recorrían sus orejas. Se mantenía erguida como una bailarina, como si tuviera una barra de hierro incrustada en la columna. Había en ella algo grácil, elegante y felino, como si su inteligencia hubiera transmutado en un atributo físico.

—Conocí a un chico que conocía a otro que estaba en su seminario el año pasado y me dijo que estaba embarazada —me contó Whitney—. Un día, sin más, dejó de ir a clase durante todo el semestre. Cuando la vimos ese verano, no tenía bebé.

Whitney dio una palmada, y en ese momento, Roxanne giró la cabeza. Vi que tenía una marca de nacimiento en la mejilla, cerca de la mandíbula. Era roja, del tamaño de una moneda de veinticinco centavos, y resaltaba sobre su piel como una gota de vino en un mantel. Me chocó mucho que no se esforzara por ocultarla con el pelo largo o con maquillaje, y me pregunté a qué clase de mujer le importaba tan poco su aspecto.

Justo entonces, Connelly se volvió y nos pescó mirándole. Levantó una mano para saludarnos y yo le devolví el saludo. Me puse roja mientras Whitney soltaba una risita tonta.

—Cállate. —Me levanté y agité mi copa de vino vacía—. ¿Quieres algo?

Ella negó con la cabeza.

—¡Diviértete con tu novio!

Me dirigí de nuevo al bar, pasando junto a Ginny y a Linus, que se habían sentado juntos al lado de la ventana. Ginny llevaba una flor en el pelo, y Linus, una corbata de bolo. Todo el mundo iba muy bien arreglado: las chicas con vestidos y maquillaje, y los chicos, con camisas abotonadas y pantalones caqui en su mayoría. Al otear la habitación percibí un indicio de los adultos en los que se convertirían, del mismo modo que yo, cuando fuera mayor, podría ver a la misma persona joven dentro de su avatar de mediana edad. Aún no había visto a Tom, pero había señales de él: la cartera de cuero junto a la puerta principal, un par de zapatillas de hombre cerca de la cocina. Joanna seguía dando vueltas con Igraine detrás de ella. La niña estaba pálida y afligida, y me dieron ganas de llevármela en brazos y acostarla.

Volví a llenar la copa y recorrí el estrecho pasillo que conducía a la parte trasera de la casa. La pared estaba llena de fotos familiares. Había visto colecciones parecidas en casas de amigos; sin ir más lejos, Kelsey tenía una en el hueco de la escalera de su apartamento. Pero, a diferencia de la suya, que incluía fotografías de la familia de varias generaciones atrás (los abuelos el día de su boda, un grupito de primos sentados en un campo muy grande), allí solo había fotos de Joanna, Tom e Igraine. Había una de Tom solo en la playa, con su larga melena al viento, y otra de Joanna acunando su vientre de embarazada, pero salvo esas dos, todas las fotos eran de los tres juntos, Joanna, Tom e Igraine, como si no existiera nadie más.

Había una foto al final del pasillo de Tom y Joanna sentados con otra pareja en sillas de jardín, pero al acercarme me di cuenta de que eran Connelly y Roxanne. De fondo estaba la cabaña de Connelly, la que había visto en la revista *Time*. No se me había ocurrido que fuera un lugar al que llevaría a la gente, sino que me lo imaginaba como un espacio austero y sagrado, el lugar que mi madre siempre había querido, donde podría ir en busca de paz y tranquilidad para escuchar sus pensamientos, el tipo de retiro que, intuí ya por entonces, solo pertenecía a los hombres. Volví a pensar en la chica sobre la que había leído, la que había conducido hasta allí para profesarle su amor, y me pregunté cómo había sabido que se lo encontraría solo.

Hubo un bullicio en la puerta principal: Andy y Kara habían llegado rematadamente tarde. Él tenía una mano puesta en los lumbares de Kara y la dirigía a través de la sala de estar como si fuera un carrito de la compra. Ella llevaba un vestido hasta las rodillas y unas medias de rejilla. El pelo oscuro le colgaba sobre la espalda como una cortina de cuentas. Mientras se dirigían hacia la zona de copas, me di cuenta de que Andy se había puesto el gorro que le hice.

Andy y yo no habíamos hablado mucho últimamente, no desde que Connelly había criticado su relato y elogiado el mío. La semana anterior había impreso unos documentos de ayuda financiera en el mostrador de información, pero yo estaba al teléfono cuando vino a recogerlos y no esperó para saludarme. La noche anterior me había pasado por su cubículo, pensando que le haría gracia un trabajo de francés que tenía que hacer, pero no me invitó a entrar. «Tengo una entrega», me gruñó antes de cerrarme la puerta en las narices. Quizá tuviera algo que ver con Kara, con quien estaba saliendo sin lugar a dudas. Quizá a ella le incomodara nuestra amistad o algo así, aunque no parecía una persona celosa. No se me ocurría qué otra cosa podía ser, y no podía seguir enfadado por el relato.

Vi que Kara le daba un beso en la mejilla antes de meterse en el baño. Me acerqué a él y le di un codazo cómplice.

—Bonito gorro.

—¿No es el que me hiciste tú? —Se lo quitó—. Es bonito. Pica, pero es bonito.

Andy tenía el pelo recogido en una coleta y llevaba una camisa de cuadros muy arrugada, como si la hubiera hecho una bola.

—¿Has terminado las solicitudes de posgrado? —le pregunté.

—Sí.

—¿Han entrado en razón tus padres?

—Bueno, aún no entienden por qué no puedo ser un profesor que escribe durante el verano.

Los padres de Andy eran profesores de gimnasia en el norte del estado de Nueva York. No sabían qué hacer con su hijo, que quería ser poeta, y les preocupaba cómo iba a mantenerse después de sus estudios de posgrado y más allá. Una de las cosas que Andy y yo teníamos en común era que los dos éramos pobres. Es más, él quizá fuera más pobre que yo.

Andy se volvió hacia la puerta del baño, seguramente a la espera de que Kara saliera. Aquella sensación rara que había entre nosotros desde hacía semanas seguía ahí, sin duda, y me molestó que no me dijera lo que era. Aún tenía el gorro en la mano, y lo acariciaba distraído, y pensé en todo el tiempo que había tardado en tejerlo. Demasiado, quizá, y es posible que por eso se llevara una idea equivocada. Mi madre siempre me decía que nunca le hiciera nada a un novio porque la aventura se acabaría antes de que lo terminara, pero Andy no era mi novio, así que pensé que no pasaría nada.

—¿Cómo está Agnes? —le pregunté.

—¿Quién?

—La anciana de tu relato. Quería... quería saber cómo lo llevas, si todavía trabajas en él.

Andy entrecerró los ojos.

—¿Estás de coña?

—¿Por qué lo dices? Me gustó la historia, deberías seguir trabajando en ella. ¿Lo ha visto Joanna? —No me había gustado su historia, y no tenía muy claro por qué le estaba mintiendo.

Kara salió del baño y apoyó una mano en el brazo de Andy.

—Hola, Isabel —me saludó—. Me gusta tu vestido.

—Gracias. —Miré a Andy—. Lo siento. ¿He dicho algo que te molestase?

Él negó con la cabeza y se dio la vuelta.

—Espera —le pedí mientras le agarraba de la manga—. ¿Estás enfadado conmigo?

Se volvió hacia mí.

—Venga ya. Deja de hacer como que no te gusta.

—¿Gustarme el qué?

—Ser el ojito derecho del profesor.

—¿Por eso estabas enfadado, porque a Connelly le gustó mi historia?

—Déjame tranquilo —me espetó—. No me importa una mierda lo que piense ese fracasado que no ha publicado nada en quince años. Lo que me jode es lo mucho que lo has disfrutado.

—¿Yo? Pero si yo no…

—Sí —sentenció Andy—. Te ha encantado.

Más tarde me daría cuenta de que no le debía una disculpa a Andy. Tenía derecho a estar enfadado conmigo, y yo no tenía de qué preocuparme ni por qué esforzarme en arreglarlo: no había arreglo. Estaba enfadado por razones que tenían mucho más que ver con él que conmigo. Sin embargo, en ese momento aún no lo sabía, así que seguí intentando explicarme.

—Lo siento, Andy. No quería ofenderte.

Kara no dijo nada en ningún momento. Se quedó allí plantada, con una sonrisa fija en su rostro lleno de marcas de granos. Años más tarde nos encontramos en un bar de Nueva York y me abrazó de forma efusiva, como si nada de aquello hubiera ocurrido.

—Es igual —dijo Andy, y se alejó. Kara se fue detrás de él con celeridad.

Me quedé allí unos minutos a punto de llorar. Alguien le había subido el volumen a la música, así que la gente tenía que gritar por encima del zumbido metálico de las guitarras eléctricas. La fiesta fue degenerando, al igual que todos los cócteles a los que había ido, como resultado del exceso de alcohol y la escasez de comida. «Bonito vestido», me dijo Holly desde el otro lado de la habitación, y Alec me hizo una señal de aprobación disimulada. Amos estaba con Whitney en el sofá y, desde donde yo estaba sentada, me fijé en cómo intentaba mirarle por debajo de la blusa. Ginny bailaba despacio junto a la barra. No lo hacía con nadie en particular, y daba puñetazos al aire y movía los brazos de tal forma que parecía estar haciendo un solo de batería. A los pocos minutos salió corriendo, y más tarde me enteré de que había vomitado en la *pachysandra*. Mirara donde mirara, la gente hablaba sin parar, moviendo la boca como si fueran vacas pastando, pero nadie escuchaba.

Volví a la barra a por una botella de vino. Si Kelsey hubiera estado allí, me habría dicho que dejara de beber o, mejor aún, que me fuera a casa, pero como no estaba, me rellené la copa. Roxanne pasó a mi lado como si tuviera una misión, con la espalda recta y dando pasos rápidos y eficaces. Me acordé de los documentales que había visto durante las vacaciones de invierno, en los que ella aportaba el contexto histórico sobre la princesa Diana. Mi madre siempre había sentido afinidad por Lady Di, una joven que se casó muy pronto con un hombre que no la comprendía. La muerte de Diana la habría devastado, y me alegré de que no hubiera vivido para presenciarla. Aquel día vi todo lo que pude, me empapé de las noticias en nombre de mi madre y lloré tanto que se me reventó un vaso sanguíneo del ojo. De las muchas cosas que quisiera haberle dicho a mi madre, me habría gustado decirle que se había equivocado con Roxanne, que era hermosa, tanto como una montaña: remota, escarpada, imponente.

La cabeza me daba vueltas y tenía la boca seca y arenosa. Al otro lado de la sala estaban Andy y Kara hablando con Joanna junto a la chimenea. Ella asentía, como si lo que Andy le estaba contando fuera importante y significativo. Kara entrelazaba sus dedos con los de él y apoyaba la cabeza con dulzura sobre su hombro. Al minuto, Andy se inclinó hacia Igraine, le susurró algo y la niña se rio.

Dejé la copa en la mesa y me fui corriendo al dormitorio. Quería irme a casa, quitarme el vestido, meterme en la cama y olvidarme de aquella noche. Era probable que Kelsey y Debra estuvieran allí, y podríamos calentar ramen y ver alguna chorrada en la televisión de la sala común o quedarnos hablando hasta tarde, como hacíamos antiguamente. La noche había empezado de forma prometedora, pero quería que se acabara de una vez.

Estaba rebuscando en la oscura montaña de abrigos cuando oí que alguien me llamaba. Me di la vuelta y vi a Connelly en la puerta, con su cuerpo perfilado por las sombras.

—Ay, mi madre —me sorprendí y me llevé una mano al pecho.

—Ya me tocaba asustarte.

—Supongo.

Las lágrimas rodaron por mis mejillas sin previo aviso. Me dejé caer sobre la pila de abrigos y me cubrí la cara con las manos.

—Oye, ¿qué pasa?

Connelly vino y se sentó a mi lado, dejando que la puerta se cerrara tras él.

—Dios —gemí mientras me secaba los ojos—. Siento que siempre lloro a su lado. ¿Qué fue lo que me dijo? ¿Que las mujeres lloran porque están enfadadas?

—Eso dice mi mujer.

—Puede que esta vez esté enfadada.

Le expliqué brevemente lo que había pasado con Andy y mi relato. Hasta le hablé sobre el gorro que había tejido y la advertencia de mi madre.

—Vaya. Había olvidado lo complicado que es todo esto. Lo único que veo cuando te miro es lo joven que eres y el talento que tienes. Lo que te voy a decir va a sonar a cliché, pero… todo pasará, querida. —Me reí entre lágrimas y sonó extraño, como intentar cantar después de haber bebido leche—. Escúchame bien: he conocido a un millón de Andys en mi vida. Qué coño, *yo mismo* he sido un Andy. Que se enfurruñe todo lo que quiera. No será la primera vez que alguien sienta celos de tu talento.

Estaba a punto de decir algo infravalorándome, pero entonces me acordé de lo que había dicho Joanna sobre hacerle caso.

—Gracias —me limité a decir—, pero no estoy segura de que sea solo eso.

—Ah. ¿Andy y tú sois…?

—No. Es decir, fuimos… lo fuimos, sí, pero de eso hace mucho. Decidimos ser amigos. Bueno, supongo que lo decidí yo.

—Nunca es fácil.

—Yo pensaba que sí, pero los chicos, incluso cuando te dicen que te perdonan, nunca olvidan.

—Podría decir lo mismo de las mujeres.

—*Touché*. —Me llevé la mano a la frente—. No me creo que haya dicho *touché*. Debería irme a casa —decidí, y empecé a buscar mi abrigo otra vez.

—¿Es este? —me preguntó Connelly, sacándolo del montón—. Todos los días vienes con este abrigo, y… ¿cómo no voy a sentir curiosidad por una chica con un abrigo así?

—Era de mi madre. Después de que muriera, mi padre se deshizo de todas sus pertenencias, no soportaba tenerlas en casa. Me lo llevé antes de que pudiera tirarlo. —Hice una pausa—. Nunca se lo había contado a nadie.

—¿Y eso?

—Pensaba que resultaba morboso llevar el abrigo de una mujer muerta.

Connelly contempló el abrigo con respeto.

—Es curioso, desde luego.

Dejó el abrigo en su regazo y acarició la pesada lana gris, la capucha, los botones. Bajo la luz tímida del dormitorio, su rostro brillaba sobre su camisa blanca. Desde el otro lado de la puerta llegaba el ruido sordo de la fiesta, de pasos, de voces apresuradas. Que estuviéramos sentados en un dormitorio oscuro, tan cerca como para ver el lugar de su garganta donde se había cortado afeitándose, su mujer no muy lejos… todo aquello debería haberme resultado extraño, pero no fue así. Estar tan cerca de él era tan agradable como un baño caliente. Se aproximó más a mí y sentí su hombro contra el mío. Miré hacia abajo y vi el borde de mi sujetador asomando por encima del vestido, y Connelly también lo vio. Y entonces, sin decir ni una palabra, alargó la mano y me agarró la muñeca, rodeándola con los dedos como unas esposas. Me sorprendió lo rápido que se había roto aquella barrera entre nosotros, ese margen que pensaba que existía y que en realidad no era nada. Alargué los dedos y los pasé por la cicatriz que le recorría el dorso de la mano. La piel estaba suave, sin vello, como una carrera en una media.

—¿Qué le pasó?

—Me cargué una ventana cuando era poeta.

Quise preguntarle más al respecto, pero me di cuenta de que no podía hablar. La mano de Connelly se deslizó lentamente por mi muñeca y las yemas de sus dedos se posaron en el palpitar de mi pulso. Extendió el otro brazo y me tocó la mejilla.

—Estás preciosa cuando lloras —musitó. Luego se inclinó hacia mí y me besó.

Al principio fue despacio, como si fuera a romperme, y me olvidé por completo del gorro de Andy, que solté y desapareció para siempre en algún lugar de la montaña de abrigos. Cualquiera podría haber entrado y habernos visto, pero no se me ocurrió. Me besó y me olvidé de Roxanne, de Joanna y Tom, de Andy y Kara, de Debra, de Zev. Me olvidé de Abe y lo que esperaba de mí, de mi madre, su abrigo y su cuerpo roto, destruido, exánime, de vuelta al polvo.

Más tarde aprenderíamos a tener más cuidado. El secretismo formaba parte de la historia que contábamos sobre nosotros, pero aquella noche, la primera, fuimos audaces. Todo se redujo a la sensación de sus labios en los míos, sus manos en mi cara, su olor a humo de leña, menta y un toque de ginebra. Me besó y me hice líquida. La habitación estaba fría y oscura, pero por dentro yo era fuego, calor, llamas azules. Me besó y me sentí despierta. Me besó y me sentí viva.

De repente, oímos un estruendo, el sonido de gente corriendo, jadeos, voces elevadas. Connelly se levantó y abrió la puerta, solo una rendija. Vi a todo el mundo moviéndose en la misma dirección, como si alguien hubiera levantado la casa y la hubiera puesto de lado.

—Mierda —gruñó Connelly—. Debería ir a ver qué pasa. Espera un minuto antes de salir.

Asentí, obediente, y él me sonrió y se escabulló. Conté hasta cien antes de levantarme. Nunca había hecho submarinismo, pero supuse que así era como se sentía al emerger de las profundidades.

Casi me choco con Whitney en el pasillo.

—¿Qué ha pasado? —le pregunté.

—¡Algo con el profesor Fisher! —me contestó con una alegría que no se esforzó por ocultar.

Me abrí paso entre la multitud. Tom Fisher estaba en mitad de la cocina, con agua goteándole del pelo. Llevaba el jersey de lana colgando en la cintura y se le veía el borde de los calzoncillos. Tardé un segundo en comprender que no llevaba pantalones. Alrededor de la mano izquierda tenía una toalla manchada de algo oscuro que parecía sangre.

—Tom.

Joanna estaba a unos metros de él con Roxanne detrás, que tenía una mano extendida, lista para atacar. Andy y Kara estaban agachados en el suelo recogiendo trozos de vidrio y colocándolos con cuidado en un paño de cocina. Toda la habitación apestaba a ginebra.

—Tom, cielo.

Joanna le hablaba con dulzura, como si intentara atraer a un perro callejero.

—¡Déjame en paz! —La voz de Tom sonaba rasgada. Había estado llorando. Según pude ver, también estaba muy borracho.

—Por favor, cielo. Aquí no.

—¿Aquí no? ¿Por qué aquí no? —protestó Tom. La sangre goteaba de la toalla y se acumulaba en un charco a sus pies—. Que vean lo que somos de verdad, que vean en qué se convierte la gente.

Agitó la cabeza y llenó todo el cuarto de agua. Roxanne dio un paso adelante, pero Joanna le hizo señas para que retrocediera.

Miré a mi alrededor sin saber muy bien qué hacer. Andy y Kara habían terminado de limpiar los restos de cristal y se habían apoyado en la encimera juntos. Él sostenía el paño de cocina y

Kara se mordía el labio. Igraine también estaba detrás de su madre, con la cara torcida como un cuadro.

—Eh, colega.

Connelly dio un paso adelante con la autoridad serena de un paramédico. Le susurró algo a Roxanne, que asintió con un movimiento casi imperceptible, y luego le puso una mano en el hombro a Tom.

Él se sobresaltó y parpadeó.

—Randy —dijo, como si hubiera salido de un trance.

—Ya está, colega, estoy aquí —lo tranquilizó Connelly, que le señaló el brazo—. ¿Te parece si te curamos esa herida?

—Nada de esto es mío —se lamentó Tom con una voz espesa, empañada por las lágrimas—. Nunca lo ha sido. ¿Por qué me haces esto, Joanna? ¿Por qué?

Se abalanzó sobre ella y la habitación entera soltó un grito ahogado cuando alcanzó a su mujer con la mano ensangrentada.

Connelly hizo retroceder a Tom y Roxanne se adelantó, resuelta, rodeando a Joanna con un brazo y sosteniendo a Igraine con el otro. Joanna enterró la cara entre sus manos y Roxanne despegó los dedos de Igraine de la falda de su madre. Los discretos sollozos de la niña se convirtieron en alaridos cuando Roxanne la sacó a toda prisa de la habitación, y en ese momento, Tom cayó de rodillas. Una de las perneras de sus bóxer se abrió y pude verle la parte de arriba de un muslo pálido. Por primera vez desde que entré en la cocina, tuve que apartar la mirada.

—Muy bien, gente —anunció Connelly—, se acabó el espectáculo.

Me miró a los ojos un momento y luego apartó rápidamente la vista. Joanna nos dedicó una débil sonrisa mientras empezábamos a marcharnos. Lo último que vi antes de irme fue a Connelly pasándole un brazo a Tom por los hombros, ayudándolo a levantarse.

Recogimos nuestras cosas y nos fuimos dando trompicones en silencio por June Bridge Road. Habíamos visto más de lo que deberíamos, fuimos testigos del mundo adulto en todo su esplendor y desesperación. Me acordé de los diseños de punto que solía hacer mi madre, tan perfectos de frente, pero si les dabas la vuelta veías cada nudo y cada hilo.

La muchedumbre se dispersó cerca de las fraternidades, en busca de una fiesta nocturna para borrar el recuerdo a base de cerveza fría y música a toda pastilla. Jason y yo pasamos muy despacio por delante de Jack Frost. Su cuerpo, una masa triste y acuosa, se derretía ante nuestros ojos. Iba a llover toda la noche y el lunes sería poco más que un charco.

—Pobre Jack —se compadeció Jason antes de girar por la calle que llevaba hasta su residencia.

No había nadie cuando llegué a mi habitación. Me quité el vestido y me metí en la cama sin lavarme los dientes. Estaba exhausta, pero sabía que no conseguiría dormirme. Las imágenes de la noche se repetían en bucle en mi mente como fotogramas de una película: los dedos diminutos de Igraine, el jersey empapado de Tom, el hilillo de sangre en la toalla. No sé por qué me impactó tanto, pero lo hizo con una violencia atronadora.

La luz de la luna entró por las ventanas y, en poco tiempo, la escena de la cocina se desvaneció y se vio sustituida por los recuerdos del dormitorio y el beso de Connelly. Porque... ¿qué me importaban Joanna, Tom y su triste y patético declive? Nada en absoluto. Por pequeña e insignificante que me sintiera casi siempre, el egoísmo de la juventud no me había abandonado y me situaba justo en el centro del universo. Connelly y yo siempre pensamos que habíamos tenido suerte: cuando la gente hablaba del último Senior Mingle que organizaron Joanna Maxwell y Tom Fisher, lo único que recordaban era la escena de la cocina. Durante mucho tiempo pensé que no había mayor conexión entre los dos hechos, aunque más tarde comprendería que ambos mostraban algo que existía bajo la superficie, la expresión de todo lo que creemos que nos mantiene unidos.

Levanté un brazo por encima de mi cara, un mármol frío a la luz de la luna, y recorrí el entramado de venas de mi piel.

Recordé la sensación de los labios de Connelly sobre los míos, el arañazo de su mejilla, y sentí que todo lo que había dentro de mí se esforzaba por salir a flote. Luego cerré los ojos y me dormí profundamente. No soñé con nada.

CAPÍTULO 12

Resulta que Tom se había lanzado al estanque Corness desde una de las plataformas instaladas ese mismo día para el chapuzón de invierno. Una vecina, que lo observaba desde la ventana de su cocina, vio cómo se quitaba el abrigo, las botas y los pantalones, los dejaba doblados en la orilla y se zambullía en el agua helada.

Al día siguiente, Whitney, que se había quedado para ayudar a Roxanne a limpiar después de que Connelly se llevara a Tom a Urgencias y de que hubieran metido por fin a Joanna en la cama, me lo contó todo. Aún estaban allí cuando la vecina, una anciana con los rulos puestos, llamó a la puerta para asegurarse de que todo estuviera bien. Roxanne le sirvió un whisky y se sentaron en la mesa de la cocina a escuchar cómo la mujer hablaba de los angustiosos minutos que había tardado en convencer a Tom de que saliera del agua y se subiera a la plataforma. Cuando Roxanne le preguntó por qué no había llamado a la policía, la mujer dijo que «creía que no daba tiempo».

En veinticuatro horas, todo el mundo se había enterado de lo sucedido, hasta la gente que no había estado en el Mingle. El domingo por la noche nos sentamos unos cuantos en el comedor y comentamos la velada desde todas las perspectivas, reconstruyendo la historia como un rompecabezas, encajando y reconfigurando las piezas para asegurarnos de que tuviéramos la versión completa. Holly y Alec habían estado fumando fuera cuando vieron a Tom subiendo los escalones de la puerta trasera a trompicones. Jason estaba hablando con Amos en el salón cuando oyeron el estruendo, que resultó ser un golpe que se dio Tom contra una silla y una botella de ginebra que rompió contra la encimera de la cocina. El corte de la mano fue tan grave que, según Whitney, necesitó treinta y cuatro puntos, cuarenta y cuatro según Holly.

Nos preguntamos si había querido suicidarse o si había sido un grito de auxilio. Coincidimos en que había formas más eficaces de suicidarse, menos húmedas, menos públicas.

—El tipo quería público —apuntó Holly mientras se metía un tomate en la boca—. Como los chicos que se cortan las venas para llamar la atención. Todo el mundo sabe que el corte en horizontal es para que se vea, y en vertical, cuando le echas huevos.

Según Holly, si Tom hubiera querido morir de verdad, no se habría tirado al estanque cuando había una fiesta con tanta gente que pudiera detenerlo, pero el hecho de que ninguno de nosotros lo hubiera hecho no la disuadió. Holly era bastante persuasiva, pero a mí no me convenció. Vi algo en los ojos de Tom aquella noche, algo confuso y desquiciado, como si lo que lo ataba a la realidad se hubiera soltado, como la persiana de una puerta que el viento agita. Quizás Andy supiera algo más, pero no nos hablábamos.

Todos hablaban de Tom y de Joanna, pero yo no podía dejar de pensar en Connelly. Fui bastante reservada: cuando me preguntaban dónde estaba cuando se produjo el accidente, yo decía que buscando algo en el abrigo. No le había contado a nadie lo del beso, ni siquiera a Debra. Al no tener a nadie con quien hablar, tenía que recordarme a mí misma que había sucedido de verdad y, cuando lo hacía, me preguntaba qué significaba.

Cuando entré en el aula 203 el miércoles por la mañana, había repetido tantas veces la escena del dormitorio en mi cabeza que amenazaba con deshacerse en mis manos como una vieja carta de amor.

Connelly aún no había llegado, y por un instante creí que todo había sido un sueño, que Joanna nunca había dejado de dar clases, que no lo había conocido. Y, de repente, allí estaba, abriéndose la cremallera de la parka con sus grandes manos, las mismas que me habían sujetado la muñeca y me habían acariciado el pelo.

Aquel día estuvimos hablando del relato de Ramona. Connelly parecía más animado que de costumbre, elogiando a Ramona y felicitando a Ginny por haber leído atentamente un pasaje. A mí apenas me miró. Me pregunté qué diría cuando por fin estuviéramos solos, si me volvería a besar o si me diría que había sido un error, aunque también me preocupaba que no dijera nada en absoluto. El pensamiento me sumió en la desesperación y conté los minutos que faltaban para regresar corriendo a mi cuarto y no volver a salir nunca.

Cuando terminó la clase, corrí hacia la puerta, pero Connelly me detuvo levantando dos dedos, como si estuviera llamando a un taxi. Esperé junto a la puerta mientras él terminaba de hablar con Ramona. Cuando se rio de algo que dijo ella, me lo imaginé inclinándose para besarla también.

—Bueno —anunció cuando ella se fue—. Vayamos a mi despacho.

Le seguí en silencio escaleras arriba, arrastrando los pies de la forma que tanto odiaba mi madre. *Ni que te llevaran al patíbulo.* Así fue como me sentí cuando Connelly me condujo por un pasillo largo y oscuro de la cuarta planta, repleta en su mayoría de despachos vacíos.

—¿Por qué tiene su despacho aquí arriba? —le pregunté. Casi todos los profesores de Filología tenían los despachos en la segunda planta.

—Siempre me ponen aquí arriba. Cuando sustituyo a alguien, suele ser de última hora. —Buscó las llaves a tientas—. Pero me gusta este lugar. Hay mucha paz.

El despacho de Connelly era pequeño, con un techo inclinado que lo hacía parecer más pequeño aún. A diferencia del de Tom, que daba a la zona verde del campus, el despacho de Connelly estaba en la parte trasera del edificio y tenía vistas al aparcamiento. Había pocos muebles: un escritorio, una silla, un par de estanterías desparejadas. Lo único que parecía nuevo era un sofá de cuero. No había fotos, diplomas enmarcados, plantas ni tazas cursis, nada que indicara que fuera a quedarse por mucho tiempo.

—¿Ha dado clase antes? —le pregunté mientras me hacía un gesto para que me sentara en el sofá.

—Un par de veces. Sustituí a Joanna cuando nació Igraine y una vez que estaba de gira con su libro. Lo mismo con Tom cuando se puso enfermo. —El calefactor de la esquina traqueteaba con fuerza—. Por Dios, ese cacharro no se calla nunca. ¿No tienes calor?

Aún llevaba el abrigo puesto, abrochado casi hasta arriba.

—Estoy bien.

Connelly se acercó a la ventana.

—Qué alegría que haga sol para variar, aunque dicen que nevará este fin de semana.

—¿Qué esperaba? Estamos en febrero. O sea, todo el mundo le da mucha importancia al tiempo. Febrero es febrero, sin sorpresas: hace frío y nieva. Marzo ya… lo odio.

—No me digas —se sorprendió, esbozando una sonrisa—. ¿Por qué odias marzo?

—Es muy contradictorio: un día hace sol y al día siguiente nos congelamos. Ofrece la promesa de la primavera, pero nunca la cumple. No, no. Me quedo con enero o con junio.

Connelly se rio. Estaba deformando un clip con los dedos, retorciéndolo en forma de espiral. Una vez leí un artículo que decía que la forma en que doblabas un clip revelaba un aspecto de tu personalidad, pero no recuerdo nada más de lo que decía.

—Bueno —continué—, ¿quería hablarme del tiempo?

—No, no quiero hablar del tiempo. —Dejó el clip en el alféizar y se sentó en su escritorio—. Quería hablarte de lo que pasó la otra noche. En casa de Joanna y Tom —añadió, como si necesitara aclararlo—. Besar a jovencitas en cuartos ajenos no es algo que suela hacer.

—Seguro que no.

—Lo cierto es que bebí bastante y creo que eso me nubló el juicio. Espero que no te lo tomaras a mal.

—No, no me lo tomé a mal ni de ninguna forma.

Me ardía la cara. Aquella disculpa, o lo que fuera, resultaba humillante. ¿Que estaba borracho? Sonaba a la excusa que pondría alguien de una fraternidad. Me esperaba más de él. Me levanté y me alegré de no haberme quitado el abrigo para poder irme rápidamente.

Él alzó una mano.

—Isabel, por favor, no te vayas. Madre mía, lo siento. Vaya manera de estropear las cosas. Solo quería… no sé lo que quería. —Connelly respiró profundamente—. No te vayas, por favor.

Esperé un instante, volví a sentarme y me desabroché el abrigo.

—Gracias —siguió, mientras ponía las manos en posición de oración. Sacó otro clip, lo desdobló en una forma parecida a un atizador de carbón y lo usó para arañar su escritorio—. Empecemos otra vez. Menuda fiesta, ¿no?

—Y que lo diga —le respondí—. Menuda fiesta.

—¿Son siempre así?

—No sé, nunca había estado en una.

—Ya.

Tiró el clip a la basura y sacó un tercero. Parecía nervioso. Yo aún no sabía por qué me había invitado ni por qué no había dejado que me fuera. Me pregunté a qué esperaba.

—¿Puedo preguntarle algo? —le dije.

—Dispara.

—¿Sabe por qué lo hizo Tom? Lo de saltar al estanque.

Técnicamente, yo no tenía por qué saber aquello, pero si me iba a tener allí sentada, más me valía sacar información de provecho. Si a Connelly le había sorprendido u ofendido mi pregunta, no lo mostró.

—Lo que pasó fue lamentable. Doy por hecho que todo el mundo habla de ello —inquirió, y yo asentí—. No me sorprende, fue bastante dramático. No sé exactamente por qué lo hizo. Sé que lo está pasando mal con el divorcio y ahora Joanna y él se están peleando por la custodia. Los hombres suelen salir peor parados en este tipo de cuestiones. —Se quedó callado, tal vez pensando en lo que quería decir—. Ese tipo está viendo cómo le quitan todo por lo que ha luchado. Es un golpe duro. Los hombres necesitamos a las mujeres, Isabel, no te creas que no. En algún momento, la balanza cambia y todos los chicos por los que suspiras se convierten en hombres que tienen mucho miedo de estar solos.

Fuera, la torre del reloj empezó a entonar el *Alma mater* como hacía todos los días a mediodía, en una interpretación torpe y desafinada. Connelly seguía retorciendo el clip y me di cuenta de que, si me marchaba en ese instante, lo que había pasado entre nosotros se quedaría en una leve indiscreción que nunca llegó a nada. También podía obligarle a reconocer lo que había hecho, lo que había querido hacer, y no porque estuviera borracho. Sentí un poder extraño recorriendo mis venas al darme cuenta de que era yo quien decidiría si habíamos terminado o no con aquella conversación.

Bajé la mirada hacia mis botas, que tenían las puntas llenas de polvo, como una pizarra.

—Yo creo que, con todo lo que pasó esa noche, nadie se dio cuenta de lo que hicimos.

—¿En serio? —dijo—. Genial.

—Tampoco se lo he contado a nadie. ¿Y usted?

—No, claro que no.

—Problema resuelto, entonces.

Me levanté y me dirigí hacia la puerta. Notaba sus ojos clavados en mí. Puse la mano en el pomo y me volví hacia él.

—¿Puedo decirle algo?

—Adelante.

—No parecía tan borracho.

—¿Cómo? —se rio.

—He dicho que no parecía tan borracho cuando me besó. O sea, si quiere olvidarlo me parece bien, pero no creo que lo hiciera porque estuviera borracho.

El calefactor volvió a traquetear. Las campanas seguían tañendo, estrofa tras estrofa, ruidosas e insistentes.

—Quizá tengas razón. ¿Puedo preguntarte algo yo?

—Dispare.

—¿Por qué me devolviste el beso?

Quité la mano del pomo de la puerta y la dejé colgando. Sentía que el corazón me latía con fuerza en el pecho, como un perro que golpea la cola contra un suelo de madera.

—Porque me apetecía.

Un destello de color subió hasta sus mejillas.

—¿Y qué crees que deberíamos hacer?

—Creo que debería besarme otra vez. Ya veremos después.

—Cierra la puerta —me pidió, y le hice caso.

Connelly se acercó al sofá y me reuní con él. Fue como si estuviéramos representando un ritual coreografiado al detalle y cada uno interpretara su papel a la perfección. Nos sentamos juntos, hombro con hombro, como habíamos hecho en el dormitorio de Joanna y Tom.

—Deberíamos ser discretos —anunció—. Todo esto no debería… —hizo girar un dedo en el aire— alimentar los rumores.

—¿Qué pasa con su mujer?

—Ahí está el tema —dijo, y me dio la mano—. Si no tenemos cuidado, las cosas se pueden poner muy feas.

No era una respuesta del todo, pero lo dejé pasar. Parecía que nos acercábamos a algún tipo de acuerdo, aunque me estaba costando mucho concentrarme. Quería que me besara y ya. Puse el dedo índice en el hueco sobre sus labios. La piel estaba húmeda y era más suave de lo que imaginaba.

—Esto lo va a cambiar todo —aseguró.

—¿Me lo prometes?

Entonces, antes de que pudiera decir nada más, le besé. Le besé la boca, las mejillas, los párpados, la piel suave de detrás de las orejas, la punta de la barbilla. Oí su respiración entrecortada cuando le besé la garganta. Sabía a mentol y a algo más, algo terroso, salado. El deseo se apoderó de mí e hizo a un lado todo lo demás. Nos besamos hasta que el reloj de la torre se detuvo, y entonces me puso las manos en los hombros y me apartó.

—Deberíamos parar antes de que fuera tarde —sugirió.

Me eché hacia atrás. Todo parecía diferente, más claro, como si nunca hubiera llevado gafas y alguien me hubiera puesto unas. Connelly también parecía distinto. Me di cuenta de que no había entendido su propósito (por qué lo conocí, por qué estaba allí), pero todo encajaba. Claro que lo había conocido, claro que me había besado. Claro que sí, claro que sí, claro que sí.

—Si alguien te pregunta —dijo Connelly mientras yo me levantaba y me alisaba el pelo—, diles que has venido a hablar conmigo sobre tu búsqueda de trabajo, que te había encontrado un par de ofertas.

Asentí con la cabeza.

—Y que puede que tengas que volver para enseñarme currículums, cartas de presentación y demás. ¿Entendido?

—Sí.

—Que, por cierto, Isabel —me subió a su regazo—. Puede que tengamos que echarles un vistazo a esas cosas muy pronto.

Me rodeó la cintura con los brazos y me besó de nuevo, más fuerte, con más pasión; pensaba que me iba a tragar entera. Antes de irme, se llevó un dedo a los labios, confirmando nuestro secreto.

Lo esperaba todos los días con una carpeta bajo el brazo, llena de copias de mi currículum y cartas de presentación que nunca enviaría. A veces pasaba de largo sin mirarme a los ojos, o me decía un «Hola, Isabel» muy tajante antes de subir por las escaleras con otro profesor o estudiante. Esos días aprendí a mantener una expresión de indiferencia total y me convertí en una maestra de la espera. Sin embargo, cuando iba solo, cuando sus ojos se cruzaban con los míos al pasar, esperaba a que llegara al segundo rellano antes de seguirle escaleras arriba. Me tomaba mi tiempo en recorrer el pasillo, sintiendo el cosquilleo del pelo sobre mis hombros, el roce de los vaqueros en los muslos, la punta de la lengua tras los dientes. Llamaba a su puerta tres veces y esperaba a que me abriera. El sonido de la respiración cálida y hueca en mis oídos, la curiosidad revolviéndose en mi interior como una cobra. Entonces me atraía hacia él, me rodeaba la caja torácica con las manos, apretaba los labios contra mi oreja y me decía lo que le gustaba. Como buena alumna que era, aprendí rápido.

Febrero se hizo más intenso. La nieve lo cubría todo, y en Washington DC, Monica Lewinsky pedía inmunidad a cambio de declarar contra su antiguo amante, mientras que yo desaparecía tras la puerta cerrada del despacho de Connelly en Nuevo Hampshire.

Nos besamos en el sofá de cuero hasta que me sentí empapada de deseo. Estaba loca por él, pero no quería acostarse conmigo hasta asegurarse de que entendiera las reglas.

—Tenemos que ir con cuidado —me insistió. Tenía sus dedos en mi boca y los mordisqueaba con delicadeza, como si buscara la carne de un hueso de aceituna—. Te lo digo en serio —retiró la mano—, no estoy de broma. ¿Me has entendido?

—Sí.

—Nada de cotilleos, nada de contárselo a tus amigas.

—No lo haré, lo prometo.

Me acerqué a él, pero me rechazó.

—Quiero que lo tengas claro *de verdad*.

—Lo tengo claro.

—Pronto —me susurró—, muy pronto.

Técnicamente, Tom seguía siendo mi tutor del trabajo de fin de estudios, aunque hacía semanas que no me reunía con él; las páginas que le dejé en el buzón seguían intactas. Jason creía que debería hablar con otra persona para cambiar de tutor, pero la única persona que se me ocurría era Joanna, que seguía siendo directora del departamento, a pesar de estar de baja. La veía de vez en cuando, entrando y saliendo de Stringer Hall con Igraine a cuestas. Parecía delgada y distraída, con la piel más pálida que de costumbre y unas bolsas profundas y azuladas bajo los ojos.

Además, Connelly se había estado leyendo mi trabajo. No era un experto en Wharton, pero lo leyó con atención, hacía preguntas pertinentes y encontraba conexiones que ni yo misma sabía que había hecho.

—Esto de aquí —me comentó una tarde mientras señalaba las páginas con un dedo—. Esto refleja el tipo de escritora que deberías ser, alguien que escribe lo que todo el mundo piensa pero nadie dice por miedo. —Le dio una calada a mi cigarro—. En esta puta universidad, toda la gente está cohibida. A veces me dan ganas de agarrarlos y gritarles que el mundo no se acaba por decir la verdad.

Me tumbé en el sofá mientras sentía su elogio retumbando en el pecho. Había añadido más cosas a su despacho: una lámpara de latón, una planta que parecía una araña, un par de cojines de cachemira. Seguía sin ser demasiado íntimo, pero sí que se sentía menos transitorio, lo que me reconfortó.

—¿Nunca te han dicho lo buena que eres? —se sorprendió mientras me devolvía el cigarro. Negué con la cabeza y él me acarició la mejilla con el nudillo—. Joder, qué pena.

No hablábamos mucho de él ni de su trabajo, o de la época de su vida en la que había sido fugazmente famoso. Di por hecho que le resultaría difícil pensar en lo que había perdido, aunque quizá me estaba montando una película, como habría dicho Debra.

—¿Aún vas alguna vez a la cabaña? —le pregunté una vez con timidez.

—No. Solo necesitaba esa soledad cuando escribía poesía. No era un lugar muy feliz, la verdad. Allí fue donde tuve el accidente. —Se señaló la cicatriz de la mano—. Al final, pasar tanto tiempo solo no me estaba haciendo bien.

Me llevé su mano a la cara y recorrí el trazado de la herida con los labios.

—¿La echas de menos?

—¿La cabaña?

—La escritura.

—Aún escribo, Isabel.

—Lo sé. Me refería a la poesía.

—No. Doy gracias por el éxito que tuve. Muchas veces, la gente no triunfa ni una sola vez. Y ya no me cargo ventanas, así que todo bien. —Connelly me acarició la mejilla con la mano—. Además, me gusta lo que hago ahora: escribo para el *Citizen* y doy clase. Les paso el testigo a sucesores más dignos.

Nunca hablaba de su novela, la que me había comentado Jason una vez, y yo tampoco le pregunté por ella. Se publicó unos años después de *Siento no poder quedarme más*, poco después de que él y Roxanne se casaran. Según las pocas menciones que pude encontrar, la obra había recibido malas críticas. «Un burdo intento de ficción de masas de uno de nuestros mejores poetas», decía una reseña. «Este libro es lo que se suele llamar un "sacacuartos"», decía otra. Fue lo último que publicó, ya que dos años después empezó a escribir para el *Citizen*.

Connelly no le caía bien a algunas personas. Alec pensaba que era muy temperamental, Holly creía que tenía alumnos favoritos y Linus se preguntaba cómo habrían sido las clases si Joanna no hubiera dejado de enseñar. Yo no decía nada cuando le criticaban, y cuando hablaban de sus favoritos, sospecho que se referían a mí, pero me daba igual. Nunca fui la favorita de nadie.

Solo había algo que me reconcomía.

—¿Has hecho esto antes?

Me había vuelto a saltar Cálculo y estaba tumbada en el sofá, con los pies apoyados en su barriga. Me dio a entender que algunas estudiantes se le habían insinuado en el pasado. No había pasado nada, pero tenía que moverse con cuidado: a veces, esquivar las insinuaciones podía ser más difícil que dar clase.

Me pasó un dedo por el arco del pie. Aún no nos habíamos acostado.

—¿Me preguntas si soy virgen?

Le di una patada.

—Ya sabes a qué me refiero.

—Aaah —me respondió—. ¿Esto? No.

—¿De veras?

—De veras, Isabel. Eres la única.

El sonido de una palabra vibró a través de mí como un letrero de neón. *Especial*. Me senté y enterré la cara en su pecho. ¿Le creía? Acabábamos de escuchar a Bill Clinton jurar que no había tenido una aventura con Monica Lewinsky. ¿Le creímos? Nos creíamos lo que queríamos, lo que más obraba a favor de nuestros intereses. Las mentiras no eran tan malas como nos habían enseñado de niños. Además, ya no éramos niños.

—Aquí tienes tu respuesta —susurró mientras me metía una mano bajo la camisa—. ¿Contenta?

¿Que si estaba contenta? Más o menos.

Marzo llegó y la gente empezó a darse cuenta de que pronto nos iríamos de aquel lugar. Debra estaba haciendo planes para mudarse a San Francisco, Jason esperaba noticias de varias facultades de Derecho y Kelsey esperaba encontrar trabajo en una galería de arte de Nueva York. Sus planes no me interesaban lo más mínimo y los míos tampoco, ya que por fin había encontrado lo que buscaba, un propósito que se mostró ante mí en el sofá de cuero bajo el techo inclinado. Aquella era la razón por la que había ido a la facultad, pensé mientras Connelly posaba sus grandes manos en mi cuerpo, mientras yo me despojaba de capas de mí misma y se las entregaba. Aquella había sido siempre la razón.

Le hablé de todo: del Rosen's, de mi infancia en Nueva York, de lo mucho que me gustaba la ciudad y lo mucho que me asustaba. Le conté sobre mi primera visita a Wilder, en una jornada de puertas abiertas de mi penúltimo año de instituto. Mi madre se había puesto muy enferma y no pudo ir, así que saqué fotos de todo lo que pensaba que le gustaría: el comedor de paneles de madera, las pinturas al óleo, las chimeneas de piedra, los jardines de esculturas. Cuando llegué a casa, las llevé a revelar a una tienda de fotografía. La quimioterapia le había provocado unas llagas horribles en la boca, así que examinó las fotos sin apenas hablar, despacio y con cariño, como si estuviera memorizándolas. Más tarde me di cuenta de que las había puesto en su mesilla de noche para poder verlas desde la cama. Aunque yo no creyera en esas cosas, a veces caminaba por aquellos espacios vacíos que había fotografiado y me imaginaba que mi madre podía verme.

Le hablé de ella, de cómo me decía que leía demasiado, mientras que Abe insistía en que no leía las cosas correctas. Le conté que valoraba la belleza por encima de todo y que el retrato que había hecho de mí que más le gustaba era uno que pintó cuando yo estaba enferma y tenía las mejillas sonrosadas por la fiebre. Le conté lo enfadado que estaba Abe con ella por hacerme posar cuando debería estar descansando, pero mi madre había creído que merecía la pena, y yo estaba de acuerdo. Le conté que nunca pensé que podría ser una artista como ella, ya que nuestra forma de percibir el mundo era totalmente distinta: ella veía las cosas con los ojos y en cambio yo las sentía a través de la fina piel de mi corazón.

—Pero tú *eres* artista —me aseguró Connelly, y dejé que sus palabras me envolvieran.

A cambio, él me habló un poco de sí mismo. Más allá de lo que había recabado de sus poemas y del artículo de la revista, no sabía casi nada de su infancia ni de sus padres, y tampoco habíamos hablado nunca de su matrimonio, de cómo surgió ni de por qué perduraba. Saqué a colación la entrevista de *perras furiosas* que Debra le había hecho a Roxanne, que se centraba sobre todo en su época universitaria. Las historias sobre los primeros años de educación mixta fueron legendarios, llenos de hostilidad y acoso, y los alumnos se cuestionaban públicamente si la presencia de las mujeres cambiaría el «carácter» de Wilder. Las mujeres que nos allanaron el camino eran consideradas heroínas, pero Roxanne tenía otra opinión.

«No digo que fuera fácil —argumentaba—, pero, en cierto modo, nuestra lucha fue mucho más fácil que la vuestra. Hemos conseguido que cruzarais la puerta, pero ahora tenéis que luchar para quedaros. Y creedme, esa lucha es mucho más encarnizada». En ningún momento mencionaba a Connelly ni que estuviera casada.

En la fotografía que acompañaba a la entrevista, Roxanne estaba sentada detrás de su escritorio con las manos extendidas frente a su rostro, en mitad de un gesto. Me fijé bien en el retrato, en las líneas que se entrecruzaban en su rostro, en sus ojeras. Mi belleza nunca había sido accesible ni fácil de entender para los hombres: mi cuerpo era todo ángulos rectos y tenía la cara sumida en una seriedad que a los hombres de mi edad les resultaba imponente o difícil de encajar. Pero, comparada con Roxanne, yo era hermosa, o al menos, la juventud me confería su canon de belleza propio (más tarde lo interiorizaría, y cuando me cruzaba con mujeres jóvenes por la calle, me daba cuenta de que todas eran bellas, incluso las que no).

Dejé la entrevista y me miré la cara en el espejo: mejillas suaves, labios color manzana, el pelo oscuro y suelto sobre los hombros. Guapa: una *shaina madel*, como solían llamarme las mujeres que entraban al Rosen's. Pensé en la historia que Whitney me contó sobre el embarazo misterioso (e interrumpido) de Roxanne. En comparación, sentía mi cuerpo completo y fértil. *Si quisiera, podría darle eso a Connelly,* pensé. *Podría dárselo todo.*

Llegó el primer fin de semana de marzo. Debra estaba en el *bat mitzvá* de su prima y Kelsey y Jason se habían ido al apartamento de esquí de Bo Benson en Killington.

Empecé a prepararme en cuanto se fueron. Roxanne estaba en casa de su hermana, así que era uno de los pocos viernes por la noche en los que Connelly podía escaparse. Esperaba que aquella fuera la noche en la que le demostraría mi devoción por él y por nuestro secreto. Me afeité, me duché, me puse mi sujetador más bonito y unos pantalones negros sin cremallera que di por hecho que me quitaría de un tirón.

Stringer Hall estaba oscuro por la noche. Subí de puntillas hasta el cuarto piso y di tres toques cortos en la puerta, mi llamada secreta.

—Adelante.

Las luces estaban apagadas y Connelly estaba tumbado en el sofá. Se había quitado los zapatos y tenía un brazo sobre la cara.

—¿Estás bien?

—La verdad es que no —reconoció—. Me ha dado vértigo. Estoy esperando a ver si se me pasa.

—¿Quieres que me vaya? —le pregunté con una voz cargada de decepción.

—No —respondió, dándole una palmada al sofá—. Ven, pero no enciendas la luz.

Le hice un hueco a mis caderas en el espacio junto a sus hombros.

—Pensaba que el vértigo solo daba al subir a sitios altos.

—Eso pensaba yo también, pero parece que no. Las cosas que tiene la vejez. —Connelly me dio la mano—. Háblame. Cuéntame algo.

—¿El qué? —No estaba de humor para hablar.

—Lo que quieras.

Respiré hondo y le hablé de la habitación que compartía con Debra y Kelsey y de cómo dormía en la litera de arriba porque a Debra le daban miedo las alturas, fruto de algún trauma de campamento. Le hablé del sofá que habíamos heredado de unos amigos que se habían graduado, de cómo habíamos tenido que subirlo a cuestas por cuatro tramos de escaleras. Kelsey quería pedirle ayuda a Jason y a sus hermanos, pero Debra insistió en que lo hiciéramos solas.

—Ah, esa Debra —comentó Connelly.

Le conté que las tres solíamos ser muy amigas, pero ya no tanto. Esa parte de la historia me entristeció, así que le conté que

Ginny se había emborrachado en segundo año y se había caído por las escaleras de Zeta Psi. Se había fracturado el hueso sacro y se había perdido el resto de la temporada de remo, y le hicimos muchas bromas sobre que había ido «viento en pompis a toda vela». Le conté que en mi primer año de universidad mi compañero de habitación y yo nos despertamos y vimos a un tipo orinando en nuestro armario porque pensaba que era el baño. Le hablé de mi trabajo en el mostrador de información, de las Sáficas e incluso de Bo Benson.

—Bo Benson —repitió—. Parece el nombre de un superhéroe. ¿Es buen chico?

—No se porta mal.

—¿Le gustas?

—No lo sé.

—Seguro que sí. —Seguía con los ojos cerrados y las pestañas le descansaban en la mejilla—. ¿Cómo no ibas a gustarle? Seguro que todos los chicos de aquí están colados por ti.

—Lo dudo.

—Ellos se lo pierden. —Me pasó una mano por el muslo—. Venga, cierra la puerta.

—Pensaba que te encontrabas mal.

—Ya me siento mejor.

Fui hasta la puerta y la cerré. Mientras volvía al sofá, Connelly levantó una mano.

—Quieta —me ordenó.

—Sí, señor. —Le hice un gesto y empecé a desabrocharme la camisa.

—No. Primero quiero que hables por esa boquita tan lista que tienes.

—Ya te lo he contado todo.

—No, todo no. —Tenía el rostro serio a la luz de la luna—. No me has dicho lo que quieres.

—No sé. ¿La paz mundial?

No tenía ganas de seguir hablando. Quería que me besara, que me envolviera en sus brazos y me empujara contra el sofá hasta que no pudiera respirar.

—No —insistió—. Te vas a quedar ahí hasta que me digas lo que quieres.

—No sé qué quiero.

—En ese caso, dime qué quieres que te haga.

Se me doblaron las rodillas y se me cortó la respiración. ¿A alguna universitaria le habrían preguntado alguna vez qué quería? Sin duda, yo era la primera.

—Quiero…

Me desabroché otro botón de la camisa. Si aquello era un juego, yo tenía ganas de jugar.

—Para —me dijo, esta vez más alto. Se incorporó y apoyó las manos en las rodillas.

—Venga ya. Me siento tonta.

—No tienes ni un pelo de tonta, Isabel. —Me hablaba con un tono serio, menos juguetón—. Pero, si no puedes decirme lo que quieres, tendremos que parar. ¿Me sigues o no?

Yo asentí con la cabeza.

—¿Recuerdas cuando me hablaste de la noche con el chico ese...? ¿Cómo se llamaba? ¿Zev?

Había olvidado que le había contado a Connelly lo de Zev. No recordaba por qué lo había hecho, solo que en aquel momento me había sentido mejor si él lo sabía. En ese momento, deseaba no haberlo hecho.

—Me dijiste que aquella noche no estabas segura de lo que querías —continuó—. O quizá sí, pero no lo expresaste, ¿no?

—No lo sé.

—No lo sabes. —Connelly sacudió la cabeza—. Mira, no quiero que algún día cuentes una historia similar sobre mí. Sé que crees que no lo harás, pero no sabes lo que pensarás al respecto más tarde, cuando todo haya terminado. Lo que querías que te hiciera, lo que no. Tenemos que dejar las cosas claras desde ya para que no haya malentendidos. Hay mucho en juego.

Me sudaban las palmas de las manos y me sentía mareada. Tenía la camisa abierta y, por primera vez desde que estábamos juntos, me sentía desnuda, expuesta. Todo el tiempo que le había estado contando historias… ¿se las había estado guardando para usarlas más tarde, como prueba de mi lealtad? Lo que había empezado como un juego se había convertido en una orden, porque en sus palabras había una amenaza implícita: haz esto ahora, prométemelo o no podremos seguir. ¿No sabía que haría lo que fuera, que le prometería cualquier cosa? Solo quería que dejara de hablar y me besara.

—¿Está claro, Isabel?

—Sí —le respondí—. Como el agua.

—Bien. Ahora, quédate ahí y dime lo que quieres.

—Quiero…

—Más fuerte.

—Quiero que me beses.

—¿Dónde?

Le señalé un lado del cuello.

—Dilo.

—En el cuello. Que me beses en el cuello.

—¿Y qué más?

—Tu lengua. Quiero sentir tu lengua…

—¿Dónde?

—Aquí.

Me levanté el pelo y señalé la zona de piel que tenía detrás de la oreja. Él asintió con la cabeza.

—Continúa.

—Quiero tus manos aquí.

Me quité la camisa y me sujeté los pechos con las manos. Él se recostó en el sofá y exhaló.

—Eso es. ¿Qué más?

Me quedé de pie, concentrada en la sensación del suelo de madera bajo mis pies, y los apreté con fuerza para no salir volando. Las palabras brotaron de mi interior en una cadena de sonidos que se convirtieron en frases, frases que se convirtieron en una historia, una que siempre había estado escribiendo aunque no lo sabía hasta que empecé a contársela a él. Cuando terminé, estaba de rodillas arrastrándome por el suelo, con el cuerpo como un cable de alta tensión y llamas azul eléctrico. Connelly era un amante cuidadoso. Hizo todo lo que le pedí y nada más. Habló conmigo, se aseguró de que estuviera bien, de que me gustara lo que hacía; antes de correrse, me preguntó si podía. Cuando terminó, me besó con ternura en la frente húmeda, en la clavícula, en la punta de cada dedo, y luego me ayudó a vestirme y me acompañó escaleras abajo.

—No tardes mucho en volver —me dijo—. Y no te distraigas.

El cuarto estaba vacío cuando regresé. Me metí en la cama, pero no conseguí dormirme. En mi mente giraban en bucle pensamientos sobre el deseo, el control y el consentimiento.

Consentido. La palabra se había quedado allí desde que el decano Hansen la utilizó para describir lo que había pasado con Zev. *Me dijo que ustedes dos habían tenido un encuentro consentido.* No le quitaba la razón: lo que Zev y yo habíamos hecho parecía consentido mientras sucedía. No deseado, tal vez, pero no había sido en contra de mi voluntad. Sin embargo, al comparar aquella noche con lo que acababa de hacer con Connelly, me di cuenta de que los dos hechos eran mundos totalmente distintos, unidos solo por sus similitudes biológicas más básicas. Entonces no sabía lo que quería porque nunca había deseado a nadie tanto como a Connelly.

A menudo vuelvo a esa época, a esas cinco o seis semanas en las que todo era más sencillo para los dos. Tardes de sueño en el sofá de Connelly, su olor en mi pelo, en mi piel, bajo mis uñas. Vuelvo a marzo, a ese periodo de transición, cuando el mundo deja de ser una cosa y empieza a ser otra. En la calle, la primavera se abría paso, pero manteníamos cerradas las persianas para no dejar entrar la luz.

Estaba nevando el día que entré en el despacho de Joanna Maxwell y le pregunté si el profesor Connelly podía ser mi tutor del trabajo de fin de estudios, ya que el profesor Fisher se había tomado una excedencia de forma oficial. Igraine estaba dormida en un sofá, apretando una manta raída contra su mejilla. En ese letargo, pude escuchar cómo ronroneaba con suavidad.

—¿El profesor Connelly? —me preguntó—. ¿Segura?

—Sí —le respondí. Estaba segura.

CAPÍTULO 13

Mi madre enfermó cuando yo tenía trece años. Es la historia de siempre: un bulto que dio lugar a una serie de pruebas, a una cirugía, quimioterapia, más cirugía, un periodo de remisión y, por último, a una lenta y agonizante cuenta atrás. A medida que mi madre se hundía en la enfermedad, primero despacio y luego de golpe, yo empecé a crecer. Su cuerpo se consumía y el mío florecía de forma enfermiza.

Mi madre debió darse cuenta de que yo llevaba siempre los mismos vaqueros y la misma sudadera, así que un día me mandó de compras con mi abuela. Fue todo lo contrario al día de compras ideal: Yetta, arisca y con el gesto torcido, envuelta en una neblina de humo de cigarros mentolados, guiándome por los pasillos del Century 21. Me avergonzaba de todo, de mi abuela y de mi cuerpo, de la pobreza, de la enfermedad y de la escasez de todo. Aquel día volvimos con poca cosa: un par de vaqueros, dos sujetadores, tres camisetas y un jersey, aunque yo necesitaba y quería mucho más.

Más tarde ese año, mientras mi madre estaba en el hospital, pasé la noche en casa de una amiga. Cuando salió de la habitación y se fue a por algo de comer vi que tenía la puerta del armario abierta. Tenía de todo: blusas, faldas, vestidos, chaquetas de punto. Pasé la mano por las suaves telas y, sin pensarlo, descolgué un jersey de una percha y me lo metí en el bolso. Al día siguiente, cuando llegué a casa, me lo probé delante del espejo. Era más bonito que todo lo que yo tenía, con una lana rosa palo

146

mezclada con cachemira, un escote delicado y favorecedor. Nunca se dio cuenta de que le faltaba el jersey, así que la siguiente vez que fui a su casa me llevé unos vaqueros y una falda campestre.

Después de aquello empecé a llevarme cosas siempre que veía la ocasión, ropa en su mayoría, pero también pendientes, bolsos y maquillaje. A veces, en el instituto, llevaba puesto el objeto robado de la persona a la que se lo había quitado. Siempre entrecerraban los ojos al verlo, pero nadie me plantaba cara. Era una buena ladrona, aunque también bastante insólita. Me imponía unas normas estrictas: no robaba a nadie cuya familia fuera más pobre que la mía, un cálculo complejo que basaba en si sus padres estaban divorciados y si compartían habitación o no. No robaba a amigos íntimos ni a nadie que conociera a mis padres, pero tampoco les robaba a desconocidos. Tampoco robaba nada que no pudiera reemplazarse y, a pesar de todo, me recordaba a mí misma que lo que hacía estaba mal y planeaba dejarlo en algún momento, pero entonces ocurría algo (mi madre pasaba una mala noche y me encontraba a Abe llorando al día siguiente en el desayuno) y volvía a empezar.

El éxito me hizo más audaz. Antes de Wilder, cuando mi madre estaba en el hospital por una infección de páncreas, le robé dinero de la cartera al padre de un amigo. Esa primavera, después de que el protocolo experimental que había estado siguiendo durante todo el año dejara de funcionar, le robé un par de pendientes de diamantes a la hermana mayor de una amiga. Cuando llegué a Wilder ya había dejado de robar y el impulso se había adormecido en gran medida, lo cual era bueno porque tenía muchas oportunidades. Las chicas allí eran tan ricas y descuidadas que tenían los armarios rebosantes de jerséis de cachemira, pantalones de pana, mocasines y collares de perlas, todo tirado por el suelo o amontonado en las camas, cosas que mis años de robos me habían enseñado que nunca echarían de menos. Pero mis días de querer cosas ajenas habían terminado. Además, mi madre había muerto, así que ya no tenía excusa.

Era el último jueves de marzo y caía aguanieve. Joanna Maxwell pasó corriendo por mi lado de camino a Stringer Hall, empujando a Igraine en un cochecito que parecía quedarle pequeño. La niña iba dormida y Joanna sostenía torpemente un paraguas sobre ella con una mano mientras dirigía el cochecito con la otra. Joanna a veces me recordaba a mi madre, aunque era más pequeña y, sin saber explicar muy bien por qué, era evidente que no era judía. No la había visto desde el día en que le pedí el cambio de tutor. Ni siquiera había pensado en ella; estaba demasiado inmersa en mis propios dramas.

Connelly estaba en su escritorio leyendo una pila de trabajos de los estudiantes. A su lado había un juego de llaves que no había visto nunca antes, con una anilla antigua de las que llevaría un carcelero colgada del cinturón. Connelly no se había afeitado y su rostro se veía serio, pero de una forma atractiva. Quería estirar la mano y sentir su cosquilleo, aunque sabía que no debía molestarlo mientras trabajaba. Es más, siempre era mejor cuando me hacía esperar. Me quité las botas, puse los calcetines encima del calefactor y me tumbé en el suelo, calentándome los pies contra el radiador. Tenía una ampolla en el talón y me dediqué a toquetearla, distraída.

Unos minutos más tarde, me miró como si me hubiera visto por primera vez.

—Ah, hola. Qué guapa estás.

—Gracias.

—¿Qué llevas debajo?

Tiré del cuello del jersey y miré hacia dentro.

—Camiseta de tirantes y sujetador.

—Quítatelo.

Hice lo que me pedía y empecé a acercarme a él, pero me detuvo.

—No, quédate ahí. Me gusta verte en el suelo.

Volvía a tumbarme y Connelly pasó por encima de mí para cerrar la puerta. Sentía sus pisadas en el suelo y mi cuerpo vibraba con cada paso.

—Cierra los ojos —me pidió, y los cerré.

Él se inclinó y me abrió la mano con un golpecito de algo. Me pasó la punta por la palma, por el interior de la muñeca y hasta el pliegue del codo. Me estremecí cuando la arrastró hacia mi hombro y luego por la clavícula. Era una llave. Mantuve los ojos cerrados mientras la movía lentamente por el otro brazo, luego entre los dedos y por la base del pulgar.

Connelly levantó la llave y cambió de postura. Percibía su respiración mientras se quitaba el jersey y utilizaba las mangas para atarme las muñecas por encima de la cabeza. Colocó la punta de la llave entre mis pechos y noté el metal frío contra la piel. Acto seguido, dibujó con ella una línea de arriba abajo y trazó círculos alrededor de cada pezón.

—Quítatelos —dijo mientras me tiraba de los vaqueros. Me removí para quitármelos y me los pasé por encima de los talones de forma brusca, rompiendo la piel que protegía la ampolla. Escuchaba el aguanieve golpear el tejado como si alguien estuviera lanzando guijarros contra él. Connelly me puso la llave bajo el esternón, dejó que se me hundiera en el ombligo y luego me la pasó por el interior de la pierna, desde el muslo hasta el tobillo y de vuelta. No sabía cuánto tiempo había pasado, si diez minutos, veinte o medio día. Recordaba vagamente que tenía que ir a alguna parte, pero no sabía a dónde. Solo podía pensar en llaves. Connelly rasgueó el elástico de mi ropa interior como si fuera la cuerda de una guitarra y pensé en cuando mi madre me enseñó a blandir las llaves del apartamento como un arma cuando volvía a casa a altas horas de la noche. Me bajó la ropa interior y pensé en la llave de la caja fuerte de la trastienda, donde Abe guardaba los montones de dinero que llevaba todos los viernes al banco. *Shabat.* Connelly me abrió las piernas y pensé en el cajón de llaves de Yetta, las llaves que nunca se atrevía a tirar: ¿y si hacían falta algún día? La lluvia arreció y me imaginé un pasillo lleno de puertas que no podía abrir con cosas que me hacían falta detrás de ellas, herramientas para un rescate, para sobrevivir y huir. Mi amante se metió dentro de mí y abrió todo lo que había guardado: vergüenza, miedo. Cuando llegué a la habitación, tenía un montón de moratones en la columna y arañazos en los muslos. Connelly me tapó la boca cuando grité y ya no supe lo que había dentro de mí, solo que nunca más encontré una puerta que no pudiera abrir. Él tenía la llave de mi perdición, y yo le permití que lo desbaratara todo.

Aquella primavera nació mi necesidad de vincular el sexo con el secretismo. Desde ese momento, no había nada más erótico que un beso furtivo a puerta cerrada, un manoseo apresurado en un guardarropa, la mano de un hombre en mi rodilla mientras su novia se sentaba frente a nosotros. Una vez le pedí a Bo que quedara conmigo en un bar y que fingiera que no me conocía. Yo había elegido un vestido corto, sin espalda, de los que no se pueden llevar con sujetador. Delineador negro y lápiz labial rojo, el tipo de maquillaje que nunca usaba. Dejaría mi alianza en casa, pero él podía llevar la suya. Me volvería una zorra para él y me haría la fácil de una vez. Follaríamos en el baño y dejaría que me quitara la ropa interior con los dientes.

—¿Por qué querría hacer eso? —se rio Bo—. Pensaba que el objetivo de casarse era no tener que ligar con más desconocidos en los bares.

Yo también me reí, pero sabía que era el principio de nuestro fin. Necesitaba algo de él, algo que no sabía cómo pedir o explicarle. Cuando hicimos el amor aquella noche, en casa, en la cama y con las luces apagadas, pensé en Connelly y me imaginé de nuevo su despacho al final del pasillo, la luz gris del invierno llenando el cuarto, el cuerpo pegajoso en la parte trasera de mis muslos, el tacto frío del metal contra mi piel. A veces, cuando

Connelly acudía a mi mente, me mordía el labio tan fuerte que me hacía sangre.

—¿Qué te ha pasado? —me preguntó Bo cuando terminamos y me señaló la cara. Yo me levanté, me limpié la boca con la mano y probé la sangre, que tenía el sabor a óxido de las llaves.

CAPÍTULO 14

En abril volví a casa por Pésaj. Abe me lo pidió, lo que me sorprendió: no le dábamos mucha importancia a las fiestas, menos aún a las judías, pero como siempre me pedía poco, le dije que iría.

—Cuéntame otra vez lo de la Pascua judía —me pidió Connelly cuando me pasé a verle antes de irme. No sabía mucho del judaísmo (se había criado como católico), aunque yo pensaba que sí, o que debería, que me conocía tan bien que era lógico que también supiera aquello. No tenía sentido, pero, aun así, la desconexión me resultó extraña.

Estaba en el sofá, así que me senté en su escritorio, levanté los pies y le conté todo lo que recordaba sobre el Pésaj: los judíos esclavos, Moisés entre los juncos, la separación del mar Rojo. Connelly escuchaba atentamente con los dedos apretados bajo la barbilla.

—Y solo comemos *matzá* durante ocho días —le expliqué—. Nada de pan.

—Qué horror.

—Al principio cuesta, pero luego te acaba gustando. Era algo sobre superar el deseo y cruzar al otro lado o algo así. —Connelly me miraba con una expresión divertida—. ¿Qué pasa?

—Nada, es que me gusta escucharte hablar.

Me sonrojé. Me pareció lo más bonito que me habían dicho nunca.

Normalmente volvía a casa con Debra en bici, pero esas vacaciones no estaba en Nueva York, así que tomé el autobús.

—Guau —se sorprendió el tipo que había sentado a mi lado cuando saqué la lana y el metro de bufanda se desparramó por mi regazo—. ¿Es para tu novio?

Negué con la cabeza, pero, a pesar de la advertencia de mi madre, pensé en regalársela a Connelly.

—Pues qué suerte, quien sea —comentó, acercándose más. Olía a ajo y a aceite de pachulí. Me estuvo hablando mientras el autobús bajaba por la interestatal, sobre todo de Clinton y del teatro político que se desarrollaba en Washington. Según él, lo que haga un hombre a puerta cerrada no le debería importar un carajo a nadie, y las únicas personas ante las que tenía que responder eran su mujer y Dios, en ese orden.

—Un hombre engañó a su mujer —dijo—. ¿Y qué? Pasa todos los días, todos los putos días.

Cada vez que volvía a casa, el barrio había cambiado un poco más. En el camino desde la estación de metro pasé por delante de una tienda de *dumplings* y de un hotel de lujo, que habían levantado donde antes había una tienda de aperitivos de la competencia. En la esquina había un agujero en el suelo donde antes estaba la panadería Litkowski's. De pequeña, mi madre y yo íbamos allí todos los fines de semana a por un pan de centeno con semillas y una tarta de Linz. El señor Litkowski era un hombre corpulento y muy serio. Solía llamarle «el hombre de blanco» porque siempre estaba cubierto de harina. A Abe le gustaba decir que Nueva York era una ciudad alérgica a la nostalgia en la que los edificios siempre se erigían y se tumbaban y lo viejo se despejaba para hacer espacio a lo nuevo. Según él, esto la convertía en la ciudad perfecta para los judíos, ya que éramos un pueblo acostumbrado a reinventarnos. «¿Reinventarnos?», decía mi madre. «Nos vamos porque la gente quiere matarnos, Abe, no porque queramos cambiar de aires».

A medida que paseaba entre los fantasmas de todo lo que solía haber allí, me di cuenta de que era un milagro que Rosen's Appetizing hubiera sobrevivido. Mi padre había tenido mala suerte en muchas cosas, pero muy buena en un aspecto: era sobrino de Ruben «Ruby» Rosen, un innovador vendedor ambulante que había abierto Rosen's Appetizing en un pequeño local de Orchard Street en 1920. Abe era huérfano de padre y pobre, así que Ruby, un hombre difícil y sin hijos, lo acogió. Mi padre rara vez hablaba de aquellos primeros años en los que trabajaba muchas horas para mantener a su madre y a su hermano pequeño, Leon. Si hablaba de ellos, era para decir que tenía suerte de no ser carnicero.

—El negocio de la carne es complicado —me aseguró una vez. Estábamos sentados a la mesa de la cocina y se estaba tomando un té en un vaso—. A casi todos los carniceros les falta parte de un dedo o de la mano. A otros, más que eso.

»Mi amigo Stewy Horowitz procedía de una familia de carniceros —prosiguió mientras el vapor del té le empañaba las gafas—. Solo estuve una vez en la trastienda. Su padre llevaba un delantal negro ensangrentado, había plumas por todas partes y una cesta metálica llena de patas. En el centro de la sala había un desagüe gigante donde iba a parar toda la sangre.

Abe se estremeció. Visto lo visto, tenía suerte de trabajar vendiendo aperitivos.

Suerte o no, el trabajo era duro. Todos los recuerdos que tengo de mi padre son de detrás del mostrador, con un delantal blanco atado a la cintura y un lápiz sobre la oreja. Su vida había estado repleta de largos días de pie y al borde de la ruina financiera y, sin embargo, allí estaba, tirando. *Un día dejaremos esto atrás, pero de momento, aquí sigo.*

Empujé la puerta y el olor a pescado ahumado y vinagre me llenó la nariz. Allí nunca cambiaba nada. Ruby, que llevaba muerto más de quince años, habría reconocido el suelo cubierto de serrín, el largo mostrador de cristal con su teatral expositor de salmón, queso fresco, aceitunas y esturión amarillo marchito. La única mejora que había hecho Abe fue cambiar la ventana de la entrada después de que alguien la rompiera de un ladrillazo. Cuando lo hizo, mi madre le convenció para que escribiera «Rosen's Appetizing, desde 1920» en dorado sobre el cristal.

Manny deslizaba un cuchillo con delicadeza por el lomo de un salmón brillante. Algunos parroquianos preferían que fuera mi padre quien les cortara el salmón ahumado en lonchas finas; Manny no lo hacía mal, pero Abe conseguía unos cortes tan finos que se podía leer el periódico a través de ellos (eso y que, aunque nunca lo decían en voz alta, no se acostumbraban a que un dominicano les cortara el salmón ahumado). La gente que iba con prisa prefería los paquetes ya cortados y preparados, pero quienes tenían tiempo, los que más sabían, siempre esperaban a Abe.

—Hola, Izzy. Tu padre está en la trastienda —me dijo sin levantar siquiera la vista, pero sin ser desagradable. Manny llevaba en el Rosen's desde que yo tenía memoria, ascendiendo de reponedor a cortador de salmón. No había llegado hasta donde estaba sin aprender la primera regla del corte de salmón: no desviar nunca la mirada.

Me encontré a Abe en su despacho, arrinconado detrás del escritorio que antaño había pertenecido a Ruby.

—Hola, forastera —me saludó, y se levantó para darme un abrazo. Mi padre era un hombre menudo y delgado como una bailarina. Llevaba el pelo espeso y canoso peinado hacia un lado y olía mucho a loción de afeitado. Había adelgazado desde la última vez que lo vi y me preocupaba que no se estuviera cuidando.

—Hola, Izzy.

La voz de mi primo me sobresaltó. Benji, el hijo de Leon y Fanny, estaba sentado en un taburete en la esquina con una pila de recibos de compra en su regazo. Hacía tiempo que no lo veía, no desde que se había graduado en Empresariales, Marketing o alguna cosa igual de aburrida en la SUNY de Binghamton.

—¿Quieres algo, Isabel? —me ofreció Abe.

—Vale.

No tenía hambre, pero tampoco iba a decirle que no, ya que me iba a traer algo de todas formas.

—¿Qué haces aquí? —le pregunté a Benji.

—Echar una mano —me respondió. Había algo en su tono de voz que me molestó, como si me estuviera reprochando que no ayudara a mi padre o que no necesitaba mi ayuda en absoluto.

—Ah, ¿sí? ¿Con qué?

—Con un poco de todo: organizar las cosas, establecer un sistema.

Me habló un rato de maximizar la eficiencia, aumentar la productividad, hacer que los sistemas interactuaran y un montón de jerga empresarial que me costó imaginar en el contexto del Rosen's Appetizing.

—¿Has conseguido que usase eso? —Señalé el ordenador de la mesa de Abe.

Alguien, quizá Benji, le había convencido para comprarlo hacía uno o dos años y, por lo que yo sabía, nunca lo había encendido.

—Lo cierto es que sí —reconoció—. Le estoy enseñando que, aunque ahora parezca más trabajo, a la larga tendrá menos.

—Pues buena suerte. ¿Estás también en el mostrador? Abe dice que es la única forma de aprender cómo va el negocio.

Benji frunció los labios.

—No quiero aprender cómo va el negocio, Isabel, solo le ayudo. Pero a veces sí, cuando hay mucha tarea.

—¿Ha habido mucha? —le pregunté, y él hizo una pausa.

—De vez en cuando.

Abe volvió a entrar y me dio un *bagel* de ensaladilla de pescado blanco, mi favorito. Sentí una punzada mientras él y Benji hablaban de un envío que se había retrasado. No fue por celos, sino más bien por nostalgia por algo que ya no existía, por algo que quizá nunca había existido. Nunca me había parado a pensar en qué pasaría con la tienda cuando Abe se jubilara o se muriera. Supuse que en algún momento vendería el edificio, que es lo que hacía la mayoría de la gente como mi padre, ya que los bienes inmuebles casi siempre eran más valiosos que el propio negocio. Abe decía que el único motivo por el que el Rosen's había sobrevivido tantos años era porque Ruby había tenido la buena idea de comprar el edificio cuando tuvo la oportunidad. En ese momento me pregunté si tendría otros planes y si incluiría a Benji en ellos.

Abe miró al frente.

—Benji, hay una mujer junto al mostrador de dulces.

—Voy, tío Abe. —Benji se levantó y vi que llevaba un delantal—. Isabel, mi madre dice que deberías pasarte por Shabbos cuando vuelvas a la ciudad. Celia también estará allí con los gemelos.

—Claro —le respondí mientras masticaba la ensaladilla de pescado—. No estoy segura de cuándo volveré, pero me encantaría.

—¿Cómo que no sabes cuándo volverás? —me preguntó Abe cuando Benji se fue.

—Estaba pensando en quedarme en Nuevo Hampshire este verano.

Aquello era algo de lo que Connelly y yo habíamos hablado poco antes de irme. Roxanne se iba a pasar el verano en Inglaterra, así que se quedaría solo. La idea era a la par emocionante y aterradora: tardes de no hacer nada encerrada en su despacho o en su casa, amplias franjas de tiempo para leer y escribir sin interrupciones. Podríamos ir juntos en coche, comer, pasear, hacer cosas que no habíamos hecho nunca. Sin embargo, no tenía trabajo ni casa y no se lo había comentado a Kelsey, con quien pensaba compartir piso; ella querría saber por qué me quedaba en Wilder y no aceptaría excusas baratas. No sabía por qué se lo había comentado a Abe y, al ver el pánico que le había dado, me arrepentí al instante.

—¿En Nuevo Hampshire? ¿Por qué? ¿Qué vas a hacer allí? ¿Dónde vivirás? No puedes quedarte en la residencia.

—Está todo en el aire, es posible que no ocurra. Lo dudo. —Abe relajó el gesto—. No me habías dicho que Benji estaba trabajando aquí.

—Fanny me lo pidió. Supongo que necesita un trabajo para conseguir a una buena chica ortodoxa. No sé para qué ha hecho ese grado. —Se puso las gafas y escudriñó la vista ante algo que tenía en el escritorio—. A decir verdad, nunca pensé que fuera muy listo, pero tiene buenas ideas.

—¿De veras? ¿Como cuáles?

—Bueno, vendemos bocadillos para llevar, de modo que la gente se los puede comer por la calle. Y luego está el tema del ordenador. Dice que puede ampliar nuestro alcance. Así lo dice: «ampliar nuestro alcance». Cree que algún día la gente comprará ensaladilla de pescado blanco en la web. —Abe enarcó una ceja y le dio un golpecito al ordenador—. Menos mal que le pago poco. Vale, deja que termine y nos vamos.

Pasamos las vacaciones en el condado de Rockland con Elaine, la prima de mi madre, y su segundo marido, Sol. Leon y Fanny nos habían invitado a su Séder, invitación que reiteró Benji antes de marcharse, pero Abe odiaba pasar las vacaciones en casa de su hermano. *Demasiado rezar*. El Séder de Elaine y Sol era más tranquilo, con un ambiente agradable y bohemio, mucho darse la mano y cantos desafinados, mantones de oración de todos los colores y poco hebreo. Me gustaba pasar tiempo en casa de Elaine y de Sol. A Abe también, aunque se quejó del tráfico todo el trayecto.

—Te veo genial, querida —me dijo Elaine, y me dio un beso muy húmedo en la mejilla—. Igualita que tu madre. ¿No se parece a Viv, Sol? —Se secó una lágrima—. Hay que ver, ya estoy llorando. —Sol le pasó un brazo por los hombros.

—¿Cómo van las cosas en Nuevo Hampshire? —me preguntó él. Tenía una coleta larga y cana y un cuerpo como un armario—. ¿Algún chico guapo por allí?

—No está allí para conocer chicos, Sol —le reprochó Elaine, que le dio una palmadita en el antebrazo—. Ya te vale.

La mesa del comedor de Elaine y Sol estaba puesta para veinte comensales, muchos más de los que cabían con normalidad. Elaine no era una anfitriona ducha como mi madre, pero la habitación desprendía una sensación cálida y agradable que me hacía sentir arropada y me daba sueño. Si en casa de Fanny y Leon había demasiadas normas, estaba claro que en casa de

Elaine y de Sol no había ninguna. Durante todo el Séder, la gente se interrumpía permanentemente, hablaba con varias personas a la vez, se ponía de pie y se paseaba. Yo me limitaba a pasar las páginas de mi Hagadá en silencio y a preguntarme por qué mi padre había insistido en que volviera a casa para aquello. Me distraía el cuadro que había en la pared encima del aparador, una pintura abstracta que había pintado mamá hacía años. Nunca había tenido mucha suerte con los abstractos (los paisajes y las naturalezas muertas se vendían con más facilidad), pero a Elaine le había gustado tanto aquel que mi madre se lo había regalado.

Me acordé del día en que lo pintó. Fue unas semanas después de su diagnóstico, mucho antes de que comprendiéramos lo que significaba y lo que estaba por venir. Se había pasado la noche en el sofá, lo cual no era raro, pero aquella mañana no se movió mientras yo daba vueltas por la cocina y me preparaba para ir al colegio. Abe ya se había ido, y antes de salir, fui al salón para despedirme.

—Mamá —le dije, poniéndole una mano en el hombro. No me respondió. Tenía el pelo alborotado y se le notaba la delgadez bajo su larga camiseta gris—. Mamá.

—¿Qué hora es? —me preguntó. Tenía la voz ronca y quebrada, como si hubiera estado gritando.

—Son casi las ocho. ¿Estás bien, mamá?

Empezaba a asustarme. ¿Sería el cáncer? ¿Se estaría muriendo ya?

Ella me dio la mano. Tenía las uñas sucias y partidas.

—Búscate un hombre que te entienda, cariño. ¿Me lo prometes?

Tenía lágrimas en los ojos y me miraba con tanta intensidad que tuve que apartar la mirada. Vi que había sacado todos sus cuadros y los había apoyado en las paredes: cuencos de fruta y platos con nueces con la cáscara rugosa y llena de bultos como cerebros. La escena de nuestra ventana, la acera moteada, el charco grasiento junto al bordillo. Tantos cuadros y fotogramas del mundo tal y como ella lo veía. ¿Cómo era posible que nunca me hubiera fijado en ellos?

Me levanté y me acerqué al caballete. En él estaba el cuadro en el que había trabajado la noche anterior, el que después colgaría en el comedor de Elaine y de Sol. La pintura, de un turquesa vivo y brillante como el azul de una piscina californiana, seguía húmeda. Mi madre tenía ese mismo color en el pelo, en la mejilla y en la camisa.

—¿Qué te parece? —me preguntó.

Volví a mirar el cuadro y traté de pensar en algo que decir. Mi madre nunca me había preguntado por su obra, pero quizá ya fuera lo bastante mayor para opinar. Aquel cuadro era distinto a los demás, más abstracto y urgente, con unas pinceladas salvajes y sensuales. Intenté distinguir caras, ojos, partes reconocibles del cuerpo humano, pero todo estaba fracturado, abierto como fruta o como carroña.

—Me asusta —opiné.

Mi madre se incorporó y les echó mano a los cigarrillos. El chirrido de la cerilla fue el más fuerte de la habitación.

—Eso mismo me ha dicho tu padre —me respondió y se levantó, se fue a su dormitorio y cerró la puerta tras de sí.

Nos fuimos temprano de casa de Elaine y de Sol para evitar el tráfico. Cuando llegamos a casa, Abe se dirigió a la cocina.

—Tengo *babka*. ¿Quieres un trozo?

—¿De verdad, papá? Hemos comido hasta reventar.

Puso la tetera y se sentó a la mesa de la cocina. Me di cuenta de que aún había tres sillas alrededor, aunque él solo necesitaba una.

—¿Has visto lo que ha pasado con la panadería de Litkowski? —me preguntó mientras me ponía un plato delante.

—Sí. ¿Ha vendido el edificio?

—Le han ofrecido una fortuna y no pudo negarse. Su hijo es dentista en Manhasset, no quiere ganarse la vida horneando pan.

—¿Qué van a construir? —le pregunté. Muy a mi pesar, le di un bocado al pastel seco que tenía enfrente.

—Supongo que un edificio enorme con una cadena de farmacias.

—No está mal.

—Los pedantes de la ciudad necesitan un sitio donde comprar pasta de dientes.

—Creo que nadie usa ya la palabra «pedante».

—¿Has llegado a reunirte con la mujer del servicio de carreras profesionales? —Cambió de tema tan rápido que tardé un instante en responder.

—Ah, sí.

—¿Algo interesante?

—No. Lo único que tienen en la lista son trabajos corporativos.

—¿Y qué tienen de malo esos trabajos? —me preguntó Abe sobre el silbido de la tetera—. Isabel, sé que los desdeñas, pero son buenos trabajos con muchos beneficios.

Le vi desenvolver las bolsitas de té, ponerlas en las tazas y echar el agua hirviendo sobre ellas. Mi madre solía quejarse de que Abe nunca podía estarse tranquilo, una crítica que siempre me pareció mordaz (¿cuándo había tenido ocasión de relajarse?), pero que estuviera erre que erre con lo del trabajo me molestó.

—Tu eres la que quería estudiar Filología. Ahora te toca buscarte la vida.

Me puso la taza por delante y me acercó el azucarero.

—Lo sé —dije—. De hecho, mi profesor de escritura cree que tengo talento.

—Siempre lo has tenido.

—Cree que debería dedicarme a escribir de forma profesional.

—¿Cómo? ¿Un doctorado?

—No. Él piensa que podría ser escritora.

—Puedes ser lo que tú quieras.

—Este profesor… —Hice una pausa. Me resultaba extraño invocar a Connelly allí, en aquella habitación—. Cree que debería tomarme un tiempo para escribir sin parar y ver qué se me ocurre.

Creo que, si consigo vender algunos relatos, podría conseguir un agente.

—¿Te pagan por eso?

—No mucho, o no de inmediato. Por eso pensaba quedarme en Nuevo Hampshire. No es tan caro como Nueva York. —Abe se mordía el labio inferior, metiéndoselo y sacándoselo de la boca—. O podría volver a casa y vivir aquí una temporada.

—Sabes que siempre eres bienvenida, pero ¿qué harías? No puedo darte más dinero.

—Lo sé. Podría dar clases de preparatoria o trabajar en la tienda. No necesitaré mucho.

Abe negó con la cabeza.

—No quiero que trabajes en la tienda.

—¿Por qué no?

—No te envié a la universidad para que trabajaras en la tienda.

—Benji ha ido a la universidad.

—Benji no es mi hijo.

—Entonces me quedaré en Nuevo Hampshire.

—¿Y qué vas a hacer, Isabel?

—Ya te lo he dicho: escribir.

—Escribir no es una opción.

—¿Por qué?

—Porque necesitas un trabajo. —Abe empezó a limpiar la encimera con una esponja—. Suenas igual que tu madre, hablando de arte, pensando que todo saldría bien, pero no me vas a tener trabajando para pagártelo todo. Ya no puedo hacer eso. —Tiró la esponja al fregadero—. Pensaba que eras más sensata. Ya viste cómo le fue a ella.

—¿A qué te refieres? Mamá vendía sus cuadros.

—Ya, unos pocos cientos de dólares de vez en cuando que se gastaba luego en alguna tontería. Tu madre no era una mujer realista, Isabel. Debería haber hecho más para ayudarnos, para ayudarte a ti.

Miré el montón de migas de hojaldre que tenía en el plato y recordé las palabras de mi madre. *Búscate un hombre que te entienda*. Nunca comprendí qué mantenía en pie el matrimonio de mis padres. Si alguien dibujara un diagrama de Venn con ellos, lo único que se encontraría en el espacio donde convergen los dos círculos sería yo.

Abe estaba de pie junto al fregadero, de espaldas a mí. Me fijé en que le temblaban los hombros.

—¿Qué pasa, papá?

—Nada.

Volvió a sentarse. También le temblaba la mandíbula.

—¿Por qué me pediste que volviera a casa? —le pregunté. Tenía las manos frías—. ¿Qué es lo que pasa? ¿Estás enfermo?

—No, *bubeleh*, estoy bien, pero el dinero que nos dejó tu madre no cubría tanto como pensábamos.

El dinero que nos dejó tu madre. Sonaba como si hablara de una herencia, pero se refería a su seguro de vida, la mayor parte del cual había servido para pagar mi educación, o eso pensaba yo.

—Wilder es caro y tuve que pedir prestado un dinero para que pudieras estudiar. La mayor parte estaba a mi nombre, pero una parte estaba al tuyo.

Sentí que algo entraba en la habitación, algo escurridizo y pálido. Lo notaba enroscándose alrededor de mis tobillos y espinillas, inmovilizándome en la silla, obligándome a prestar atención. *Así es*, me susurraba. *Está pasando de verdad*.

—¿Cuánto?

—¿A tu nombre? Creo que unos 25 000 dólares.

—¿Cómo que «crees»?

—Esa es la cantidad. 25 000 dólares. Ni un centavo más.

—¿Cuándo tenías pensado decírmelo? Espera… ¿desde cuándo lo sabes?

Abe hizo una pausa.

—Un año o dos.

—¿Un año o dos?

Me acerqué a la nevera y puse una mano en la puerta. No tenía que abrirla para saber lo que había dentro: un cartón de leche desnatada, una barra de mantequilla y un cartón de huevos. Nada de más, nada decadente.

—Me dijiste que esto era lo único que querías darme. Tantos años de privarnos, de decir que no a las cosas... todo para esto, para que yo no tuviera deudas y fuera libre.

Abe envolvía la taza con las manos como si intentara entrar en calor. Había algo en esa postura que me infundió ternura, pero enseguida se vio sofocada por la ira. Hacía más de un año, quizá dos, que sabía lo del dinero, pero no me lo había dicho. Pensé en todo lo que yo había hecho en ese tiempo: rechazar turnos extra en el mostrador de información para ir a los grandes almacenes con Debra o a la estación de servicio local a por un plato de tostadas y huevos, ir al cine con Kelsey y Jason, pedir pizza por la noche y comida tailandesa, o comprar pilas de libros de tapa dura en la librería del campus, todo eso mientras acumulaba deuda y hacía montañas de dólares y centavos como muñecos de nieve. ¿Qué habría cambiado si hubiera sabido lo del dinero? ¿A qué habría dicho que sí? ¿A qué habría dicho que no? Se me ocurrió por un instante que tal vez por eso Abe no me lo había dicho, pero no estaba segura de que me consolara, y tampoco estaba de humor para ser magnánima.

—No tenía por qué ir a Wilder, ¿recuerdas? Fuiste tú quien lo quiso. Otros centros me daban más dinero, pero insististe en que no, que tenía que ir a Wilder. Me dijiste que era tu sueño, el sueño de mamá. Me has mentido.

—No sé qué más decirte —repuso Abe con firmeza y se puso en pie—. Quizás algún día tengas un niño y lo entiendas. Tendrás que pedir una cita en la oficina de ayuda financiera cuando vuelvas.

Dijo algunas cosas más sobre los periodos de gracia y la calificación de crédito y lo que implicaría si alguna vez quería comprarme una casa y dejaba de pagarle. Le oí, pero no le escuché. O quizá sí, pero no podía seguir el hilo.

Un poco después, Abe se fue a la cama, pero yo me quedé un buen rato en la cocina contemplando cómo se movía el segundero sobre la esfera de mi reloj. Había pertenecido a mi madre, y era una de las cosas que se había comprado con el dinero que ganaba vendiendo los cuadros. Gastaba sus ganancias en joyas, platos de diseño, jabones de lujo, detallitos para alegrarse. Abe se puso furioso cuando se enteró de cuánto se había gastado en el reloj de plata de ley con esfera de nácar: casi 800 dólares. «Un derroche innecesario», había dicho. ¿Acaso no sabía que tenía que pagar una ortodoncia y una universidad? Abe le exigió que lo devolviera, pero ella se negó. Una noche, cuando quedaba poco y estaba claro que no sobreviviría, me llamó a su habitación y me puso el reloj en la mano. «Quiero que lo tengas tú, para que recuerdes que está bien querer cosas», me había dicho, y me hizo prometer que nunca lo vendería.

Entré en el salón y recordé el verano en que murió, justo antes de irme a Wilder. Cuando todo acabó, Abe se quedaba en su habitación y salía solo a la cocina a por algo de comer, donde un sinfín de mujeres le dejaban un suministro continuo. Manny se ocupaba de todo en la tienda, y yo estaba sola y sin rumbo. Tenía a algunos amigos del instituto, pero ninguno sabía qué decirme y yo tampoco quería hablar con ellos. La única persona con la que quería hablar era Abe. Cada vez que le oía salir de su habitación, me interponía en su camino. *Habla conmigo*, quise decirle, pero nunca lo hice. Después de ocho días por fin salió, empaquetó las cosas de mi madre y, cuando terminó, se puso el delantal y volvió al trabajo.

Unos días antes de irme, me lo encontré en el salón leyendo el periódico. Mi madre llevaba muerta tres semanas y Abe y yo nos tambaleábamos, como una mesa a la que le falta una pata. Corrí hasta la habitación y me senté junto a la mesita, con mis rodillas a escasos centímetros de las suyas. Estaba tan cerca que podría haber extendido una mano y tocarle.

—Quizá no debería ir —le comenté.

—¿De qué hablas?

—A Wilder. Quizá no debería ir.

—Claro que irás, no digas tonterías.

—Podría tomarme un año sabático e ir a Wilder el que viene.

—No —espetó—. No vas a poner tu vida en pausa.

—Hay otras universidades menos caras. Quizá no debería irme tan lejos.

Abe bajó el periódico.

—Isabel, has sufrido una pérdida terrible. Ojalá pudiera cambiarlo, pero no puedo. Lo que sí puedo es decirte que te vayas, que vivas tu vida y te alejes de todo esto. Créeme, no lo echarás de menos.

—¿Y si no me gusta la gente? —me inquieté.

—La gente no es más que gente, Isabel. ¿Qué tiene de malo conocer a gente distinta?

Fuimos a Wilder a finales de mes. El coche estaba tan lleno de cosas que no veíamos nada por el retrovisor. Lloré durante todo el trayecto y todo lo que había odiado de Nueva York se vio cubierto de repente por una pátina de belleza: los túneles del metro que olían a meado, las cucarachas que recorrían las aceras de noche e incluso el Rosen's. Me olí las uñas, el pelo y la piel en busca del olor a salmón ahumado y salmuera que siempre había intentado eliminar. Salimos de la interestatal y Wilder apareció ante nosotros, surgiendo de la nada como un pueblo de un cuento de hadas o un espejismo. Aparcamos delante de mi residencia y metimos las cajas, colgamos los pósteres e hicimos la cama. Luego me despedí de mi padre y empecé de nuevo, como me había dicho: olvidando las cosas que había dejado atrás, que era todo y nada a la vez.

CAPÍTULO 15

Empecé a buscar trabajo cuando volví e hice lo que se supone que tenía que hacer: estudiarme detenidamente los listados de la oficina del servicio de carreras profesionales y enviar mi currículum a cualquier trabajo que tuviera que ver con la escritura. Lectora auxiliar en una revista de moda, asistenta de marketing en una editorial académica, redactora de solicitudes de subvenciones en una organización medioambiental sin ánimo de lucro. Mientras estaba en casa, me había topado con una chica que trabajaba en una revista que se llamaba *¡Largo!* y a la que acababan de ascender. Me dijo que estaban buscando a alguien que ocupara su antiguo puesto, así que le di una copia de mi currículum. Ninguno de los trabajos era especialmente interesante, y mucho menos pagaban lo suficiente para cubrir mi parte del alquiler de los apartamentos que estaba mirando Kelsey, pero decidí preocuparme por ello más adelante.

Abe y yo arreglamos las cosas antes de irme y le prometí que encontraría algo, aunque en realidad me quedaba con Connelly. Seguí las huellas, si bien no estaba todavía del todo encaminada.

En el campus, la búsqueda de empresas estaba en pleno apogeo. Desde mi puesto en el mostrador de información veía a mis compañeros corriendo a las entrevistas cargados con maletines, trajes y zapatos de vestir que parecían salidos del armario de sus padres. Mientras que yo apostaba por el caballo perdedor, ellos hacían entrevistas para trabajos en publicidad, consultorías y bancas de inversiones, trabajos con beneficios, trabajos que pagaban bien. Un jueves soleado me senté y me dediqué a mi labor de punto mientras escuchaba cómo la impresora imprimía cartas de presentación y currículums (*estimado señor, a quien corresponda, le adjunto en esta carta*) y pensaba en el dinero. Siempre había estado ahí, claro, como un tamborileo silencioso que lo abarcaba todo, pero mientras estábamos en la universidad, todos vivíamos en los mismos apartamentos de mierda, comíamos en los mismos restaurantes y trabajábamos por un objetivo común, o eso pensaba. En ese momento me di cuenta de que, al final, todo se reducía al dinero, y los que habían estudiado en Wilder con esa idea en mente eran los que tenían todas las respuestas, mientras que el resto nos quedábamos atrás mendigando un salario.

Estaba archivando las páginas que salían de la impresora cuando Bo Benson se paró en el mostrador. Le estaba esperando, ya que acababa de imprimir su currículum (graduado en Administración Pública y Ciencias Políticas y miembro de los Tonadillas, el grupo masculino de canto a capela de Wilder). Habíamos pasado el fin de semana en Gamma Nu. Me senté en un sofá del sótano de la fraternidad para verle dar vueltas alrededor de la mesa de pimpón. Era tan alto que casi tocaba el techo con la cabeza. Más tarde, cuando ya estaba hasta las cejas de alcohol, se sentó a mi lado y me habló de su madre, que adoraba a Jesús y el punto de cruz; de su padre, al que le gustaba jugar a los bolos, y de su viejo gato artrítico, Morris Grossman, nombre que le dio su contable (¿era el único judío al que conocían? Se me olvidó preguntarle). Bo era divertido y era fácil hablar con él. Tenía un aire despreocupado, como el de un surfista californiano, aunque fuera de Ohio. Bo no tenía ni un solo ángulo curvo; daba la sensación de que cualquier cosa que le lanzaras se deslizaría por su cuerpo como avena por una pared.

—Te has cortado el pelo —señalé mientras le entregaba su currículum.

—Sí. —Se pasó la mano por el cuero cabelludo—. Estoy haciendo todo el rollo de buscar empresas, así que pensé que un buen corte de pelo me iría bien. ¿Tan mal me queda?

Fingí que le analizaba.

—No, está bien. Se te ve mejor la cara. —Hice una pausa para que calara el cumplido—. ¿Con quién tienes la entrevista?

—Goldman —dijo—. Sí, ya sé lo que estás pensando.

—¿Qué estoy pensando?

—Que soy un vendido.

—Anda ya, no lo creo. Ya me gustaría a mí tener un trabajo así. Los que estoy mirando apenas pagan, si es que pagan. —La impresora canturreaba detrás de mí—. Pensaba que los trabajos tenían que ser remunerados, que eso era lo que los convertía en trabajos, su *quid pro quo*.

Bo sonrió, mostrando su rasgo más encantador: un diente ligeramente torcido que se superponía con el que tenía a su lado.

—No te preocupes, encontrarás algo guay.

Saqué las páginas calientes de la impresora.

—Empiezo a pensar que los trabajos guais son para chicas ricas.

—Oye, ¿vas a ir a Pine el sábado? —me preguntó mientras guardaba su currículum en la mochila—. Vamos a ir unos cuantos, toca Rice Krispy Threat.

—Quizá —le respondí, aunque ya le había dicho a Kelsey que iría.

—Genial. Hasta luego, chica guay.

—Quizá debería trabajar para Goldman Sachs —le dije a Connelly esa tarde. Estaba tumbada en el sofá con la cabeza en su regazo. Llevaba puesto mi vestido favorito, un azul marino con algunas flores y sin medias—. No creo que sea tan difícil.

—Créeme, no quieres un trabajo así. Solo vas a estar moviendo dinero.

—No suena mal eso de mover dinero —comenté—. ¿Pero cómo sabe Bo lo que quiere hacer? No sé ni de qué tratan esos trabajos.

—Porque es lo que hace papá. Así es como se transmite la riqueza y se perpetúan las dinastías, Isabel. Todo un sistema de derechos que abarca desde los exámenes de admisión hasta la Ivy League, los bufetes de abogados y los bancos de inversión. Pero vaya, que eso ya lo sabes, no eres tonta. Eres tú quien está escribiendo sobre Wharton.

—No sé. A veces creo que soy tonta de remate. —Empecé a toquetearme una costra que tenía en la rodilla—. Por cierto, tengo buenas noticias: me han llamado de *¡Largo!*, quieren concertar una entrevista telefónica conmigo.

—¿En qué consiste el trabajo?

—En redactar folletos para conciertos, películas y cosas que pasan en la ciudad cada semana.

—Pensaba que te ibas a quedar este verano aquí para escribir.

—Lo sé, pero no estoy segura de poder hacerlo ahora mismo.

Le observé atentamente para ver cómo reaccionaba. Connelly levantó la cabeza de mi regazo y se dirigió a su escritorio.

—Haz lo que quieras, pero no deberías aceptar un trabajo así.

—¿Por qué no? Estaría escribiendo.

—Apenas. Es un trabajo de relaciones públicas venido a más.

—Bueno, sigue siendo un trabajo, y necesito uno. —Hice un mohín, aunque por dentro estaba emocionada.

El teléfono sonó. Estaba tumbada con las piernas contra la pared, escuchando a Connelly entrevistar a alguien para un artículo que estaba escribiendo sobre el incendio de un almacén en Vermont. No le había contado nada del dinero que Abe había pedido prestado. Siempre me decía que no me preocupara por el dinero y que me concentrara en mi trabajo. Según me contó, después de la universidad había trabajado de camarero, pintado casas y vendido marihuana. *Haces lo que haga falta.* Me hacía sentir mal, como si yo no estuviera preparada para dejarlo todo por mi arte, cosa que, me daba la impresión, los hombres podían hacer con más facilidad que las mujeres. O, al menos, no lo sentía como algo que pudiera hacer yo. Quería (necesitaba, mejor dicho) la tranquilidad que daba saber que ese mes ibas a poder pagar el alquiler. Era hija de mi madre, sí, pero Abe Rosen era mi padre.

Connelly seguía al teléfono. Subí más las piernas y el vestido me cayó hasta la cintura, mostrando el contorno de mi ropa interior. Sentí su mirada y cómo intentaba colgar el teléfono. A pesar de lo emocionante que me parecía estar con él todo el verano, también me asustaba sentirme sola allí, sin el punto de apoyo de la universidad o de mis amigos, sin nadie en quien confiar excepto él. Me preocupaba que lo que teníamos en su despacho no fuera real y se rompiera con facilidad si lo forzábamos. Sin embargo, quería que me dijera que me quedara, que me necesitaba cerca. Mientras tanto, tendría la entrevista, hablaría con Kelsey sobre los apartamentos y apaciguaría a Abe.

Connelly colgó el teléfono y algo pasó corriendo por el suelo.

—¿Qué ha sido eso? —pregunté mientras me bajaba el vestido.

—Un puto ratón. —Connelly se inclinó y miró debajo del sofá—. ¿Ves? Hay un agujero aquí debajo. Llevo todo el invierno intentando atrapar a ese cabrón. —Connelly me rodeó la cintura con los brazos—. Tengo que sacarte de este estercolero.

—¿Y a dónde iríamos? —dije, pensando en su cabaña.

—No sé. A cualquier parte. —Me besó las rodillas por orden—. No aceptes ese trabajucho. Quédate aquí conmigo, nos lo pasaremos bien.

Una ola de calor me inundó. Él quería que me quedara, pero insistí.

—¿Y lo que dijiste el primer día de clase, eso de que tu trabajo en el *Citizen* era el mejor que has tenido nunca?

—¿Yo dije eso?

—Sí. Dijiste que la gente valora el arte por el arte, pero que la vida real está en todo lo que vemos. Reuniones del consejo escolar, sequías y todo eso. ¿No te acuerdas?

—Me tuvo que encontrar de buen humor. Solo creo que, si empiezas por ese camino… Hasta la decisión más pequeña tiene consecuencias, Isabel. Piensa en tu madre. Un día entró en una charcutería y nunca salió.

Debí parecer tan dolida como me sentía.

—Lo siento —se disculpó—. No debería haber dicho eso.

—No, la verdad es que no.

Connelly me dio la mano y me besó.

—Lo que quiero decir es que es difícil volver a encaminarse después. Y cada paso que das en esa dirección, hacia ¡Largo!, es un paso más lejos de lo que deberías estar haciendo en realidad. Esto es lo que deberías estar haciendo. —Levantó una copia de la nueva historia en el que estaba trabajando.

—¿Te gusta?

—Me ha encantado —reconoció, y se lo perdoné todo. Las últimas semanas había estado trabajando en una historia sobre una tienda con cierto aire al Rosen's y una familia muy similar a la mía. Connelly se había leído unas quince páginas, aunque yo tenía cerca de cincuenta. Pensaba y deseaba que fuera buena, pero no había estado segura hasta ese momento.

—Es que no sé cómo se llega a ser escritora —le expliqué mientras hojeaba las páginas—. A ti todo te salió redondo y no te hizo falta un «plan B».

—A ti tampoco te hará falta.

—¿Cómo lo sabes? ¿Cómo puedes estar tan seguro?

—Tengo una corazonada.

Connelly dejó la historia a un lado y deslizó las manos por debajo de mi vestido. Le pasé los dedos por el pelo y atraje su boca hacia la mía.

Alguien llamó a la puerta.

—¿Estás ahí, Andy?

Sin esperar respuesta, Tom Fisher entró. Yo salté del sofá, pero Connelly me hizo señas para que me tranquilizara.

—Tom —le saludó Connelly mientras se abotonaba el puño de la camisa—. ¿Todo bien?

Vi a Tom asimilando la escena: Connelly en el sofá, yo con las piernas desnudas y el pelo despeinado. Tom llevaba ropa arrugada, el pelo grasiento y tenía vasos sanguíneos rotos en las mejillas. El corte de la mano estaba cicatrizando, pero una línea roja le subía con furia por la muñeca. Se la hurgó nerviosamente mientras yo me ponía las zapatillas y recogía la mochila.

—Randy, colega, tengo que hablar contigo —dijo Tom.

Connelly me hizo un gesto con la cabeza.

—Claro, hombre. Isabel ya se iba.

El Knotty Pine era el único bar de verdad en la avenida principal de Wilder. Había otros sitios para tomar algo (una copa de vino en la pizzería o un *gin tonic* en el Wilder Inn cuando los padres de alguien iban de visita), pero el Knotty Pine era el lugar ideal para pescarse una cogorza. La tradición dictaba que había que ir al Pine el día de tu veintiún cumpleaños y dejar que la gente del bar te invitara a chupitos de Jägermeister hasta que fueras al baño haciendo eses, pasaras por delante de la máquina de condones y de las colonias y vomitaras las entrañas. Al menos, eso era lo que yo había hecho. Debra odiaba el Pine y no fue ni una sola vez, decía que le recordaba al bar de *Acusados*.

Notaba cómo los lugareños nos clavaban la vista a Kelsey y a mí mientras nos abríamos paso hacia el fondo del bar; que los estudiantes de Wilder encontraran el Pine tan sumamente irónico les irritaba, sin lugar a dudas. Jason ya estaba allí, sentado en una mesa ancha con un grupo de sus hermanos de Gamma Nu, incluido Bo. El Pine siempre estaba lleno los sábados por la noche, pero ese día lo estaba más aún porque tocaba Rice Krispy Treat, una banda de estudiantes popular. La cantante, Tabitha, llevaba un pañuelo de cachemira en la cabeza y unas botas altas de cuero. Se parecía un poco a Stevie Nicks si fuera de New Canaan. Tabitha salía con Doug Biaggio, un hermano de Gamma Nu que cantaba con Bo en los Tonadillas, y se le conocía en el campus por su interpretación ganadora de «Jessie's Girl». Más tarde, ese mismo verano, se caería de un balcón en una fiesta en los Hamptons y sería el primero de nuestros compañeros de clase en morir.

Bo se movió para hacerme hueco en la banqueta.

—La idea sería un número de teléfono —explicaba Doug— al que puedes llamar si estás perdido, el 1-800-ME-HE-PERDIDO.

—¿Cómo funciona? —le preguntó Jason.

—Utiliza tecnología GPS —respondió Doug con un cierto retintín—. Son las siglas de Sistema de Posicionamiento Global. Los satélites del espacio determinan dónde estás, así que mi idea es que pueda llamarse a este número de teléfono…

—1-800-me-he-perdido —recalcó Bo.

—Eso. Y habrá gente trabajando en los teléfonos las veinticuatro horas del día y te podrán indicar dónde tienes que ir.

—¿Y si solo te has perdido a nivel espiritual? —repuse.

Doug parecía confuso. Bo se volvió hacia mí y me sonrió con el diente torcido a la vista. Las palabras salieron de mi boca antes de que pudiera detenerlas.

—¿Alguna vez has llevado aparato?

—¿Lo dices por esto? —Bo se señaló el diente y me sentí mal por haber preguntado—. No, mis padres son un poco tacaños: cortan ellos el césped, conducen un coche viejo. Me imagino que una ortodoncia les habrá parecido otro gasto innecesario.

—Mi padre es igual —le respondí, aunque en realidad no fuera así—. Nunca tira nada y limpia las bolsas de plástico para poder volver a usarlas.

Lo que no dije fue que Abe era frugal porque era pobre y, aun así, nunca habría escatimado gastos en mí. A todas luces, la familia de Bo tenía dinero; hasta que llegué a Wilder, nunca había oído hablar de una familia con dinero que no se lo gastara.

La camarera nos dejó una jarra de cerveza en la mesa junto a unos pocos vasos de plástico. Doug fue a por la jarra, pero Bo le apartó la mano y me sirvió un vaso. Es posible que aquel fuera el gesto más educado que había visto nunca Knotty Pine, y brindamos con los vasos de plástico.

—Salud, metomentodo —dijo Bo.

Al otro lado de la mesa, Kelsey hablaba con Allison Etter, mi compañera de habitación de primero. Por alguna razón, siempre actuábamos como si no nos conociéramos.

—No lo entiendo —comentaba Kelsey—, ni siquiera es tan guapa.

—Ni tan delgada —añadió Allison sin mirarme, tal vez porque yo era la única en la mesa que sabía que había pasado el verano anterior a primero en un campamento para gordas.

—¿De quién habláis? —intervino Jason.

—De Monica Lewinsky —musitó Kelsey, como si estuviera sentada cerca.

—¿Os imagináis tener una cita con ella? —dijo Doug entre risas—. Y presentársela a vuestra madre. Mamá, esta es mi novia, Monica Lewinsky.

Toda la mesa soltó una carcajada, incluida yo. En el poco tiempo que hacía desde que sabíamos de ella, Monica se había convertido en la peor pesadilla de cualquier chica, el equivalente a que leyeran tu diario del instituto por megafonía o entraras en clase con una mancha de regla en los pantalones. Nos identificábamos con ella, lo que debería habernos hecho empatizar, pero en su lugar nos hizo más mezquinas. Nos sentíamos más cómodas poniéndonos de parte de tipos como Doug porque su bando era más seguro. Aunque quisieran, nunca dirían que querían follarse a Monica, y era evidente que querían, pero si lo admitían, sería culpa de ella y no de ellos. Su deseo la hacía indecorosa.

—Me sabe mal por ella —reconoció Bo, y nos volvimos para mirarle—. Todo el mundo menos ella miente, pero es a ella a quien le van a arruinar la vida.

—Bueno —dijo Doug—. Desde luego, hace que ver C-SPAN sea más interesante. —Doug levantó su copa y se la bebió de un trago mientras la banda terminaba la prueba de sonido y empezaba a tocar.

Me encendí un cigarro. Bo se inclinó para alcanzar un puñado de nachos y sentí su muslo contra el mío. Me pregunté si se habría enterado de lo mío con Zev y, por extraño que pareciera, si sabría algo de mi historia con Connelly. Sentí el impulso repentino de contárselo todo, de confesarle mis pecados como él me había dicho que hacía en la iglesia. Me lo imaginé de niño, sentado en una de las bancadas junto a su abuela, y me pregunté si yo sería el tipo de chica que él presentaría a sus padres.

Tabitha había empezado a cantar. Siempre me había parecido una estúpida, pero en el escenario resultaba sensual, y rodeaba el micrófono con las manos como si fuera una polla. Vi cómo la miraban los chicos de la mesa: Doug, Bo e incluso Jason. Era fácil enamorarse de una chica detrás de un micrófono. Estaba a punto de comentarle algo a Jason sobre Tabitha cuando levanté la vista y vi a Connelly abrirse paso entre la gente hasta la barra, como Moisés abriendo el puñetero mar Rojo.

Nunca lo había visto fuera de Stringer Hall y, por extraño que parezca, nunca había pensado en él haciendo cosas mundanas como echar gasolina o hacer la compra. Para mí solo existía en aquel despacho de la cuarta planta, donde las motas de polvo colgaban de la suave luz gris. Sin embargo, allí estaba, en el puto Knotty Pine, con una chaqueta negra acolchada. La gente se le quedaba mirando. ¿Cómo no iban a hacerlo? *El hombre es demasiado guapo para ser verdad*, pensé mientras se quitaba el sombrero y se pasaba una mano por el pelo, consciente de la impresión que causaba. Ese era, tal vez, su mayor defecto, y aun así no pude evitar observarle yo también, asombrada de que, de entre toda la gente de aquel bar, me hubiera elegido a mí. Pensé en una frase de *La edad de la inocencia*, algo que le dice Newland Archer a su amante cuando la ve por primera vez en mucho tiempo: «Cada vez tú me pasas todo de nuevo». Sentí un rubor que me recorría desde la base de la columna vertebral hasta la parte oculta del cuero cabelludo. Me llevé el cigarro lentamente a los labios y luego desvié la mirada hacia la mujer con la que estaba.

Era mayor que yo, quizás estudiante de posgrado. Era menuda y musculosa y tenía el pelo tan corto que parecía que se lo había pintado sobre la piel del cráneo. Los dos se apretujaron en una mesita junto a la pared y vi que él le preguntaba algo antes de dirigirse a la barra. La mujer se reclinó en la silla y se desabrochó el abrigo color ciruela con tal facilidad que me hizo sentir inquieta; no parecía incómoda por haberse quedado sola, como me habría pasado a mí. Me serví más cerveza y me reí a carcajadas por algo que había dicho Jason, un ladrido tan sonoro y ridículo que atrajo la atención de Kelsey de inmediato. *¿Estás bien?*, me decía su mirada. No le hice caso.

Qué estúpida soy, pensé mientras Connelly volvía y dejaba un vasito en la mesa delante de la mujer. Haberle creído cuando decía que yo era la única... Claro que no lo era, y tampoco se esforzaba por ocultarlo. Se inclinó hacia ella y le susurró algo, con la frente tan cerca de la suya que podía sentir sus rizos haciéndole cosquillas en la cabeza casi desnuda. Tabitha seguía cantando en el escenario. *One is the loneliest number that you'll ever do. Two can be as bad as one, it's the loneliest number since the number one**. Bo me dijo algo, pero no le escuchaba. Estaba demasiado ocupada imaginándome a Connelly besando los fuertes hombros de aquella mujer, sus diminutas manos recorriendo la espalda de Connelly, sus dedos metidos dentro de ella y luego en su boca, su voz retumbando en el oído de la mujer: *Quiero que sepas a qué sabes.*

El repertorio siguió, mi vaso se llenó y se vació, se llenó de nuevo, y la cabeza me dio vueltas por la cerveza barata y los cigarros. Bo seguía sentado a mi lado, pero su presencia me resultaba opresiva. Le brillaba la cara y tenía una mancha roja en la mandíbula, donde se había afeitado un grano. La sensación de gozo que me había producido ligar con él se había esfumado, y vi cómo mi vida se desenvolvía ante mis ojos, llena de ligues tontos y magreos apresurados con chicos como Bo. ¿Por qué había creído a Connelly cuando me dijo que yo era especial? No tenía nada de especial, nunca lo había tenido.

—Isabel. —La cara de Bo estaba muy cerca de la mía. Él también estaba muy borracho—. Vamos a ir a Gamma Nu, ¿quieres venir?

Levanté la vista y me di cuenta de que ya había terminado la actuación de Rice Krispy Treat. Doug gritaba y agitaba el puño mientras Tabitha y el guitarrista, que estaba claramente enamorado de ella, se daban la mano y hacían una reverencia triunfal.

---

* El uno es el número más solitario que contarás nunca. El dos puede ser tan malo como el uno; es el número más solitario después del uno.

Asentí y me levanté, intentando no tropezar. El bar estaba hasta los topes y el aire tan cargado de humo que bostecé para tomar más oxígeno. Seguí a Bo por el bar, con la vista fija en su nuca. Estábamos casi en la puerta cuando oí que alguien me llamaba por mi nombre una, dos y hasta tres veces. Me di la vuelta y vi a Connelly haciéndome señas de una forma extraña para que me acercara.

—¿Quién es ese? —me preguntó Bo mientras entrecerraba los ojos para ver a través del humo. Hice como que no le escuché.

—Pensaba que eras tú —dijo Connelly cuando me acerqué. Sus manos estaban extendidas sobre la mesa como si fueran estrellas de mar—. Isabel, te presento a Daria Azar-Khan, es una de las estudiantes de posgrado de Roxanne. Nos conocimos en las investigaciones de Roxanne en el extranjero... ¿cuándo fue, la primavera pasada? —Daria asintió—. Dios, no me creo que ya haya pasado un año.

—Encantada de conocerte.

Daria me tendió la mano. Llevaba una tachuela de plata pequeña en el pliegue de la nariz y tenía un acento que no supe identificar.

—Isabel está en mi seminario de escritura —le explicó Connelly—. Es una escritora muy prometedora. Estoy intentando convencerla de que se tome en serio a sí misma.

—¿Qué tipo de cosas escribes? —me preguntó Daria.

—Pues no sé. ¿Historias?

Volví a mirar hacia la puerta. Kelsey se asomaba por la ventana y levantaba las manos en señal de interrogación.

—Unas historias maravillosas —apuntó Connelly. Me miraba con una extraña sensación de propiedad, como si yo fuera la hija de un amigo de la familia al que hacía tiempo que no veía y estuviera comprobando cómo había salido. Aquello hizo que me picaran las palmas de las manos y, por primera vez en mucho tiempo, sentí el impulso de robar algo.

Daria sonrió, mostrando una cantidad excesiva de encía. Mi madre habría dicho que debería aprender a sonreír con los labios cerrados.

—Isabel es de Nueva York —siguió—. Su familia tiene una tienda de aperitivos famosa.

—¿En serio? —se sorprendió Daria—. ¿Y qué es eso?

Empecé a contestar, pero Connelly me interrumpió.

—Déjame intentarlo. Una tienda de aperitivos vende pescado y lácteos, a diferencia de una charcutería, que sirve carne. ¿No era así?

—Premio —le respondí. Acto seguido masculló algo sobre mis amigos, que me esperaban fuera, y me abrí paso a empujones hasta la calle. Al salir, me quedé unos segundos de pie con las manos en las rodillas, dando bocanadas de aire frío hasta que me dolieron los pulmones.

Bo estaba en la esquina con los demás.

—¿Estás bien? —me preguntó.

—¿Quién era ese? —quiso saber Kelsey.

—Estoy bien —le respondí a Bo, sin hacer caso a la pregunta de Kelsey.

—Bueno, Izzy —me dijo Kelsey, mirándonos a Bo y a mí—, ¿te vienes a Gamma Nu?

No tenía ningún motivo para no hacerlo, pero no podía soportar a Kelsey, que me miraba como si estuviera planeando ya el brindis de nuestra boda.

—Creo que paso.

Kelsey tenía unas ganas locas de convencerme para que fuera, pero Jason le puso una mano en el brazo y la apartó.

—¿Quieres que te acompañe a casa? —me preguntó Bo. Tenía un aire apesadumbrado. Mi antigua yo habría dicho que sí, habría dejado que me besara bajo una farola y me metiera una mano fría debajo del jersey, pero negué con la cabeza y le dije que estaría bien.

Esperé mucho tiempo fuera del Knotty Pine. Por mi lado pasaron grupos de estudiantes con gesto cansado, algunos en dirección al campus y otros hacia la ciudad. Un grupo de chicas de primero cruzaron por delante de mí, todas con una versión del mismo vestido con volantes, les quedara bien o no, y pensé en seguirlas y ver a dónde me llevaba la noche. En su lugar, me quedé donde estaba, observando cómo el semáforo de Main Street pasaba del rojo al amarillo, al verde y, por último, a un rojo intermitente que indicaba que ya eran más de las doce. No estaba esperando a Connelly, no exactamente, pero cuando salió —solo— pensé que podía dar esa impresión.

—¿Va todo bien, Isabel? ¿Te encuentras bien?

—Estoy bien. ¿Dónde está Daria? —Mi voz sonó más áspera de lo que pensaba. Connelly no dijo nada, así que seguí—. ¿Qué coño ha sido eso? ¿Vas y me la presentas? ¿Por qué no podías ignorarme como una persona normal?

—¿Por qué iba a ignorarte?

Estaba tranquilo, lo que me enfureció aún más.

—¿Que por qué? ¿De verdad tengo que explicártelo?

—Daria es una de las estudiantes de Roxanne...

—Sí, eso me has dicho. Lo que quiero saber...

La puerta se abrió y el camarero salió con una bolsa de basura. Nos miró y nos dio a entender que no éramos lo más interesante que había visto esa noche, así que me esperé a que se fuera para seguir hablando.

—Lo que quiero saber es si también te acuestas con ella.

Connelly me agarró del brazo y tiró de mí hacia un callejón que se alejaba de Main Street. Me gustó esa sensación, el tacto lleno de rabia.

—Baja la voz, por favor. Ya te he dicho quién es Daria y no tengo motivos para mentirte. Yo no te he preguntado si te acuestas con ese muchacho con el que has salido hoy.

—¿Me has visto?

—Pues claro que te he visto. —Connelly me soltó el brazo—. No te he quitado ojo.

—No me acuesto con él.

—Ni yo me acuesto con Daria. Solo me acuesto contigo.

Me cubrí la cara con las manos y sentí las pestañas revoloteando contra mis palmas.

—Lo siento —me disculpé—. No sé cómo hacer esto.

Connelly me puso la mano en la mejilla.

—Isabel, si esto es demasiado para ti, podemos parar. ¿Es eso lo que quieres?

—No.

—Muy bien. —Su voz se relajó—. Entonces encontraremos la forma de que funcione, sea lo que fuere esto, porque lo que tenemos es extraordinario, es importante.

Importante. La palabra resonó en mi cabeza, encontrando todos los rincones oscuros e iluminándolos.

Me llevó de vuelta a la residencia y aparcó en el lugar donde había visto a Joanna y a Tom peleándose. Me acerqué a él, pero me besó en la frente y me hizo prometerle que me iría directamente a la cama. Esa noche soñé que volvía a su despacho, donde le esperaba Daria, desnuda, con una llave metálica colgando del cuello, pero por la mañana ya se me había olvidado.

El miércoles, cuando llegamos al aula 203, vimos en la puerta una nota de Connelly que decía que se ausentaba unos días y que siguiéramos con la lectura. No me había dicho que se iba.

Subí las escaleras hasta su despacho, en busca de alguna señal de su paradero. Nada. Al bajar, me crucé con Tom e Igraine por las escaleras.

—Isabel —me saludó él, y me ruboricé al recordar la última vez que lo había visto en el despacho de Connelly. Tenía mejor aspecto que entonces, con los ojos brillantes y la piel más clara. Igraine parecía exhausta y tenía los ojos grises muy abiertos y serios, como si Tom hubiera obtenido energía a costa de quitársela a ella.

»¿Podrías hacerme un favor? —me preguntó—. ¿Te importaría vigilar a Igraine unos minutos?

Sin esperar respuesta, se inclinó y le dio un beso a su hija en la frente.

—Espera aquí con Isabel, cielo. Papá tiene que encargarse de unas cosas.

Acto seguido, desapareció por el pasillo en dirección a su despacho.

Igraine llevaba un vestido largo, unas botas de lluvia y el pelo suelto sobre los hombros. Era una versión en miniatura de Joanna. No hizo ni un ruido cuando se quitó la chaqueta y la extendió en el suelo entre los despachos de sus padres. Me senté a su lado y la miré mientras sacaba cosas de su bolsa de tela, como si estuviera preparando un pícnic. Una caja de lápices, un cuaderno negro, una bolsita de plástico con trozos de manzana cortados. No sabía si debía hablar con ella o respetar su intimidad. Sabía muy poco de los niños, de lo que pensaban y lo que necesitaban.

Mientras ella se ocupaba de sus cosas, yo saqué un libro de mi mochila y me puse a leer. Al cabo de unos minutos, me di cuenta de que me estaba mirando a hurtadillas.

—¿Quieres verlo?

Asintió con la cabeza y giré el libro hacia ella, que escudriñó la página. Tenía las pestañas largas y pálidas, como las de Joanna, casi traslúcidas. Tenía el pelo ralo y la piel de las sienes tan fina que se veían las venas por debajo.

Cuando terminó, volvió a su cuaderno.

—¿Puedo ver? —le pregunté.

—Vale.

Su voz era diminuta y adorable. Igraine me dio el cuaderno y hojeé las páginas. Pude distinguir letras, muchas íes (de Igraine, supuse) y dibujos de gente con cabezas grandes y manos como mitones, unicornios y princesas con vestidos largos y altos sombreros triangulares. Había varios dibujos de lo que parecía su familia. Los había sabido captar muy bien: Joanna con el pelo largo y sus vestidos, Tom con su ropa desaliñada y su ojo vago. En uno de los dibujos parecía que se estaban gritando.

—¿Qué más tienes? —me preguntó Igraine, señalando mi mochila.

Saqué todo lo que tenía: un cepillo para el pelo, una sudadera, dos cuadernos de anillas. Igraine estudió cada objeto con detenimiento, los colocó a su lado y luego extendió una manita para lo que venía a continuación. Lo último que le entregué fue una bolsita con cremallera. Vi cómo la abría y sacaba un carmín de cereza, máscaras de pestañas y un par de tampones.

—¿Qué es esto? —me preguntó con un trozo de papel en alto.

—Ah, eso me lo dio mi abuela. Es muy antiguo. Esas letras son hebreas.

Igraine se lo acercó a la cara.

—¿Qué pone?

—No lo sé muy bien. Creo que es una oración de protección.

—¿Te lo dio para que estuvieras bien?

—Algo así.

Igraine estudió el papel de nuevo, tan fino y desgastado que parecía un trozo de muselina. Yetta me lo dio cuando mi madre enfermó. Era una copia de algo que le había dado su abuela y que habían copiado tantísimas veces que apenas se podía leer. Una vez le pidió a un rabino que lo tradujera, pero ni siquiera él logró entender lo que ponía. Le dijo que quizá lo había escrito un analfabeto, que a su vez lo había copiado de otro. En algún momento, el significado se había perdido, como en un juego del teléfono roto intergeneracional. Siempre lo llevaba conmigo, aunque no me considerara religiosa ni supersticiosa.

—Creo que es un mensaje secreto —apuntó Igraine. Tenía un ojo desviado ligeramente a un lado, lo que me hizo pensar que algún día sería un ojo vago. Años más tarde, mi hija Alice pondría la misma cara cuando estaba a punto de comprender algo. Cada vez que lo hacía, yo pensaba en Igraine.

Justo entonces volvió a aparecer Tom con una pila de carpetas sepia bajo el brazo.

—Venga, que nos vamos.

Ayudé a Igraine a guardar todas sus cosas y me volví hacia Tom.

—Profesor Fisher, solo quería decirle que la última vez que nos vimos en el despacho del profesor Connelly…

—Isabel, por favor —me interrumpió, sonriendo—. Estoy seguro de que tenías buenas razones para estar allí.

—Sé que parecía extraño. El caso es que me había manchado el vestido y estaba intentando…

Tom levantó una mano.

—De verdad, no te preocupes ni lo más mínimo. Randy es mi amigo y nunca traicionaría su confianza.

Cuando me incliné para ayudar a Igraine a ponerse la mochila, me atrajo hacia sí y me acercó la boca a la oreja.

—Creo que sé lo que dice el mensaje secreto —me susurró—. Sé lo que es.

Sentía su aliento cálido en la mejilla. Olía a manzanas y a champú para bebés.

—¿Sí? ¿Qué dice?

—Dice… —Alzó los ojos grises hacia el cielo y asintió, como si dijera «sí, ahora te oigo bien»—. Dice: «Ten cuidado, cariño. Te quiero».

Asentí lentamente con la cabeza.

—Sí, creo que eso es justo lo que dice. Gracias, Igraine. Te lo agradezco de veras.

Tom se acercó y le puso una mano en la nuca. Igraine se despidió tímidamente y siguió a su padre escaleras abajo.

CAPÍTULO 16

Si me hubieran preguntado dónde vivía en mayo de 1998, habría dicho que en Nuevo Hampshire, lo que resultaba ridículo, ya que en menos de tres semanas me iría y nunca más volvería a vivir allí. De mayor, cuatro años se me pasarían en un suspiro (viví seis años en otra parte y parecía que acababa de mudarme), pero me daba la sensación de que me había pasado toda una vida en Wilder.

Cuando cumplí los veintidós, Kelsey y Jason me llevaron a cenar para celebrarlo. Debra me regaló *No te ahogues en un vaso de agua* y *Memorias de una geisha*. El tiempo pasaba y el calor lo hacía todo más dulce: estudiantes tumbados en la hierba, chicos jugando al frisbi, chicas en pantalón corto y camiseta de tirantes, con las rodillas y los codos blancos y cenicientos por el invierno. Un día, Linus vino descalzo a la clase de Francés. Cuando la profesora le preguntó por qué, él se encogió de hombros y respondió: *C'est le printemps.*

El lunes me pasé por Stringer Hall para dejar el último capítulo del trabajo de fin de estudios junto con el último borrador de mi historia sobre el Rosen's. Ya tenía título: *El corazón juvenil.* Me crucé con Daria por el pasillo. Al principio no la reconocí, pero luego me esbozó su sonrisa gingival y me acordé. Connelly nunca me dijo dónde había estado toda la semana, y yo tampoco le pregunté. A veces, justo antes de dormirme, me imaginaba que se había ido a alguna parte con ella, pero por la mañana, mis cábalas me parecían absurdas. Sabía que tenía sus secretos, una vida que no era de mi incumbencia. Una noche, mientras él estaba fuera, me lie con Bo Benson, quizá para demostrar que yo también tenía mis secretos.

—¿Te he dicho que Jeffrey Greenbaum ha entrado en la Facultad de Medicina? —me preguntó Abe durante nuestra llamada semanal. Lo escuchaba solo a medias. Debra estaba en el baño tiñéndose el pelo con Majara Bellwether y me tocaba a mí vigilar la hora. Majara era la última protegida de Debra, una rubia escultural de pecho ancho y mirada fría. Tenía toda la pinta de ser una chica de sororidad, y de hecho lo fue hasta que Debra la convenció para que se desvinculara y escribiera reportajes sobre todo el sistema de hermandades para *perras furiosas*, incluido el que la había metido en tantos problemas con Gamma Nu.

Majara no hablaba mucho, lo que la convertía en la compañía perfecta para Debra. Majara era, por desgracia, el apodo que le habían puesto, aunque si me preguntaban, su nombre de pila, Prudencia, me parecía peor.

—Me lo contaste, sí —le dije mientras sonaba el temporizador—. Listo, a enjuagar.

—¿El qué? —preguntó Abe.

—Nada, papá. Es estupendo lo de Jeffrey. La señora Greenbaum debe de estar muy contenta.

Los Greenbaum vivían a la vuelta de la esquina y se dedicaban a las artes ceremoniales judías. Jeffrey y yo nos besamos una vez en la parte trasera de un taxi. Fue el primer chico al que hice llorar.

—Siempre he dicho que toda familia judía necesita un médico —comentó Abe.

—Quizá la señora Greenbaum nos preste a Jeffrey.

—¿Te has pensado lo de la revista?

—Mañana les respondo.

—¿Pediste más dinero?

Debra se quitó la toalla, mostrando un pelo rojo como la sangre.

—No, papá, pero lo haré.

Colgué cuando Kelsey entró y vio el desastre.

—Debra se ha teñido el pelo —le comenté.

Debra se contoneó para que la viera.

—¿Qué te parece?

—Bueno, ahora será más fácil distinguirte en la multitud —opinó Kelsey.

—¿Y a ti qué te pasa? —gruñó Debra.

—Nada —dijo Kelsey mientras Majara se limpiaba las manos rojas en una de las toallas de Kelsey—. Es solo que no me gusta volver aquí y encontrarme todo hecho un desastre.

Kelsey entró en el cuarto y cerró la puerta. Yo la seguí mientras Debra y Majara se reían a carcajadas en el baño.

Kelsey miró hacia la cama de Debra, deshecha y llena de ropa. Me pareció ver un trozo de sándwich debajo de la almohada.

—No veo la hora de dejar de vivir con ella —indicó Kelsey—. Menos mal que no se muda a Nueva York con nosotras.

Recogí el albornoz de Debra y lo colgué en un gancho detrás de la puerta. En el pasillo, alguien gritaba: «¡Belman! ¡Belman! ¿Qué cojones, Belman?».

—No me gusta cómo se está portando —se quejó Kelsey—. ¿Y a ti?

—No creo que se porte mal.

—¿Eso piensas? Eras tú la que estaba preocupada por ella. Creo que está tramando algo, y creo que Majara también está en el ajo.

Doblé un par de camisetas de Debra y las guardé en un cajón. Me había preocupado por ella, aunque entonces parecía estar mejor, o quizá fuera que había dejado de prestarle atención.

—Sé que cree que todo esto de Sáficas es divertido, pero yo no. Y si está pensando en hacer algo cerca de la graduación, se va a meter en un buen lío. —Se puso una mano en la cadera—. ¿Has mirado los planos que te dejé en la mesa?

La miré sin comprender.

—Los planos de los apartamentos que encontró mi madre. Si queremos mudarnos en julio, tenemos que elegir uno.

—Lo sé —repuse—. No me olvido.

Connelly me había hablado de un amigo que alquilaba una habitación encima de su garaje y pensaba echarle un vistazo al día siguiente. Habíamos hablado más sobre nuestros planes para el verano y de ideas para mi historia, que él pensaba que podría ser un libro. Notaba a Kelsey observándome. Sabía que necesitaba una respuesta, pero no la tenía.

—¿Isabel? —me dijo—. ¿Me estás escuchando? ¿Qué te pasa últimamente?

En ese momento, Debra abrió la puerta de un empujón.

—¿De qué habláis?

—De nada —le respondí—. ¿Dónde está Majara?

—Se ha pirado.

Debra se dejó caer en la cama de Kelsey y arrugó la colcha. Kelsey frunció el ceño.

—¿Qué tramáis vosotras dos?

Debra se cruzó de brazos y sonrió como el gato de Cheshire.

—Venga, Debra, cuéntanoslo —le pedí.

—Dios, tenemos una idea muy buena, buenísima. Kelsey, necesitamos tu ayuda para llevarla a cabo. Tú tienes la llave del centro de arte, ¿no?

—Sí, ¿por qué?

—¿Sabes si la escultura de Eleazar Wilder está anclada al suelo?

—Debra, ¿qué estás planeando?

—Vale, pues presta atención: la noche antes de la graduación, arrastramos a ese chocho hasta la mitad del Green. Un par de chicos de Ágora se han ofrecido a ayudarnos, y Majara pondrá su todoterreno. Normalmente rechazaría la ayuda de un hombre, pero este plan es demasiado bueno.

Debra no cabía de gozo mientras describía el plan, que consistía en pintar con espray «las mujeres mandan» en la escultura de Eleazar Wilder, padre fundador de la Wilder College, y arrastrarla hasta el centro del Green para que todo el mundo (padres, profesores, antiguos alumnos) lo viera de camino a la graduación.

Según Debra, sería la mejor jugada de Sáficas hasta la fecha, una manera de demostrarle al mundo que el patriarcado se estaba viniendo abajo y estaba llegando el reinado de las mujeres. O algo así. Sinceramente, el plan estaba muy mal pensado y resultaba infantil, por no hablar de que se desviaba de las maniobras anteriores de Sáficas. Estuve a punto de decirlo, pero no merecía la pena.

Kelsey parecía indignada, pero yo me sentía triste. Además de ser muy inviable (y seguramente un delito), la jugada de Debra no era divertida ni inteligente. Estaba, pensé, muy por debajo de su nivel.

—¿Qué os parece? —preguntó Debra.

—Me parece que has perdido el norte —respondió Kelsey.

—Qué aburrida eres.

—¿Aburrida? —replicó Kelsey—. ¿Acaso te parece divertida tu travesura de delincuente? ¿Qué tiene de divertido que te arresten, o, peor, que no te den el diploma?

—¿Y tú, Izzy? —Se volvió hacia mí—. ¿Te apuntas?

—No sé, Debra. Creo que nos meteríamos en un buen lío. Esa estatua tiene pinta de ser cara, y seguro que hay cámaras y alarmas. ¿Te lo has planteado en serio? —No estaba segura de por qué me fijaba tanto en los detalles, como si aquello fuera lo único que se interpusiera entre el plan y su éxito—. ¿Y si hacemos algo distinto? Pancartas, escribir algo en los birretes... ¿Quizá un mensaje?

—Sosa —repuso Debra.

—Deja de dorarle la píldora —le dijo Kelsey.

—¿De verdad tenemos que hacer algo? —insistí—. Ya casi hemos terminado. ¿No podemos disfrutar del tiempo que nos queda?

—¿Desde cuándo eres tan blanda? —estalló Debra—. Entiendo que Kelsey quiera apoyar el sistema, pero ¿tú? ¿Qué ha hecho Wilder por ti? Zev sigue estudiando aquí.

En ese momento, Jason abrió la puerta, y me ahorré el tener que responder a ese comentario.

—Lo siento —se disculpó—. He llamado a la puerta. ¿Va todo bien?

—Sí —respondió Kelsey y se fue.

—Será mejor que vayamos a ver cómo está la señorita —dijo Debra.

—Oye, ¿te has enterado de lo del profesor Fisher? —me preguntó Jason.

—No. ¿Qué ha pasado?

—No sé mucho del tema, pero al parecer él y su hija han desaparecido.

—¿Cómo que «han desaparecido»?

—Eso me ha dicho Andy. En teoría Fisher la iba a llevar a casa de su hermana, pero nunca aparecieron. —Jason miró a Debra—. ¿Qué te ha pasado en el pelo?

Corrí hacia la biblioteca, donde me encontré a Andy en su cubículo.

—No sé hasta dónde puedo hablar —señaló—, pero me imagino que todo saldrá a la luz ahora que el FBI está involucrado.

—¿El FBI? Andy, ¿qué coño pasa?

Andy parecía cansado. No lo había visto mucho últimamente, pero me había enterado de que Kara y él habían roto. Además, no había conseguido financiación para los programas que quería y estaba en lista de espera en otros dos.

—Tom tenía que dejar a su hija un par de días en casa de su hermana, en Rhode Island. Joanna no quería, pero Tom le dijo que no pasaría nada, que Igraine pasaría un tiempo con sus primos o algo así. —Sacó un cigarro del paquete y me ofreció uno—. Así que Joanna accedió. Se suponía que llegaban el sábado, pero no dieron señales.

—De eso hace cuatro días. ¿Qué dice la hermana?

—Dice que hace meses que no habla con Tom.

—Joder.

Andy se encendió el cigarro y luego se inclinó para encenderme el mío. Le temblaban las manos.

—¿Dónde podría estar?

—Ni idea. Joanna está llamando a medio mundo, pero nadie sabe dónde están. Tom no lleva mucho dinero encima e Igraine no tiene pasaporte, que ella sepa. No pinta bien, Isabel. Cuando viví con ellos el verano pasado, se peleaban todo el tiempo. A lo bestia.

—Sí, los vi una noche —le dije—. Este invierno. Se estaban peleando frente a mi ventana. Se estuvieron gritando y luego él la metió en el coche.

Andy le dio una calada larga al cigarrillo.

—Tom no es un buen tipo, siempre ha estado celoso de ella. De primeras no se ve, pero es un imbécil.

—No le habrá hecho daño a Igraine, ¿no?

—No. Creo que lo que quiere es hacerle daño a Joanna. —Dejó caer la ceniza del cigarrillo en un vaso de papel—. Oye, no le digas a nadie que te lo he contado yo, ¿vale? Nada de chismes.

Se lo prometí, salí de la biblioteca y me dirigí a Stringer Hall. No creía que Connelly estuviera allí, pero me acerqué a su despacho de todas formas y llamé tres veces a la puerta.

El despacho de Tom estaba a oscuras desde hacía semanas. Unos cuantos papeles asomaban por debajo de la puerta, así que me agaché y los metí del todo. Acto seguido, giré el pomo con la esperanza de que se abriera y me encontrara a Tom dentro liándose un cigarro o con una bolsita de caramelos en la mano.

Me acordé de la primera vez que le vi, cuando fui a hablarle de la tutoría de mi trabajo. Me preguntó de dónde era, y resultó que él y Joanna habían vivido unos años en el Lower East Side.

—¿Tu familia regenta el Rosen's Appetizing? Joanna y yo solíamos ir allí siempre. A Joanna le encantaban la ensaladilla de pescado blanco y el salmón ahumado. —Tom hizo un gesto de satisfacción—. Qué tienda. Si Nueva York es tan especial, es por lugares como ese. Bueno, ¿y por qué Wharton? —dijo tras una pausa.

—¿A qué se refiere?

—¿Es la Nueva York de Wharton la misma que la tuya? —Tom se acercó a su estantería—. ¿Por qué no Grace Paley, Henry Roth o Malamud? —Tom sacó un libro de su estantería y me lo entregó—. Creo que hay escritores que hablan más de tu experiencia que Whàrton.

Miré el libro que me había dado. *El dependiente*, de Bernard Malamud. Siempre que le preguntaba a Abe por su infancia, me decía que leyera ese libro.

—No te estoy diciendo qué hacer, pero piénsatelo.

Había decidido seguir con Wharton, aunque pensaba en lo que me había dicho Tom cada vez que me adentraba en el mundo de unos personajes que no habrían mirado a mis antepasados a los ojos si se los hubieran cruzado por la calle. Aún no me había leído *El dependiente*.

La cara de Igraine volvió a mis recuerdos cuando pasé por el sitio donde nos habíamos sentado juntas aquel día. *Ten cuidado, cariño. Te quiero.* Intenté imaginarme dónde podría estar, si comprendería lo que estaba pasando, si tendría miedo. Tal vez nada de aquello habría sucedido si yo hubiera hecho algo, pero… ¿qué habría dicho, y a quién? Bajé por las escaleras y vi que un pajarito había entrado en el edificio. Intenté sacarlo, pero siguió caminando por el pasillo como si llegara tarde a una reunión. Salí al sol de la tarde y recordé el número de teléfono del que Doug Biaggio nos había hablado en el Knotty Pine. 1-800-ME-HE-PERDIDO.

—No tengo ni idea de dónde está Tom —dijo Connelly. Estábamos sentados en el asiento delantero de su coche, que había aparcado detrás del edificio de informática. Me había pedido que nos viéramos allí en vez de en su despacho. Con todo el revuelo que había en torno a la desaparición de Tom, pensó que era mejor ir con cuidado—. Todo el mundo me pregunta, pero te juro que no me dijo nada de nada.

Era temprano, apenas pasadas las siete, y el cielo tenía el color de un melocotón. Me bebí despacio el café y observé a un grupo de pájaros pelearse por un comedero que alguien había colgado de una rama cercana. Tom e Igraine llevaban casi una semana desaparecidos, pero a diferencia de la historia de su salto al lago la noche del Senior Mingle, esta historia se iba filtrando lentamente en el ecosistema del campus. Cuando hablábamos de ella, lo hacíamos de forma seria, en voz baja, ya que comprendíamos que no era un tema baladí, o eso me gustaba pensar. Quizá nos sentíamos culpables por no haber reconocido el peligro: aquella noche habíamos visto, al menos en parte, lo que Tom era capaz de hacer, o quizá solo hablara por mí.

Lo poco que sabía provenía de mi conversación con Andy y de un artículo del *Daily Citizen* que había rescatado de la papelera de reciclaje en uno de mis turnos en el mostrador de información. Según el artículo, casi todo lo que me había dicho Andy era cierto: la hermana, el viaje a Rhode Island. Todo apuntaba a que había sido un matrimonio problemático y un divorcio amargo. Los registros policiales revelaban al menos dos visitas a la casa de June Bridge Road, una de ellas cuando Joanna estaba embarazada. La policía había catalogado los hechos como «incidentes domésticos» y no había hecho nada más. Según una fuente anónima, Tom se había estado comportando de forma errática desde que Joanna solicitó el divorcio en diciembre, y más aún desde que ella pidió la custodia, pero no había indicios de que hubiera planeado secuestrar a Igraine o hacer algo peor. Dondequiera que estuviera Tom, las autoridades insistían en que no había ido muy lejos: su tarjeta de crédito, que no había sido usada desde el día en que se marchó, registró una compra en una gasolinera a pocos kilómetros del campus. Las cámaras de vigilancia mostraban unas imágenes borrosas de él repostando, pero no había ni rastro de Igraine, aunque no había motivos para pensar que no estaban juntos. Después de aquello, desaparecieron del mapa. Esperaba que Connelly pudiera arrojar algo de luz a los actos de Tom. A mis veintidós años, aún creía que los adultos hacían cosas porque tenían sentido y que, por el mero hecho de ser adultos, tenían acceso a más información que yo. Empecé a pensar que no era del todo así. Pronto llegaría a comprender que la edad adulta era exactamente aquello, la constante puesta patas arriba de todo aquello en lo que creías cuando eras joven.

—¿Le creías capaz de hacer algo así? —le pregunté a Connelly.

—Pues claro que no. Tom siempre ha sido un hombre pacífico y amable, pero... ¿quién sabe lo que pasa dentro de un matrimonio? Muchos se vienen abajo cuando entran los críos en escena, hay disputas por dinero, sobre quién se ocupa de esto o de lo otro. Algunos hombres se ponen celosos cuando sus mujeres se dedican tanto a esa otra personita. Ahora bien, un matrimonio sin hijos también conlleva pérdidas. De impulso, de energía, de oxígeno. —Asintió, como si estuviera satisfecho de haber encontrado la palabra adecuada.

Me derramé parte del café en la camisa. Abrí la guantera para buscar un pañuelo y vi el llavero. Fui a por él, pero me lo pensé mejor.

—¿Has querido alguna vez tener hijos? —A veces pensaba en lo que Whitney me había contado de Roxanne y su embarazo, pero nunca le había preguntado a Connelly.

Él se quedó en silencio por un momento y pensé que quizá me había metido donde no me llamaban, pero luego me respondió.

—Te iba a decir que es una larga historia, aunque en realidad no hay tanto que contar. Roxanne no quería niños, y cuando sí los quiso, ya era demasiado tarde. A las mujeres les gusta pensar que pueden «tenerlo todo», pero, nos guste o no, también hay un componente biológico. —Connelly miró al frente y un rayo de sol se reflejó en su mejilla—. Nos quedamos embarazados una vez. De gemelos. Roxanne pensaba que era absurdo llorar por alguien a quien nunca has conocido. Quería volver a intentarlo, pero... —negó con la cabeza—. Mejor así.

»Aunque Tom tenga la culpa de algo —dijo conforme el cielo se despejaba—, adora a esa pequeña.

CAPÍTULO 17

Hacía un par de días que no veía a Debra cuando me topé con ella y con Majara mientras cruzaba el Green. Lo primero que vi fue su pelo, que brillaba como una manzana de caramelo a la luz de la luna.

—¡Izzy! —Vino corriendo hacia mí y me agarró por los hombros. Eran las diez de la noche de un miércoles y ya estaba borracha—. Ágora celebra una fiesta temática. ¡Tienes que venir!

Debra se abrió la chaqueta y me enseñó su vestido, corto y negro, y un par de medias negras de encaje. Majara llevaba unas uñas postizas de leopardo que sobresalían de unos guantes de encaje sin dedos.

—No llevo la ropa adecuada —le contesté—. Además, estoy hecha polvo.

—¡Venga ya! ¿Cuántas noches nos quedan aquí? —Debra me pasó un brazo por los hombros. Olía a marihuana y a flores podridas.

—Vale —cedí, y Debra chilló de alegría. De repente, apareció un mantón de plumas, Majara me dio un coletero de leopardo que se quitó del pelo, me llevó bajo una farola y me pintó los labios con carmín.

—¡Estás divina! —gritó Debra, que nos agarró a Majara y a mí del brazo y nos fuimos hacia Ágora como Dorothy camino de Oz.

Aunque había empezado hacía poco, daba la impresión de que la fiesta llevaba ya bastante en marcha. En el humeante salón principal del Ágora, la gente se abrazaba, fumaba o daba largos tragos a vasos de plástico. En la pista de baile, un tipo sin camiseta con una peluca arcoíris tenía la cara hundida en la línea del escote de una chica con un top de encaje. La música retumbaba en el viejo suelo de madera y los graves vibraban en el hueco detrás de mi esternón. Tres chicas bailaban juntas en medio de la sala en una seductora maraña de brazos y piernas. Una de ellas solo llevaba un sujetador y unos pantalones cortos deportivos. Tenía un tatuaje de un águila sobre los omóplatos y cuando levantaba los brazos parecía como si agitara las alas.

Amos Jackson era el encargado de servir cerveza.

—Bienvenidas, señoritas —nos saludó. Llevaba un grasiento sombrero negro de ala, unas Ray-Ban y un pañuelo de encaje enganchado en una oreja.

Empezó a sonar «Damn I Wish I Was Your Lover».

—¡Me encanta esta canción! —vociferó Debra, que le dio la mano a Majara y se la llevó a la pista de baile, dejándome sola con Amos.

—Oye, hemos visto a tu novio —me dijo mientras me servía un vaso de cerveza.

—¿A quién?

—Al profesor ese que sustituye a Maxwell —se rio—. Whitney dice que es tu novio.

Se me puso muy roja la cara.

—¿Dónde lo habéis visto?

—En los almacenes cerca de la granja de mi bisabuelo. —Los ojos de Amos no dejaban de moverse entre mi cara y la pista de baile, donde Majara y Debra se movían de forma lenta y pesada—. Era fácil de ver: los únicos que pasan el rato allí llevan petos vaqueros y tienen cien años.

—Ajá —le respondí mientras me rellenaba la cerveza. No me imaginaba a Connelly tan al norte del estado, pero tampoco podía preguntarle, ya que no quería que la gente pensara que estaba soltando chismes sobre él, sobre los dos. Además, lo más seguro era que Amos se hubiera confundido.

Le di un trago a la cerveza, que tenía un cierto sabor a calcetín. Vi a Amos abrir los ojos de par en par cuando Debra se acercó a Majara y le hizo tijera con los muslos sobre la larga pierna. Quizá en 1998 el Ágora fuera lo más subversivo de la Wilder College. Antiguamente formaba parte del sistema griego (cuando Wilder era solo para hombres, era la única fraternidad que aceptaba a gais), pero en los años ochenta se separó y se convirtió en una «sociedad de estudiantes universitarios» mixta. Había olvidado que por eso algunos chicos heterosexuales iban a Ágora, ya que pensaban que las chicas que se movían por allí eran unas facilonas. Majara agitaba el pelo de un lado a otro y vi cómo una de sus uñas postizas salía volando y aterrizaba debajo de un sofá. Me imaginé a alguien encontrándola mucho más tarde, cuando todos nos hubiéramos ido, cuando no estuviésemos ya en el mundo.

Noté que alguien me observaba desde el otro lado de la sala. Era el tipo de la peluca arcoíris, el que había visto cuando entré. Le dio un trago a una botellita de cristal y se dirigió hacia mí. Tenía algo resplandeciente en el pecho, un brillo de sudor mezclado con purpurina. Cuando estaba a medio camino me di cuenta de que era Zev. Miré a mi espalda en busca de Amos, pero ya se había ido.

—Isabel Rosen. —Su voz sonaba densa, como si tuviera la lengua hinchada.

—Hola, Zev.

No habíamos vuelto a hablar desde aquel día en el puesto de información, pero en ese momento me sentí más relajada cerca de él, quizá porque estaba un poco borracha, o tal vez porque parecía un payaso con aquella peluca.

—¿Por qué ya no hablamos nunca?

Se acercó más a mí y me llegó su olor.

—Estás borracho.

—Pues sí. —Dio un trago largo y se pasó la mano por el pecho—. La verdad es que sí. Pero en serio, pensaba que éramos amigos. Ya no me llamas ni me escribes.

Intenté llamar la atención de Debra. Seguía bailando, esta vez en un grupito que incluía a Amos.

—¿Éramos amigos, Zev?

—Yo creía que sí. —Se rascó la cabeza, torciendo la peluca—. Me gustaba hablar contigo. Tienes muchas opiniones, muchas creencias, pero no eres capaz de defender ninguna. Toda tu visión del mundo se fundamenta en emociones. Me parece muy divertido.

Me di cuenta de que intentaba provocarme, pero decidí no seguirle la corriente. Ya no era la misma chica que había sido aquella noche en su habitación. Algo había cambiado, y no solo por Connelly.

—Si te gustaba, ¿por qué no me lo dijiste nunca?

—¿Habría supuesto alguna diferencia?

—Tal vez. A lo mejor las cosas no se habrían complicado tanto si lo hubieras hecho.

—Oye, si las cosas se jodieron es por lo que hizo tu amiga.

—No estoy de acuerdo.

—¿Cómo que no estás de acuerdo?

—Pues eso. Creo que fuiste tú quien lo echó a perder.

Zev quiso responder, pero en ese momento me di cuenta de que no tenía por qué hablar con él, ni en ese momento ni nunca, así que me di la vuelta y me fui.

Zev me siguió hasta una sala enorme en la parte trasera del edificio. Parecía una cocina: había armarios, una encimera grasienta y algo parecido a un frigorífico. En una esquina había un grupo reunido en torno a un cuenco grande de metal. Una chica con rastas rubio pajizo nos miró al entrar.

—No huyas de mí —me replicó Zev.

Me detuve delante de la nevera.

—¿Por qué no? No te debo nada.

—¿Que no me debes nada? La gente no me habla desde lo que hicisteis tu amiguita y tú.

—¿De verdad piensas que la gente no te habla por eso? Si nadie te habla, Zev, es porque no le caes bien a nadie.

Por la expresión de su cara comprobé que le había dado en algún lugar secreto, en un punto débil, de la misma forma que él me había hecho daño a mí, pero no me supuso ningún tipo de placer. Todo lo que sentía era tristeza, como si la vida fuera eso, una cadena interminable de sufrimiento ajeno que acababa volviendo a ti.

—Fuiste tú la que vino a mi habitación —me dijo—. Yo no te obligué. Y luego, mientras estábamos… no dijiste nada. Pensaba que querías hacerlo, pensaba…

—Lo sé.

Sí que lo sabía, lo había sabido desde aquella noche, cuando Debra y yo volvimos a su habitación y había visto su cara cuando abrió la puerta. Se alegraba de verme, de que hubiera vuelto, como si fuera a por más. Para él, aquella noche podría haber sido el comienzo de algo, mientras que para mí era el principio de un final absoluto e irrevocable. Si bien era cierto lo que decía Roxanne de que las mujeres lloran cuando están enfadadas, quizá también fuera cierto que los hombres se enfadaban cuando estaban tristes.

—¿De verdad crees que te violé? —me preguntó.

Me apoyé contra la barra y sentí el duro filo contra la parte inferior de mi espalda. ¿Me había violado? Ya no lo sabía. Todo lo que Zev había dicho hasta el momento era cierto: había ido a su habitación, no había dicho nada, él había pensado que yo quería, y yo había pensado lo mismo. Lo más confuso era que aquello no había sido como yo creía que era una violación, lo que me habían enseñado a evitar a toda costa desde que era pequeña. Lo que hicimos fue tener relaciones en una habitación en Nuevo Hampshire con vistas al río, y ni siquiera dije que no.

—¿Eh, Isabel? ¿Lo crees de verdad?

Tenía la cara de Zev tan cerca de la mía que podía contarle todas las pestañas. Me sentí como tiempo atrás, cuando me desafiaba a explicarme y me presentaba una hipótesis para que la descifrara. Y, una vez más, no supe hacerlo. Mi sistema de creencias era confuso, incluso cuando se trataba de mi propio cuerpo. Pensé en todas las veces que Zev me había buscado porque quería hablar conmigo, porque me encontraba interesante, no como las Sally Steinberg y los Gabe Feldman, distinto de todas las Debra. A veces me preguntaba por qué me toleraba cuando todos los demás en Wilder le parecían insoportables. Quizá porque yo era pobre y mi padre se ganaba la vida vendiendo pescado ahumado; una vez me dijo que tenía una «mentalidad de *shtetl*» que le resultaba muy refrescante. A veces parecía que Zev era la única persona que me veía, que me veía *de verdad*, y quizá le había dejado que me follara como agradecimiento.

La puerta de la nevera estaba abierta. Las baldas mohosas estaban vacías salvo por una botella de vermut, un cartón de leche y un tarro de cerezas al marrasquino. El rostro de Zev tenía un tinte azulado y pálido a la luz. Sabía que esperaba una respuesta, pero no tenía una. Si me había acusado de saber solo lo que sentía por una cosa, en ese caso tenía razón. No sabía qué nombre darle a lo que me había hecho, solo sabía cómo me había hecho sentir.

—No lo sé —le respondí por fin.

—No lo sabes —se mofó—. ¿Y por qué acudiste al decano entonces?

—¿Al decano? Yo no fui a ver al decano. Pensaba que habías ido tú.

—¿Por qué coño iba a ir a verle? —Dio un paso atrás, como si oliera algo en mal estado. Quizá fuera lo que estaban mezclando en el cuenco, o quizá fuera yo—. ¿Sabes qué te digo? Que te vaya bien en la vida, Isabel Rosen. Por cierto, corre el rumor de que te acuestas con un profesor. Pensé que te gustaría saberlo.

Sus palabras cayeron sobre mí como imaginé que él quería. Se me cortó la respiración y sentí un dolor agudo en la caja torácica. Zev se quitó la peluca y me di cuenta de que, independientemente de lo que me hubiera hecho, siempre iba a ser yo la que volvería a aquella noche y me preguntaría qué habría dicho o hecho de otra forma. Incluso entonces pude notar el sabor de esa vergüenza que me acompañaría toda la vida. Era áspero, como tener arena en la lengua. Me limpié la boca con el dorso de la mano y pensé que iba a vomitar. Zev hizo una pelota con la peluca y la lanzó al otro lado de la sala.

—¡Canasta! —gritó cuando aterrizó en el cuenco con un chapoteo.

—¿Tú eres gilipollas, chico? —La chica de las rastas levantó la vista. En la oscura cueva abierta de su boca asomaba un *piercing* en la lengua—. Oye, estás sangrando —me indicó.

Me toqué la cara y noté que me sangraba la nariz. Me tapé con el mantón y salí corriendo de la cocina. Debra y Majara seguían en la pista, bailando muy despacio con Amos, que le estaba sobando el culo a Majara.

—Me largo —le dije a Debra. Ella levantó la vista y vio cómo tenía la cara.

—¿Qué te ha pasado? —Debra apartó a Majara mientras Zev salía de la cocina con un rollo de papel—. Espera, ¿te ha pegado?

—Debra, no…

—Tú. Quién si no —dijo Zev, levantando las manos.

—¿Por qué hablas con él? —me preguntó Debra.

—Debra, basta.

Rechacé el trozo de papel de cocina que me ofreció Zev y me limpié la cara con las manos. En medio de todo aquello, Amos se escabulló. Aquel no era el rollo que buscaba.

Zev se volvió hacia Debra.

—Eres un bicho malo, ¿lo sabías? Me has arruinado mi último año en Wilder.

—Ay, mírame, me han arruinado mi último año —se burló Debra—. ¿Y cómo te crees que fue el suyo después de violarla?

—¡Debra, ya basta!

—¿Por qué nunca la dejas hablar a ella? —le reprochó Zev—. ¿No es eso lo que decís siempre las feministas: «En mi cuerpo mando yo»?

—No tienes ni puta idea de feminismo —le espetó Debra, acercándose a él.

—Cállate —oí decir a alguien, primero en voz baja y luego más fuerte—. Que te calles, que te calles, que te calles.

La retahíla de palabras retumbó en la habitación por encima de la música y el barullo. Tardé un segundo en darme cuenta de que había salido de mí.

—Ya la has oído —dijo Debra mientras se cruzaba de brazos.

—No —le respondí—, cállate tú. Siempre estás hablando y nunca escuchas. Eres como un muro de sonido.

Se acercó a mí, pero la aparté. Me sentó bien el gesto.

Fuera, el aire fresco olía a hierba y a margaritas. Me senté bajo un árbol y noté cómo la humedad de la tierra se colaba en mis vaqueros. Tenía las manos pegajosas y cubiertas de purpurina y sangre. Me quité el coletero de Majara y dejé que el pelo me cayera sobre los hombros. Su cosquilleo por la espalda me recordó a Connelly y, por primera vez en toda la noche, me permití pensar en él, en qué estaría haciendo y si él también estaría pensando en mí.

Al cabo de unos minutos, Debra salió dando bandazos con el rollo de papel de cocina en las manos. Tenía el maquillaje corrido y una carrera en las medias.

—Entonces qué, ¿estás enfadada conmigo?

—No lo sé, Debra.

—No me puedo creer que le dejes salirse con la suya. Es como si fuerais amigos.

—No somos… —Enterré la cara entre mis manos—. Da igual.

—¿Da igual el qué? Deja de ser tan pasivo-agresiva.

—No tiene sentido que te lo explique porque nunca me escuchas.

—¿Qué dices?

—Como aquella noche con Zev. Solo necesitaba que me escucharas.

—Y lo hice.

—No, no lo hiciste, te lanzaste sobre él. —Me quité el mantón del cuello—. No sé qué pasó esa noche. Zev hizo lo que hacen todos los tipos: tuvo la oportunidad de follarme y no la desperdició. Y yo se lo permití. Se lo permití, joder.

—Es lo más triste que he escuchado en mi vida. —Debra se sentó a mi lado. Tenía purpurina pegada en la raya del pelo. Sorbió por la nariz varias veces antes de hablar—. Lo siento, Iz. Solo quería protegerte.

—Lo sé, pero no necesito que lo hagas. —Me miré las manos y la camisa, manchadas de sangre—. Aunque las pruebas digan lo contrario.

Debra se echó a reír. Su cara, ancha, suave y llena de todo, brillaba a la luz de la luna. El cielo sobre nuestras cabezas era amplio y oscuro y estaba salpicado por puntitos de luz. Nunca tendría palabras para describir aquella parte de Wilder, la tranquila y majestuosa, pero era la que más quería recordar.

—¿Sabes por qué quise venir a Wilder? —le pregunté.

—Ni puta idea.

—Porque tenía su propia camiseta.

—Creo que muchas universidades tienen camiseta con su logo, Isabel. Podrías haberte ahorrado muchos problemas.

—Sí, pero este es el único lugar donde la gente la lleva de verdad. Cuando vine por primera vez con mi padre, recuerdo haber visto a los chicos con sus camisetas de Wilder. Quería formar parte de ello.

—Bueno, ¿y qué?

—Este sitio, Debra... no está tan mal. Siempre dices que quieres cambiarlo, «quemarlo hasta los cimientos», pero en realidad me encanta.

—A mí también. —La miré fijamente—. No, en serio. Lo que odio es que parece que nunca será nuestro. Creía que estar aquí nos hacía iguales, pero siempre estamos en su territorio, siguiendo sus reglas. Me he partido los cuernos tanto como Zev y como todos esos capullos para estudiar aquí, y tú también.

Volvió a sorber por la nariz, esta vez más fuerte, y me di cuenta de que estaba llorando.

Le di la mano y se la sostuve mientras me describía cómo se sentía de verdad. Me dijo que se sentía en la cuerda floja y que perdía el equilibrio, al igual que le había pasado en primero. Todo empezó la noche que volvimos a la habitación de Zev, y me di cuenta de que había un patrón: Debra solía venirse abajo después de maniobras como aquella, como si las cosas que pensaba que desestabilizarían Wilder solo consiguieran desestabilizarla a ella.

—Estoy muy cabreada, ¿sabes? —admitió Debra, y yo la abracé y le dije que la perdonaba, claro que la perdonaba. Aunque Debra era imposible, desordenada y descuidada (por no hablar de que estaba segura de cosas de las que en realidad no sabía nada), también era mi amiga, y hasta en ese momento supe que siempre lo sería, incluso cuando no me caía muy bien. Con el tiempo me alejaría de gente por mucho menos, pero Debra había dejado huella. Es lo que pasa con la gente que nos conoce cuando somos jóvenes, cuando aún estamos descubriendo el mundo y cómo podemos encajar en él.

Después de un rato volvimos al dormitorio. Las luciérnagas se pasaban mensajes secretos entre ellas y pensé en algo que había dicho el rabino de mi abuela cuando le pregunté qué nos pasaba después de morir. Su respuesta, algo sobre el polvo de estrellas y la energía, no me satisfizo en aquel momento. «Sí, pero ¿qué significa eso?», le había preguntado. No me importaba la energía; solo quería saber si volvería a ver a mi madre, aunque, en aquel momento con Debra, pensé que tenía razón. Sentía una especie de energía girando a mi alrededor, ya no solo de mi madre, sino también de Debra, de Majara, de Zev e incluso de Amos. Todos dejaríamos un trozo de esencia cuando nos fuéramos. Nada de lo que habíamos hecho allí sería en vano.

Nunca descubrimos quién le dijo al decano Hansen lo de la pintada en la puerta de Zev. Debra pensó que había sido el conserje; seguro que había procedimientos para cuestiones así. Yo nunca volví a ver a Zev Niederman. Me enteré de que había vuelto a Israel, había empezado a trabajar en la empresa de su padre y se había casado con Yael. Esto último lo leí en un boletín de Hillel que llegó el día en que el Senado absolvió a Bill Clinton. El hecho de que coincidieran los dos eventos se quedó para siempre vinculado en mi mente: dos hombres que se salen con la suya en el tipo de cuestiones en las que siempre se salen con la suya. En ocasiones me pregunto si le habrá hablado alguna vez a Yael de mí. Me pregunto si se acordará de mi nombre.

CAPÍTULO 18

Abe iba a venir a mi graduación. Tenía muchas ganas; Benji y Manny se quedarían a cargo de la tienda.

—¿Estás seguro? —le pregunté—. Es un viaje largo y tampoco será nada del otro mundo.

—Isabel, ya hay bastantes *tsuris* en esta vida. Vamos a celebrar las cosas buenas que nos pasan. Además, a Benji le vendrá bien: así veré si se las apaña sin mí.

Abe había ido a ver un apartamento que habían encontrado los padres de Kelsey, un pisito con dos habitaciones en el único edificio con portero de Alphabet City. Accedí a quedarme con el dormitorio más pequeño a cambio de un alquiler más bajo.

—No es para tirar cohetes —fue el veredicto de Abe—. Pequeño, pero tiene mucha luz. Y no está en Brooklyn. No sé qué teníais en mente. Creía que la gente quería alejarse de Brooklyn.

Los padres de Kelsey habían pagado la fianza y el primer mes de alquiler, que prometí que devolvería, y el uno de junio sería nuestro.

Kelsey había conseguido un trabajo en una galería de arte en el Soho y lo celebramos llevándola a hacerse un *piercing* en la ceja. Se pasó las tardes previas a la graduación marcando artículos en el catálogo de Pottery Barn: cestas de mimbre, cojines, una alfombra Kilim clara. Jason también estaría en Nueva York, en la Facultad de Derecho. Iba a compartir piso en el Upper West Side con Bo y otro Gamma Nu.

Después de nuestra charla en Ágora, animé a Debra a que se pusiera en contacto con su madre. Marilyn se le había echado encima (cómo no) y la psiquiatra de Debra le cambió la receta. Creo que incluso fue a ver a la doctora Cushman un par de veces, aunque nunca lo reconoció. Parecía tranquila, sumisa. No había vuelto a mencionar la jugarreta de la escultura y había pasado las dos últimas noches con Kelsey y conmigo en nuestro apartamento. Las dos acabaron por llevarse bien. Era casi como antes, aunque ya no me enfadaba que se mudara a San Francisco. Mi mente estaba más tranquila sin Debra en ella.

Por mi parte, mientras que seguía adelante todo lo del apartamento en Alphabet City y el trabajo en *¡Largo!*, que al final había aceptado (al igual que el salario que me habían ofrecido, aunque le dije a Abe que lo había negociado con uñas y dientes), también buscaba habitaciones de alquiler en el pueblo y otro trabajo en la sección de empleo del periódico local. Connelly no estaba al tanto de mis planes en Nueva York; hasta donde él sabía, me quedaría con él en Wilder. Habíamos empezado a vernos de nuevo en su despacho. Por fin había atrapado al ratón bajo su sofá, pero seguía hablando de llevarme a otro lado.

—Quiero hacerte el amor en una cama de verdad —me dijo.

Pasaríamos el verano juntos y me enviaría de vuelta a Nueva York con un manuscrito terminado que podría vender. Me dijo que había trabajado antes con estudiantes, pero que ninguno tenía lo que yo, que solo tenía que ponerle el empeño suficiente. «Va a ser pan comido», insistía, y yo pensaba lo mismo, que sería muy sencillo caer en una vida que él creara para mí en lugar de labrarme mi propio camino.

Una tarde estuve sola en nuestro dormitorio por primera vez en mucho tiempo. Pasé por encima de las cajas de cartón que Kelsey nos había traído y que Debra ya había empezado a usar para empaquetar sus cosas. Me acordé del día en que nos habíamos mudado, subiendo todo por las escaleras, sudando y quejándonos. No parecía que hubiera pasado tanto tiempo. En apenas unos días, volveríamos a llevarnos todo, y me dio la impresión de que no merecía la pena tanto lío. Me di cuenta de que siempre habíamos estado con un pie fuera, incluso desde el principio, ya que Wilder cambiaba de alumnos como una serpiente muda la piel, de forma lenta e inexorable, lo viejo dejando paso a lo nuevo.

Me encendí un cigarro, me lo llevé a la boca y entré en el dormitorio. Abrí uno de los cajones abarrotados de Debra y me puse uno de sus jerséis. Comprobé en el espejo cómo me quedaba, luego me lo quité y volví a ponérmelo. Hice lo mismo con otras de sus cosas y me fijé en que tenía el joyero abierto. Metí la mano y saqué la pulsera de plata que Jason le había regalado por San Valentín. Acto seguido hice lo mismo con el anillo que sus padres le regalaron por su veintiún cumpleaños y me lo puse en el dedo.

Me pasé el anillo por los nudillos y pensé en el día en que había dejado de robar, en otoño de mi último año de instituto. Mi madre había vuelto a casa tras haber pasado el verano en el hospital de forma intermitente, pero no pintaba. Todos los días volvía a casa del instituto con la esperanza de encontrármela frente al caballete, pero en su lugar estaba exactamente donde la había dejado: en la cama, con el café enfriándose en la mesilla de noche y el bocadillo intacto que mi padre le había llevado para comer. Me aterraba volver a casa, así que empecé a ir andando en lugar de tomar el metro, buscando caminos cada vez más largos para llegar lo más tarde posible.

Un día me detuve en una tienda de Lower Broadway, de esas que venden ropa *vintage*, pero también ropa nueva hecha de forma que parezca antigua. La tienda estaba vacía, y la única dependienta estaba arrinconada tras el mostrador leyendo una revista. Apenas levantó la vista cuando entré en el probador con unos vaqueros y una blusa. Los vaqueros no tenían nada de especial, pero la blusa era una maravilla. En ese momento comprendí cómo la ropa podía transformarte en otra persona, al menos durante unos instantes frente al espejo del probador. Miré el precio, aunque daba igual lo que costara: no podía permitírmelo.

Me quedé mucho tiempo en el probador. Noté un sabor a óxido en la boca y una gota de sudor bajando entre mis pechos. Nunca había robado nada en una tienda. Al cabo de unos minutos, me desabroché la blusa, me la metí con cuidado en la mochila y la tapé con mis libros y carpetas.

—Gracias —le dije a la dependienta mientras colocaba los vaqueros en el montón de ropa y me dirigía hacia la puerta.

—Espera. —La dependienta levantó la vista de la revista—. ¿Con cuántas cosas has entrado en el probador?

—Solo con los vaqueros —le aseguré, pero noté que me temblaba la voz. Era buena ladrona, pero una pésima mentirosa.

La chica salió de detrás del mostrador. Era mayor que yo, llevaba el pelo corto y un pendiente en la nariz.

—Dame la mochila —me pidió mientras apoyaba una mano en su estrecha cadera. Se la di y vi cómo sacaba la blusa.

—Lo siento —me disculpé y rompí a llorar, respirando con dificultad y sollozando de forma lamentable, como si hubiera dado rienda suelta a algo en mi interior. Estaba avergonzada, asustada e incómoda, pero sobre todo triste porque aquella blusa tan bonita nunca sería mía.

—Vete —me dijo, lanzándome la mochila—. Como vuelva a verte por aquí, no dudaré en llamar a la policía.

Volví corriendo a casa, aunque me paré un momento para vomitar entre dos coches aparcados. Cuando llegué, metí todo lo que había robado en una bolsa negra de basura y lo tiré al contenedor que había detrás del Rosen's.

Me quité el anillo de Kelsey y lo sostuve en la palma de mi mano. Era precioso, dorado con dos diamantes muy juntos, como dos gemelos en el útero. Si fuera mío, me lo habría puesto todos los días, no lo habría dejado muerto de risa en un joyero lleno. Cerré el puño y me lo metí en el bolsillo. Lo mantuve ahí durante un minuto, con el corazón a cien, la respiración acelerada y el sabor a óxido en la boca. Luego volví a meterlo en el joyero de Kelsey y lo cerré de golpe.

El viernes por la noche seguí a Ginny y a un grupo del equipo de remo hasta el río. Era tarde y había perdido a Kelsey y a Debra en algún punto entre Gamma Nu y una fiesta en el River Ranch, una casa fuera del campus situada sobre el río, en Vermont. Había bebido bastante, aunque no tanto como Ginny, que se iba tropezando mientras bajábamos por el estrecho sendero boscoso que conducía al río Connecticut, la masa de agua que separaba Vermont y Nuevo Hampshire. Lo cierto es que Ginny y no nunca habíamos salido mucho, pero con la graduación a la vuelta de la esquina me dio la impresión de que todo el mundo era mi amigo.

Alguien empezó a cantar el *Alma mater* más adelante. Cuando estaba en el coro universitario solíamos cantarlo para grupos de antiguos alumnos de Wilder, ancianos de pelo blanco con chaquetas verdes y pantalones a cuadros. Cantábamos y a ellos se les llenaban los ojos reumáticos de lágrimas. Algunos apenas se tenían en pie y se aferraban a los bastones. Siempre pensé que el *Alma mater* tenía un aire sectario, como de juventudes hitlerianas, pero en ese momento, caminando del brazo con Ginny en una fresca noche primaveral, el corazón se me llenó de alegría y pensé que iba a llorar.

Recordaremos Wilder y sus colinas onduladas, los felices años en Wilder acurrucados en el recuerdo y en el corazón.

—Qué mal rollo da esta canción —gritó Ginny—. No quiero a Wilder acurrucado en mi corazón.

—Es una metáfora —le respondí también en voz alta.

—¡Una metáfora! —Ginny echó la cabeza hacia atrás, se rio como si fuera lo más gracioso que hubiera escuchado en su vida y me enganchó de la cintura con los brazos—. Te adoro, Iz. Creo que nunca te lo he dicho. Siempre he pensado que ojalá hubiéramos pasado más tiempo juntas.

—Gracias, Ginny. Yo pienso lo mismo.

—A mucha gente no le caes bien —apuntó—, pero a mí me pareces una chica chulísima.

Acto seguido, se inclinó hacia mí y me besó en los labios. No fue del todo desagradable, o quizás aquella fuera la noche perfecta para que me besara.

Había dejado de llover, pero el cielo seguía cubierto y oscuro. A los pocos metros, el sendero se estrechó y se abrió a un campo cubierto de hierba que descendía hacia el río. Me llevé por delante una camiseta con el pie, y más adelante vi un rastro de ropa que llevaba hasta la orilla.

Ginny se quitó las zapatillas y me miró, retándome a seguirla. Observé cómo se desvestía y corría hacia el agua, con su cuerpo grande y pálido brillando a la luz de la luna. Toda la gente que venía con nosotras hizo lo mismo.

—¡Venga, Isabel! —me animó. Yo miré a mi alrededor y luego me quité muy despacio los pantalones, la camiseta y la ropa interior, que dejé con pulcritud sobre una roca. Sin pensármelo demasiado, me zambullí en las negras aguas.

Para algunas personas, el río había sido el centro de su experiencia en Wilder como para mí lo había sido la biblioteca. Para Ginny y el equipo de remo, por ejemplo, lo era ir todas las mañanas de otoño y primavera, cuando la niebla surgía del agua como hielo seco. En invierno, cuando el río se congelaba, había quienes lo recorrían en esquís de fondo, y en verano se dejaban llevar por la corriente sobre flotadores. Yo solo había estado en el río un par de veces y no me había bañado nunca en él. Siempre había pensado que pertenecía a esa parte de Wilder que no era mía, pero en ese momento, suspendida en el suave abrazo del agua, me pregunté por qué había tardado tanto.

Me quedé un rato flotando y pensando en Connelly. Me había invitado a pasar la noche en su casa, ya que Roxanne tenía un congreso. Quería ir, pero también me apetecía andar sin rumbo en mis últimas noches en Wilder. Los Tonadillas daban su último gran concierto y Bo me había pedido que fuera. Me sentí ante una encrucijada: un camino me llevaba a un futuro que comprendía, y el otro, a ningún sitio bueno. Me di cuenta de que en mi interior había un resquicio de autocuidado, una creencia en

211

mí misma y en mi futuro. Quería más de lo que tenían Roxanne y Connelly, más de lo que habían tenido mis padres, algo más cercano a la relación de Kelsey con Jason y a lo que pensaba que tenían Joanna y Tom. Quería *amor*, y lo quería todo. Sumergí la cabeza bajo el agua y, por raro que pareciera, pensé en Bo.

Una brisa sopló entre los árboles, creando ondas en el agua y poniéndome la piel de gallina. Levanté la vista y vi que me había alejado mucho del resto. Muchos volvían a la orilla y buscaban su ropa haciendo mucho ruido. Un tipo llamado Rod sostenía el sujetador de Ginny por encima de su cabeza y ella saltaba debajo con un brazo en el pecho. Alguien se había sentado en la roca donde había dejado mi ropa. Nadé más cerca y vi que era Andy.

—¿Qué tal el agua? —me preguntó.

—Bastante buena —opiné—. ¿Has estado en River Ranch?

—No, he pasado todo el día con Joanna.

Joanna. Andy dijo su nombre y me di cuenta de que llevaba días sin pensar en ella ni en lo que había pasado. *Tom e Igraine han desaparecido.* La idea me rondaba por la cabeza de vez en cuando hasta que algo más urgente ocupaba su lugar. Había empezado a pensar en ellos como víctimas de un accidente o de un crimen, como personas que habían recibido la violencia en sus vidas de un modo que yo no había experimentado hasta entonces y nunca lo haría. Sin embargo, los rostros de Tom e Igraine emergieron ante mí y me pregunté cómo era posible que no hubiera pensando en ellos ni un instante.

—¿Cómo está? —le pregunté.

—¿Tú qué crees? —repuso con dureza—. Fatal.

—Claro. Lo siento. ¿Hay novedades?

Andy negó con la cabeza.

—Ni tampoco hay rastro de ellos. Hace ya casi tres semanas.

—Es muy extraño.

—Sí, extraño. —Recogió un guijarro del suelo—. La policía cree que siguen en Nuevo Hampshire.

—¿Cómo lo saben?

—Tom no lleva mucho dinero encima y no ha hecho compras con su tarjeta de crédito. Además, hay carteles por todas partes, seguro que los has visto.

Asentí. Había carteles de DESAPARECIDOS con las caras de Tom e Igraine por todo el pueblo, incluso en el tablón del supermercado, en la oficina de correos y en la librería. Cada vez que veía uno hacía lo posible por evitar el ojo vago y la sonrisa tímida de Igraine.

Andy lanzó el guijarro al agua, que se hundió con un *plof*.

—Nadie ha llamado, nadie los ha visto. Es como si fueran fantasmas.

—¿Crees que están…?

—¿Muertos? Podría ser, pero si no, han sabido encontrar un buen escondite.

Empezó a lloviznar. Un poco más arriba, en el césped, alguien con una guitarra comenzó a tocar «Layla». La voz de Ginny destacaba por encima de las demás. El agua se iba tornando fría y las piernas se me cansaban. Me pregunté cuánto más tendría que esperar antes de salir y vestirme. Quería buscar a Kelsey, Jason y Bo, quería encontrármelos juntos en el sótano de Gamma Nu. Casi podía escuchar a Jason llamándome «chica guay» cuando entrara.

—Creo que alguien sabe dónde están —apuntó—, y creo que alguien les está ayudando, dándoles dinero o dejándoles un sitio para quedarse.

—¿Quién podría hacer eso?

Andy levantó otro guijarro.

—¿Qué hay de Connelly?

—¿Qué sucede con él?

—Son buenos amigos, ¿no? Tom siempre se pasaba por nuestra clase. Además, ¿te acuerdas de que Connelly no vino esa semana? Fue justo antes de desaparecer Tom.

—Por Dios. ¿Qué eres, Scooby Doo? —Andy no dijo nada, sino que se limitó a contemplar el guijarro—. ¿Qué piensa Joanna de tu teoría?

—Aún no se la he contado.

—Porque sabes que es una locura. Sé que te gusta el cotilleo, pero ¿no crees que estás un poco paranoico? Acusar a un hombre de… no sé ni cómo llamarlo. ¿Cooperación?

Andy lanzó el guijarro hacia mí. Me despejó la mente, pero no demasiado.

—Bueno, ese tipo tiene pinta de ocultar algo, ¿no crees?

—¿A qué te refieres?

Empezó a llover más fuerte.

—Venga ya, Isabel.

Andy sostuvo mi camiseta en alto y metió dos dedos en el bolsillo del pecho.

—Venga ya ¿qué?

Noté un escalofrío por la espalda. Más gente salía del agua. Ginny miraba a su alrededor, quizá buscándome, y al poco empezó a subir en dirección al campus.

—Todo el mundo lo sabe. —Lo dijo de forma tan suave que parecía ser amable conmigo, pero no lo era en absoluto—. Oye, que no te juzgo.

—Andy, no sé en qué estarás pensando, pero…

—¿Y si le hace daño? —Dejó las palabras suspendidas un segundo con una expresión extraña en la cara. Más tarde me daría cuenta de que era miedo—. Entiendo que no quieras que te salpique, pero esto va en serio, joder. Quizá Connelly no sepa nada, pero tampoco se va a acabar el mundo si le preguntas, ¿no crees?

No respondí. Un coche pasó despacio sobre el puente y las luces barrieron el agua como un faro. Andy dejó mi camiseta en el suelo y levantó el sujetador.

—Mira, no sé en qué novela rusa te crees que estás, pero te estás follando a un profesor. Sustituto, encima.

Andy se puso de pie y lanzó el sujetador al agua. Lo atrapé antes de que se hundiera.

CAPÍTULO 19

Connelly dijo que apenas había diez kilómetros hasta su casa y que la carretera era llana en su mayor parte. Le di vueltas a las palabras «apenas» y «llana» cuando salí el sábado por la noche en la bici que me había prestado Kelsey (le dije que iba a cenar en casa de un profesor, pero no le dije que era la única invitada). Siempre había envidiado la forma en que la gente de Wilder montaba en bicicleta y la facilidad con la que recorría las irregulares carreteras rurales. Pensaba que ya era demasiado viaje para aprender lo que ellos parecían saber por instinto, pero en ese momento, mientras llevaba la bicicleta de montaña de Kelsey por la suave carretera oscura que salía del pueblo, me sentí invencible, capaz de pedalear durante días.

No tardé mucho en llegar a casa de Connelly, un pequeño rancho amarillo al final de un tranquilo barrio residencial. No me había hablado mucho de la casa en la que llevaba viviendo cinco años con Roxanne. Había un jardín que sufría los continuos ataques de una familia de conejos que vivía bajo el porche. «Nos invade la hierbabuena», me dijo una vez de forma irónica, como si todo el mundo supiera que la hierbabuena es invasora. En el porche trasero tenían un sofá en el que le gustaba sentarse a leer en las noches de verano y un olmo en el jardín delantero que estaba siendo tratado por un médico de árboles. Le pregunté con una sonrisa si existía tal cosa y me imaginé a un hombre con bata blanca y un estetoscopio puesto en el grueso tronco del árbol.

Al girar hacia el camino de la entrada, mi bici dio un patinazo. Una de mis zapatillas salió volando mientras intentaba recuperar el control del manillar y aterrizó en la línea donde el asfalto se encontraba con la hierba.

La puerta se abrió de golpe y Connelly salió corriendo.

—Estoy bien —le aseguré cuando se acercó. Me escocían las rodillas, más la derecha que la izquierda, pero la peor parte se la habían llevado las manos. Me quité un guijarro de la parte carnosa de la palma mientras Connelly se arrodillaba a mi lado, aunque apenas podía mirarle.

—Venga, vamos a curar esa herida —me dijo, y me ayudó a levantarme. Recogió la zapatilla, me llevó hasta el cuarto de baño y me sentó en el borde de la bañera mientras rebuscaba en el armario bajo el lavabo.

—¿Qué es eso? —le pregunté cuando sacó una botella de algo.

—*Cállate* —me pidió. Luego agitó la botella y me roció las manos con una especie de antiséptico.

—¡Ay!

—Venga, que es para que no se infecte.

Me echó un chorro en la rodilla y luego sacó un par de tiritas de una caja empapada.

—Puedo yo sola —me quejé.

—Es más fácil si lo hago yo. No te muevas.

Me senté y me dejé atender. Se tomaba en serio su trabajo, y por un instante pude comprobar el tipo de padre que habría sido: tierno, amable, un poco sobreprotector. Miré a mi alrededor mientras me limpiaba las rodillas con una toallita. Las paredes estaban empapeladas de amarillo y había un albornoz colgando detrás de la puerta. En el borde del lavabo había una jabonera de cerámica llena de joyas.

—Con eso bastará.

Se reclinó sobre sus talones para admirar su obra. Tenía la rodilla derecha cubierta de tiritas formando una cruz, mientras que la izquierda tenía tres en fila, como si fuera una escalera. Era demasiado complicado ponérmelas en las manos, así que me echó un poco más de antiséptico.

—Gracias. Ojalá me hubieras visto antes de chocarme contra el suelo.

Connelly alisó las tiritas con los dedos.

—Sí, la verdad es que te has llevado un buen golpe.

Le di un empujoncito en el hombro con el puño.

—Pero estoy aquí, ¿no?

—Desde luego. Y seguro que estabas genial.

Le seguí hasta el salón, una habitación desordenada con techos bajos y un desgastado sofá modular gris. Mis ojos recorrieron el espacio rápidamente, tratando de captarlo todo: las cortinas de flores, el aparador de época, la cesta de la ropa sucia en una esquina. Connelly entró en la cocina y yo me acerqué a estudiar las estanterías. Había una balda completa dedicada a los libros de Roxanne, y otra albergaba una colección de biblias. Una de ellas estaba encuadernada en azul marino y el borde de las páginas era dorado. La cubierta era suave, como una vieja chaqueta de cuero, y en la esquina inferior derecha tenía las iniciales RHC estampadas en oro. Hojeé las páginas: Éxodo, Levítico, Deuteronomio. Esdras, Josué, Samuel, Juan. Parecía un poema o la lista de miembros de una fraternidad.

—Ven —me pidió Connelly, que me ofreció una copa de vino—. Vamos a comer algo.

Volví a colocar la biblia en la estantería y vi que había otra detrás, apoyada contra la parte trasera del estante.

En la cocina, más señales de vida: platos secándose junto al fregadero, un calendario sobre la nevera, una tabla giratoria repleta de frascos de vitaminas. Unas ollas de cobre colgaban de un estante sobre los fogones, donde Connelly estaba removiendo algo.

—¿Qué es? —pregunté, echándole un vistazo a la olla—. Huele de maravilla.

—Sopa. También hay ensalada y pan caliente. Espero que tengas hambre.

Me insistió en que me sentara mientras él terminaba de cocinar. La ventaba estaba abierta y una suave brisa inundaba la sala junto al sonido de los grillos. Observé cómo echaba la sal y removía la ensalada con unas pinzas. Me hubiera gustado llevarle algo (aún no había terminado la bufanda y no sabía qué otra cosa traer), aunque tenía la sensación de que hacía aquello por mí y no esperaba nada a cambio. Con el tiempo me daría cuenta de que había más hombres como él, de los que te curan las heridas, te hacen la cena y te acarician la mano lastimada por encima de la mesa. A mis veintidós años, sin embargo, pensaba que era el único, y me pregunté cómo podría vivir sin él el resto de mi vida.

Puso dos cuencos sobre la mesa y encendió una sola vela. Le di un sorbo al vino y sentí como si la luz de la vela me recorriera desde el pecho hasta las piernas. Cenamos y charlamos hasta que la sopa se enfrió. Hablamos de mi libro y del trabajo que haríamos juntos ese verano: cambios en la línea temporal, sus ideas sobre el final. Observé cómo las velas dejaban caer arroyos de cera sobre el mantel y decidí que me desharía de mis otros planes y me quedaría allí con él, ya que aquel era mi lugar.

Esa noche hicimos el amor en la cama que Connelly compartía con su mujer. Nunca le pregunté si él y Roxanne seguían teniendo relaciones. Lo más cerca que estuve fue cuando le pregunté si le preocupaba que notara mi olor en él, a lo que me respondió que «nunca se acerca lo suficiente como para que se dé cuenta». Según Connelly, su matrimonio había terminado. Habían estado a punto de negociar una separación varias veces, pero nunca era el momento adecuado. Comprendí, aunque él no me lo hubiera dicho, que seguían juntos por motivos económicos. Él solo trabajaba a tiempo parcial para el *Citizen*, y el dinero que había ganado con sus libros se había esfumado. En cuanto a la enseñanza, los trabajos eran escasos, espaciados en el tiempo y dispuestos por Roxanne. Puede que yo no comprendiera los entresijos de un matrimonio duradero, pero sabía lo que significaba que tus opciones se vieran limitadas por la realidad económica.

Me quedé dormida y soñé que estaba en el aula 203. Todo parecía igual, salvo por el hecho de que Abe estaba sentado en el sitio de Connelly, a la cabeza de la clase. Hablamos de mi historia sobre el Rosen's y Abe me preguntó qué quería decir con algo que había escrito sobre él. Intenté responder, pero no me salían las palabras, como si mi garganta fuera un desagüe atascado. Metí la mano dentro y saqué metros y metros de tela blanca gruesa.

Me desperté sobresaltada. Connelly seguía dormido y roncaba con un brazo tapándole la cara. Fui de puntillas al baño y me eché agua fría en el cuello. Me tiré de las mejillas y de la piel bajo los ojos, la fina capa que mi madre decía que solo debía tocarse con el dedo anular, un hábito que nunca perdí. El armario del baño tenía el mismo aspecto que todos los armarios de baño que había inspeccionado, y había visto muchos: una botella de alcohol, medicamentos para el resfriado y unas pinzas. Debajo del lavabo, más de lo mismo: papel higiénico, sales de baño, una maraña de vendas. Examiné la jabonera llena de joyas y saqué un pendiente de plata con una piedrecita de ámbar. Lo sostuve un instante y luego lo devolví a su sitio y salí del baño.

El salón era más bonito bajo la luz de la luna, que ocultaba todas las imperfecciones. Rebusqué entre los libros amontonados en una mesita auxiliar: Dostoievski, Tim O'Brien, una copia muy gastada de *Harper's*, un crucigrama a medio terminar. Abrí cajones, levanté cojines y miré detrás de las cortinas. En uno de los cajones encontré un sobre con fotografías de Londres: en ellas, Connelly y Roxanne posaban con un grupo de estudiantes sonrientes, entre ellos Daria. En una, Connelly y Daria estaban sentados hombro con hombro en un pub inglés. Mientras el resto miraba a la cámara, Daria lo miraba a él. Dejé las fotos en su sitio y me acerqué a la estantería. Estaba buscando algo, aunque no sabía el qué. No tenía nada que ver con mi lado cleptómano, sino que aquella comunión con lo material era lo más íntimo que podía imaginar. Me imaginé a Connelly haciendo lo mismo en casa, hurgando en las estanterías, comprobando mis cajones de la ropa interior, mis diarios, el escondite secreto al fondo de mi armario. Le habría observado mientras lo hacía sin apenas respirar.

Escuché a un perro ladrar en alguna parte y luego a un segundo. Saqué la biblia con las iniciales de Connelly, alargué la mano hasta la que había detrás, la abrí y algo cayó al suelo. Era una margarita, aplastada por las páginas de papel cebolla. La levanté con cuidado, procurando no romper los pétalos, y volví a colocarla dentro del libro. En ese momento vi la fotografía, escondida entre las páginas de la biblia que, a su vez, se escondía detrás de las demás. Quien la hubiera puesto allí no quería que la encontraran; no hacía falta ser un ladrón para saberlo.

Le di la vuelta a la foto muy despacio, dejando que se me nublaran los ojos antes de enfocarlos. En la calle, los perros seguían ladrando, pero esta vez con más educación, por turnos. Era una foto de una chica sentada sobre la hierba con las piernas cruzadas. Llevaba una sudadera verde con capucha cerrada hasta la barbilla y una corona de margaritas sobre el pelo rubio. Y, aunque llevaba años sin verla, reconocí al instante a Elizabeth McIntosh, la chica que Debra y yo veíamos salir del despacho de la doctora Cushman, a la que se habían llevado en ambulancia unos días antes de su graduación. Detrás de ella había una cabaña, la cabaña de Connelly, la que había visto en la revista *Time*.

¿Por qué tenía Connelly una foto de Elizabeth McIntosh, y cuándo había ido a su cabaña? Intenté hacer memoria todo lo que pude sobre Elizabeth. Guapa, callada, estudiante de Filología, una de esas chicas que lo leían todo. Kelsey decía que sus padres eran horribles, y tenía un hermano que había muerto en un internado. Aquel año comió tantas zanahorias que la piel se le puso naranja y los brazos se le llenaron de vello, en un intento de su cuerpo por conservar el calor. La habíamos visto comer con unos dedos llenos de costras, lo justo para seguir viva un día más. Nos asqueaba, pero la disciplina que requería dejarte morir de hambre y la extraña belleza que desprendía nos hechizó.

Miré a mi alrededor. ¿La habría llevado Connelly también a su casa? ¿Le habría hecho sopa y servido un vino? ¿Le habría dicho que era la única y que lo que tenían era importante? Volví a mirar la fotografía, esta vez estudiando la cabaña, perdida en algún rincón tranquilo de Nuevo Hampshire sin carreteras y donde no iba nadie, la cabaña a la que solía ir para escribir y beber, donde había roto una ventana de un puñetazo y casi se desangra. Me imaginé a Elizabeth allí, recogiendo margaritas para su corona floral, y a Connelly mirándola desde una butaca. Luego me la imaginé en la cama de Connelly, con sus grandes manos moviéndose por el cuerpo consumido de la chica. Recuerdo el día que vino la ambulancia y cómo las sirenas rasgaban el silencio del campus. No teníamos muy claro cómo se había montado allí Elizabeth. ¿Por su propio pie, o la habían subido? ¿Estaba sola? Me dejé caer en el sofá y me pregunté cuántas chicas habría habido. ¿Era yo una de muchas, lo que confirmaba mis sospechas? ¿Por qué yo? ¿Por qué Elizabeth? Siempre había creído a Connelly cuando decía que mi futuro era prometedor, aunque quizá solo le gustara mi carácter frágil, el mismo que veía en Elizabeth, o quizá fuera que sabía que éramos buenas guardando secretos.

Los perros dejaron de ladrar. Ya solo escuchaba llorar a uno, que se quejaba en voz baja y de forma constante. Volví a mirar la fotografía, convertida en una matrioska de mentiras. Recordé de repente lo que había dicho Amos de haber visto a Connelly en los almacenes cerca de la granja de su familia y las sospechas de Andy, que había descartado por paranoico. En ese momento lo comprendí: Connelly no se había llevado a Elizabeth allí para estar a solas, sino para poder hacer el amor con ella en una cama de verdad. Se la había llevado a su cabaña, donde me habría llevado a mí si no hubiera otra persona.

Miré la foto más de cerca. Apenas se veía la puerta delantera de la cabaña, pero pude distinguirla. Era una puerta holandesa pesada con una cerradura de hierro enorme, del tamaño justo para una vieja llave oxidada.

Las llaves. ¿Cuándo las había visto por última vez? En la guantera del coche de Connelly una semana después de que Tom e Igraine desapareciesen. Me imaginé a Connelly quedando con ellos a un lado de la carretera, o tal vez en la gasolinera donde los habían visto por última vez, Tom con el pelo rubio fresa recogido bajo una sucia gorra de béisbol e Igraine en el asiento trasero tapada con una manta. ¿La saludaría Connelly, le preguntaría cómo estaba? ¿O simplemente le entregó las llaves a su padre y se marchó?

Nunca traicionaría su confianza.

Encendí la luz del dormitorio y esperé a que Connelly se despertara. Pensé en algo que me decía mi madre cuando me olvidaba el dinero del almuerzo o me manchaba los pantalones de sangre en el instituto: «Para ser tan lista, a veces pareces muy tonta».

—¿Isabel? —se extrañó Connelly, que parpadeó muchas veces por la luz—. ¿Qué hora es?

—¿Sabes dónde está Tom? —Hablé en voz baja, casi en susurros.

—¿Qué? —buscó su reloj a tientas—. ¿De qué hablas?

—¿Sabes dónde está Tom? —repetí, esta vez más fuerte.

—Por Dios, Isabel, ¿qué mosca te ha picado?

—Andy. —Me estaba costando respirar con normalidad. Aún tenía la fotografía de Elizabeth en la mano—. Cree que sabes dónde están, cree que les estás ayudando.

—¿Andy? ¿Qué pinta él en todo esto? ¿Le has hablado de lo nuestro?

Negué con la cabeza.

Connelly se incorporó sobre un codo y empezó a ponerse el reloj, como si fuera a alguna parte.

—Pues claro que no sé dónde están. ¿Por qué iba a pensar eso, y por qué le crees?

Pensé en todas las razones que me había dado Andy, pero ninguna parecía importante.

—No lo sé.

Connelly se levantó de la cama y me senté en una silla junto a la ventana. Escondí la fotografía.

—Madre mía, pero si estás temblando.

Connelly se arrodilló a mis pies y me rodeó la cintura con los brazos.

—La gente siempre busca a un culpable cuando pasan estas cosas, pero no sé por qué Andy me señala como el malo. —Suspiró—. Mira, no sé por qué Tom ha hecho lo que ha hecho, pero créeme si te digo que volverá pronto.

—¿Seguro?

—Segurísimo.

Respiré hondo. Cuando exhalé, me brotaron lágrimas de los ojos y se deslizaron por mis mejillas. Connelly me abrazó con más fuerza y me besó los muslos. A pesar de todo, le deseaba.

—Andy no debería haberte involucrado —me dijo—, ni haberse involucrado él.

—Ha estado hablando con Joanna.

—Joanna está muy afectada, y con razón. Ahora bien, por qué lo está hablando con un estudiante, eso ya no lo sé. —Me metió una mano bajo la camiseta y me recorrió la columna con los dedos—. Lo que ha hecho Tom es terrible, pero Joanna no tiene culpa. Siempre ha tenido problemas poniendo límites.

Le aparté la mano.

—¿A qué te refieres?

—Es... es difícil de explicar.

—¿Qué es difícil de explicar? Ha secuestrado a su hija.

Connelly se apoyó sobre los talones.

—Creo que «secuestrado» es una palabra muy fuerte.

—¿De veras? ¿Y cómo lo llamarías?

Se levantó y se dirigió de vuelta a la cama, y yo miré por la ventana. Había una manguera enrollada en el patio que parecía una serpiente en la oscuridad.

—Andy piensa que Tom puede hacerle daño.

—Tonterías. Tom nunca haría eso.

—Hay carteles con sus caras por todo el pueblo, Connelly. Yo creo que ya podemos dejar de asumir lo que Tom es capaz o no es capaz de hacer.

—Te aseguro que nunca le haría daño.

—Ya se lo ha hecho.

—Ya sabes a qué me refiero.

—Tal vez hayan muerto —dije, tanteando la fotografía.

—Anda ya —susurró—. No están muertos.

—¿Cómo lo sabes?

—Lo sé, sin más.

—¿Cómo?

Saqué la fotografía y se la mostré.

—¿Qué es eso?

—¿No es esta tu cabaña?

Connelly se sobresaltó.

—¿De dónde la has sacado?

Me acerqué, se la entregué y él la contempló durante un minuto.

—Sí, esa es mi cabaña.

—¿Esa no es Elizabeth McIntosh?

—¿Quién?

—Joder, Connelly. Sabes quién es.

Volvió a mirar la fotografía y arqueó las cejas ligeramente.

—¿Conoces a Elizabeth?

—No me cambies de tema. Sé que es ella.

Me devolvió la foto.

—Isabel, no sé de qué me hablas, y me molesta que me hables así.

—¿Están allí? ¿Están en tu cabaña? ¿Se están escondiendo allí?

Me miró y acto seguido bajó la vista. Sentí cómo se fracturaba algo, como la primera vez que le preguntas a tus padres algo a lo que no saben responder o la primera vez que les cuelas una mentira, ese instante de separación.

—Cuéntamelo.

Él miró la foto y calibró cuánto le costaría una mentira y si aun así podría salirse con la suya. Quizá creía que usaría la foto en su contra y se la enseñaría a alguien. ¿A quién? ¿A Joanna, a Roxanne, a la policía? No tenía esa intención, pero creo que la situación lo llevó a confesar lo que me dijo a continuación.

—Sí, están allí.

Connelly apoyó la cabeza entre sus manos, como si le pesara demasiado, y por un instante sentí lástima por él. Sin embargo, me acordé de Igraine, del olor de su pelo y el sonido de su llanto cuando Roxanne la apartó de su madre en la fiesta, y dejé de sentir pena.

—¿Qué pasó? —le pregunté. Connelly movía la cabeza de un lado a otro. El gesto hizo que sintiera asco—. ¿Qué pasó?

—Tom me llamó.

—¿Cuándo?

—No sé, hará unas dos semanas.

—¿Dos semanas?

Me miró fijamente.

—Isabel, por favor. —Respiró hondo—. Necesitaba dinero. Joanna se estaba comportando como una loca. Me dijo que quería demandarle para conseguir la custodia completa. Estaba dispuesta a decir que había abusado de la niña.

—¿Abusó de ella? —le pregunté, pero no quise saber la respuesta. Él tampoco respondió.

—¿Qué has hecho?

—Le dije que podía irse unos días a mi cabaña hasta que se aclarara las ideas. Y ahí sigue, que yo sepa.

—¿Que tú sepas? —No paraba de repetir lo que decía como si me ayudara a encontrarle el sentido—. Tenemos que decírselo a Joanna.

—No. —Connelly me agarró de la muñeca—. No, Isabel. Están bien, la niña está bien.

—Igraine. Se llama Igraine.

—Igraine está bien —susurró.

—Pero Joanna tiene que saber dónde están. ¡Es su madre!

—¡Joder, Isabel, que no se lo podemos decir a Joanna! —Los ojos le brillaban con furia. Olía a sudor y a algo que no supe reconocer—. Tom sabe que la ha cagado. Solo necesita un poco más de tiempo y la llevará de vuelta a casa. Te lo juro.

Aún me tenía agarrada de la muñeca. Bajé la mirada hacia esos dedos que habían sondeado todo mi cuerpo. Había visto cada centímetro de aquel hombre y, sin embargo, no lo conocía en absoluto.

—Isabel, por favor. Prométeme que no dirás nada.

Puso sus manos en mi cara y apretó los nudillos contra mis pómulos. Sabía bien cómo funcionaba, mi punto débil, sabía cómo hacerme flojear.

—¿No puede decirle a Joanna dónde está? —le pregunté mientras me metía una mano bajo la camisa—. ¿Puedes pedirle que lo haga?

—Sí —admitió, me acarició un pezón con la mano y me besó en la raya del pelo—. Lo haré. Ya verás que todo va bien, te lo prometo.

¿De qué sirve una promesa? A las palabras se las lleva el viento. Sabía mejor que nadie que no siempre significaban algo.

Observé cómo las sombras se movían por el techo mientras él se corría dentro de mí, gritando como no podía hacerlo cuando estábamos en su despacho. Me di cuenta de que no le había preguntado por Elizabeth, pero ya daba igual. Entendía lo que había pasado y por qué me había pedido al principio de todo que tuviera claro lo que quería, que expresara mis deseos. *Para que no haya malentendidos*, me había dicho. *Hay mucho en juego.* Él había visto el fin clavado en el principio de una forma que yo no. Así se comportaban los adultos, comprendí, y nunca más vería el mundo de la misma forma.

Cuando se durmió, fui al baño y saqué el pendiente de ámbar de la jabonera. Supuse que le quedaría bien a Roxanne, una mota dorada como la miel contra su piel pálida. Con los años, había llegado a saber lo que la gente echaría de menos y lo que no. Aquel pendiente me pareció justo el tipo de cosas que echaría en falta, quedándose con un gemelo desparejado que le recordaría siempre lo que había perdido. Lo apreté con fuerza en la palma de mi mano y me lo guardé en el bolsillo de los pantalones cortos. Antes de irme, puse la fotografía boca abajo sobre el lavabo. El camino de vuelta me pareció más largo a oscuras.

CAPÍTULO 20

El domingo me lo pasé entero en la cama, y solo me despertaba cuando entraba Kelsey.

—¿Mala noche? —me preguntó Debra, y Kelsey me puso una mano fría en la frente. Me dolía la cabeza, me picaban las manos y me ardían las rodillas, pero no me pasaba nada. Al menos, nada que ellas pudieran arreglar.

A mediodía, el sol se coló por las persianas, dibujando líneas en la pared, y sonó el teléfono. La madre de Debra, Jason comprobando cómo estaba y dos llamadas perdidas. Di por hecho que serían de Andy, en un intento por saber si había hablado con Connelly.

Antes de volver a dormirse, Connelly me había hecho jurar, una y otra vez, que no le contaría a nadie lo que sabía sobre Tom y la cabaña.

—Entonces... ¿sugieres que no hagamos nada? —le pregunté.

—Efectivamente. Vamos a darle a Tom la oportunidad de hacer las cosas bien. Que las hará, créeme.

Después de haberme peleado con la almohada toda la tarde, me arrastré hasta el baño. El reloj de la torre sonó cinco veces y me quité las tiritas de las rodillas. Los cardenales empezaban a salir como continentes bajo la piel. Volvió a sonar el teléfono y pensé en contestar y contarle todo a Andy, o quizás llamara a Joanna o a la policía. También podía limitarme a no hacer nada. Cerré los ojos y dejé que el sentimiento de vacío me inundara. Me hacía sentir bien. Nada me hacía sentir bien.

Entonces, un recuerdo tan nítido como un lago de montaña acudió a mi mente. Siempre me pasaba lo mismo: cuando pensaba que había repasado todos los recuerdos de mi madre, uno nuevo subía a la superficie como la espuma del mar.

—Eso es lo bueno de hacer punto —me explicaba. Llevaba el pelo recogido en una coleta suelta—: Siempre puedes volver a empezar.

¿Lo bueno?, pensé. Llevaba semanas trabajando en el suéter: complicados patrones de trenza, aumentos, disminuciones, lazadas. Llegó un momento en que algo salió mal y no supe arreglarlo.

Mi madre se inclinó hacia mí y le echó un vistazo.

—Tienes que deshacerlo. Hasta aquí —señaló un punto justo por encima de un dibujo.

—¿Hasta dónde? —me quejé—. Claro, y ya que estamos, lo deshago todo.

Hizo una pausa y me miró por encima de las gafas.

—Sí, mejor deshazlo todo.

Le hice caso, aunque no paré de quejarme. Tenía razón, como suele pasar con las madres, en especial en los años en que menos queremos escucharlas: siempre se puede volver a empezar, cosa que en la vida no sucede. No existe el borrón y cuenta nueva. Por más que queramos dejarlas atrás, nuestras decisiones nos acompañan siempre.

Me miré en el espejo del baño. Elaine tenía razón: cada vez me parecía más a mi madre.

No estaba segura de a dónde iría, pero me tomé mi tiempo para prepararme. Me puse una camisa abotonada de manga corta, unos pantalones cortos caqui y pendientes dorados. Me cepillé el pelo, me puse brillo de labios y un poco de perfume detrás de cada oreja. Fui a ponerme el reloj de mi madre, pero no lo encontré. Me lo imaginé en el suelo del baño de Connelly, descansando en el hueco entre el inodoro y el lavabo, y en ese momento empecé a llorar, ya que sabía que nunca lo recuperaría.

El teléfono volvió a sonar, y esta vez contesté. Si era Andy, le diría que... bueno, no estaba segura de qué le diría.

Pero no era Andy, era Abe.

—¿Isabel? ¿Va todo bien?

—Sí, no te preocupes.

Me tranquilizaba escuchar su voz. Abe me contó todos los detalles de su visita. Había encontrado una habitación en un motel junto a la autopista. Nada del otro mundo, pero con eso le bastaba. *¿Reservamos para cenar el sábado por la noche? ¿Me llevo una chaqueta para el almuerzo con los padres de Kelsey el domingo?*

—No suenas bien —me dijo tras haberle respondido con otro monosílabo.

—No sé, supongo que he tenido un mal día.

Y entonces, para mi sorpresa, empecé a llorar de nuevo.

—¿Qué pasa, Isabel?

—Papá, creo que he metido la pata.

—Ajá. —Abe sonaba nervioso—. ¿Quieres contarme qué ha sucedido?

—No puedo.

Abe respiró hondo. Me lo imaginé en su despacho de la tienda, una que abría y cerraba todos los días y luego volvía a abrir y cerrar, el escritorio donde se sentaba y cuadraba todos los recibos, un registro de todo lo que le habían dado y todo lo que él había ofrecido.

—Cuando creo que he metido la pata en algo —me explicó—, me pregunto si tiene arreglo. Si no lo tiene, me pregunto si puedo vivir con ello.

—¿Y si es algo con lo que no puedes vivir?

—Entonces vuelvo a hacerme la primera pregunta.

En el pueblo había una calle llamada Memory Lane. Parece una broma, algo que se inventaría la asociación de antiguos alumnos para estimular la nostalgia, pero no lo era: los mapas de 1890 ya mostraban una calle en forma de herradura perpendicular a Main Street. Para más inri, era una calle sin salida. Los fines de semana de los reencuentros, los alumnos se agolpaban para hacerse fotos delante del cartel de la calle agarrados por la cintura o por los hombros, aferrados entre sí como supervivientes de un naufragio. Nos encantaba reírnos de aquellos hombres barrigones de mediana edad que revivían su juventud. A veces nos gritaban al pasar, nos preguntaban si nos divertíamos, si nos gustaba Wilder tanto como a ellos, si disfrutábamos de cada segundo. En cuanto desaparecían de nuestro campo visual, nos echábamos a reír y nos prometíamos que nunca daríamos tanta pena, pero claro que la daríamos. En realidad, no entendíamos cómo funcionaba aquello, el *pathos*, el imán del pasado. Memory Lane no nos interesaba porque no creíamos en el recuerdo, creíamos en el presente.

No me crucé con ningún fotógrafo mientras corría por Main Street de camino al Grand Union, el supermercado enorme y con muchas luces que había al final del pueblo. Tan frío como una cámara frigorífica y tan grande como un centro de convenciones, el Grand Union era el polo opuesto al Rosen's Appetizing. Si le decía a Connelly que nadie querría leer un libro sobre la tienda de mi padre era por sitios como aquel, donde nadie tocaba la comida, la cortaba ni la pesaba, donde todo estaba metido en paquetes que cabían perfectamente en bolsas de papel de estraza, donde la comida no te chorreaba por las manos ni te dejaba olores en la piel. Recorrí los amplios pasillos, pasé por delante de los *bagels* y del queso de untar Filadelfia y pensé, por algún motivo, en Laura Fishman, la hija de Barbara, la niña del columpio de neumáticos y el cuarto de juegos, la niña cuya vida anhelaba cuando tenía ocho años. A veces se me olvidaba, pero la cuestión es que Lauren Fishman había muerto de una reacción alérgica a los cacahuetes cuando tenía catorce años, o igual fue una picadura de abeja. Barbara y Stanley se divorciaron a los pocos años. Que los matrimonios sobrevivieran a la muerte de una hija es difícil, me había dicho mi madre por aquel entonces. Pensaba en Lauren cuando sentía que había engañado al destino, que al no cambiar su vida por la mía había conseguido, de alguna forma, la que no tuvo ella. ¿O era la mía una vida destinada a seguir mientras que el destino de Lauren era morir por un cacahuete, una abeja o lo que puñetas fuera? En cualquier caso, pensaba que quería tener su vida, pero se había terminado. Ten cuidado con lo que deseas y todo eso. Aun así, parece que no había aprendido la lección: nunca había dejado de desear cosas que no eran mías.

Por fin encontré lo que buscaba, el cartel de DESAPARECIDOS en el tablón de anuncios de la entrada de la tienda, junto a las cajas. Las caras de Tom y de Igraine me miraron, y esta vez les devolví la mirada. Fuera, el sol de la tarde quemaba la fina línea de cuero cabelludo donde tenía la raya. Me acerqué a una cabina telefónica, metí una moneda en la ranura y marqué el número que había escrito en un trozo de papel. El teléfono sonó y pensé en la vez que el rabino de mi abuela se puso delante de una congregación durante el Yom Kipur y vació un tubo entero de pasta de dientes sobre una lona de plástico. «Hay cosas que nunca puedes devolver», dijo el rabino. «En ese momento, debes pedirle perdón a Dios».

Tal vez aquello no fuera algo que pudiera arreglar, pero desde luego no podía vivir con ello.

El mundo no se acaba por decir la verdad.

El teléfono sonó dos veces más. Luego, una mujer respondió y le dije todo lo que sabía.

Después de aquello, todo sucedió muy rápido.

Unas horas más tarde, y gracias a una denuncia anónima, la policía estatal acudió a una cabaña cerca de la frontera canadiense, donde encontraron a Igraine. La niña estaba acurrucada dentro de un saco de dormir, acaparando las provisiones que le quedaban. Viva, aunque muy deshidratada. Parecía que llevaban un tiempo en la cabaña de Connelly: la policía encontró linternas y mantas, una hornilla y una radio a pilas. Cuando los agentes le preguntaron dónde estaba su padre, les dijo que había ido a por leña.

—¿Hace cuánto de eso? —le preguntaron.

—Cuatro noches.

Tardaron varios días en encontrar a Tom. La zona cerca de la cabaña era muy frondosa y la lluvia reciente había hecho que el terreno fuera blando y traicionero. No había ido muy lejos; hallaron su cuerpo en el fondo de un barranco, a no más de un kilómetro y medio de la cabaña. La autopsia no mostró signos de violencia ni de uso de drogas, sino que Tom había muerto como consecuencia de las heridas sufridas durante la caída.

De todo esto me enteré más tarde, cuando volví a Nueva York. Supe del caso en la incipiente página web del *Daily Citizen* mientras redactaba programas de exposiciones de artistas mujeres y grupos de versiones para *¡Largo!* Las noticias apenas hablaban de Igraine, lo cual no me sorprendió. Me imaginé a Joanna queriendo proteger a su hija de los forasteros curiosos por la niña que había sobrevivido. De Andy supe que Igraine había pasado unos días en el hospital pero que, en su mayor parte, había salido ilesa. La única fotografía que vi de ella por aquel entonces fue una del funeral de Tom, que se celebró ese mismo verano en un centro de reuniones cuáquero. En ella, Joanna sujetaba con fuerza a su hija con una mano, y con la otra, se aferraba al brazo de alguien como si le fuera la vida en ello. Me acerqué y me di cuenta de que era Roxanne.

En cuanto a Tom, y a pesar de todo, no me entraba en la cabeza que hubiera dejado a Igraine sola para que se las apañara por su cuenta. Al final, su muerte había sido un accidente, o eso quise pensar. Lo que estaba claro era que Igraine habría muerto también si la policía hubiera tardado más en encontrarla. Podía haberse ido a buscar a su padre y perderse en el bosque, o simplemente morir de inanición. No pensé mucho en ello ni en el papel que desempeñé en su rescate. No fue hasta el final de aquella primavera, la siguiente a mi marcha de Wilder, cuando la publicación del informe definitivo dio un repunte en la cobertura de noticias antes de sumirse en la nada, que me permití pensar en Igraine, siempre al final del día, cuando el sol de la tarde se movía por mi escritorio como la luz de un faro, y en esos momentos pensaba en llamar a Connelly. Una vez incluso marqué los seis primeros dígitos de su teléfono antes de pensar que no debía. Se parecía a los sueños que solía tener tras la muerte de mi madre. En ellos, sonaba el teléfono y era ella. «¿Dónde has estado?», le preguntaba. «Tengo mucho que contarte», y acto seguido procedía a ponerla al día de todo lo que se había perdido. Porque, claro, no podía llamar a Connelly. Después de lo que había hecho, nunca volvería a hablar con él, ni él querría hablar conmigo.

Nuestros últimos días en Wilder fueron ajetreados, llenos de exámenes finales y viajes al Kinko's para imprimir y encuadernar nuestros trabajos de fin de estudios. El departamento de Filología Inglesa homenajeó a Jason y a Andy por su labor en *El Farolero* y hubo una recepción para los estudiantes de Arte en la que se expuso una de las fotografías de Kelsey. Unos días antes de la graduación se celebró una ceremonia en la que Debra recibió un premio por su contribución a la vida de las mujeres en el campus.

—Una mierda como una catedral —se quejó, y tiró la placa a la basura en cuanto llegamos a la habitación—. Están encantados de que me vaya.

Me alegré por mis amigos y me dejé llevar por la emoción de sus reconocimientos, aunque yo no hubiera recibido ninguno. Al final, Andy ganó el premio del departamento a la excelencia en escritura creativa y el trabajo de Amos Jackson sobre su bisabuelo se llevó la matrícula de honor. Me sentí decepcionada, pero no me sorprendió.

—Debería haber una palabra para ese sentimiento, o al menos una frase en alemán —le comenté a Debra mientras recogíamos la habitación una tarde—. Pero no pasa nada, me alegro de haber terminado ya.

Debra echó un par de botas en una caja que tenía escrito MÁS BASURA. Tenía un Blow Pop en la boca.

—Eso te pasa porque solo te comes las migajas, Isabel, y crees que te mereces nada más que los restos. Tengo ganas de verte cuando te des cuenta de que te mereces un sitio en la mesa.

Nunca le conté a Kelsey lo que pasó esa primavera, pero sí a Debra. Después de graduarse se mudó a California, estudió acupuntura y se planteó ser terapeuta, pero al final se hizo abogada. Pasó un tiempo en México, donde conoció a Luis. Más tarde se mudaron a Nueva York con su hija, Anka, y comprobé que los años sin verla la habían ablandado. Le conté la historia una noche en su apartamento mientras le echábamos un ojo a Anka en el vigilabebés. Se lo conté de forma sencilla, sin florituras, empezando por la noche del Senior Mingle y hasta el amargo final, o lo que yo creía que era el final. Debra me escuchó con mucha atención, sin juzgarme ni preguntar. «Siento no haber sido mejor amiga tuya», me dijo, y por su tono pensé que, en el fondo, podría haber sido una buena terapeuta.

Pero, antes de nada, la graduación.

Quedé con Abe el sábado por la tarde delante de la librería. Desentonaba un poco: estaba leyendo el *New York Post* en un banco bajo un toldo de rayas verdes y blancas y llevaba unos pantalones caqui que no había visto nunca y un jersey azul marino. Le di un abrazo rápido.

—¿Dónde has aparcado?

—Junto al supermercado. Me ha costado encontrar un sitio, el pueblo está repleto de gente.

Wilder mostraba sus mejores galas, y todo estaba muy cuidado, limpio y arreglado para la ocasión. Teníamos tiempo antes de cenar, así que me llevé a Abe a dar una vuelta por el campus: la biblioteca, el centro de estudiantes, el mostrador de información donde pasé tantas horas. Ver Wilder de aquella forma resultaba emocionante y poco satisfactorio a la vez. Era como escuchar el álbum de grandes éxitos de un grupo que te encanta: las canciones son geniales, pero sin las caras «B» y los libretos, siempre tienes la sensación de que te falta algo.

La mayoría de los alumnos de cursos inferiores ya se habían ido a casa, y los pocos que quedaban pasaban de nosotros como si fuéramos un virus que pudieran contraer. Me daban envidia, ya que se movían con un sentido de pertenencia que sentía que se me iba escapando poco a poco.

A las cinco, el campanario tocó una larga serie de canciones (el *Alma mater*, el «Auld Lang Syne» y el «I Don't Want to Miss a Thing» de Aerosmith, entre otras) y me acordé de la primera vez que estuve en Wilder, en uno de esos gloriosos días de primavera que siempre llegaban al final de un largo invierno. Todo el mundo se desplazaba de alguna forma, ya fuera montando en bicicleta, haciendo *footing* o deslizándose por la carretera con patines largos y delgados (patines de entrenamiento para esquí nórdico, según me comentaron, que eran diferentes a los del esquí alpino). Abe, al ver lo que yo, se volvió hacia mí y me preguntó: «¿Estás segura de que este es tu sitio?».

Nuestra guía turística de ese día era una estudiante de penúltimo año muy sociable con una sudadera de Wilder verde y dorada y unos pantalones de chándal que hacían frufrú al andar. Me vi a mí misma en una ventana y me di cuenta de que mi aspecto (botas militares y vaqueros rotos) no era el adecuado, así que tomé nota mental de que no volvería a llevar nada de ello. Tenía diecisiete años y pensaba que mi vida había terminado, pero allí saboreé la posibilidad. Podía vivir de otra manera, podía ser otra persona.

En el camino de vuelta al pueblo, Abe y yo nos detuvimos frente al Centro de Arte, donde los Tonadillas daban un concierto improvisado. Bo dio un paso adelante para su solo en «Oh, What a Night» y le saludé con la mano, pero no me devolvió el saludo. No habíamos vuelto a hablar desde la noche que nos besamos en el sótano de Gamma Nu. De aquello hacía solo unas semanas, pero me pareció toda una vida. Más tarde, cuando empezamos a salir, se burlaría de mí, de las semanas en las que había suspirado por mí y de cómo yo lo había ignorado. Dijo que era la primera vez que alguien se hacía tanto la difícil; incluso lo mencionó en nuestra cena de ensayo de la boda. Sin embargo, aquella tarde comprobé lo dolido que estaba. Una parte remota de mí se sentía mal, pero era difícil de saber, ya que me sentía mal por muchas cosas.

Cuando los Tonadillas terminaron su actuación, Abe y yo nos fuimos a cenar. De camino pasamos junto a un busto de bronce frente al edificio de admisiones. La tradición de Wilder decía que había que frotarle la nariz cada vez que pasabas para tener buena suerte.

—Vamos a frotársela —me animó Abe.

—¿En serio?

No estaba segura de haberlo hecho nunca. Quizás una o dos veces en primero.

—Sí, ¿por qué no? No nos vendría mal un poco de suerte.

Fuimos a tocarla a la vez y nuestras manos se rozaron.

Habíamos reservado en un restaurante de Oriente Medio del pueblo. Era la noche anterior a la graduación y la mayoría de los restaurantes llevaban meses reservados; los padres de Kelsey habían reservado en el Wilder Inn cuando estaba en primero. Nos llevaron a una mesa de la parte de atrás y sentí una especie de conexión especial con la gente de allí, que imaginaba que vivían con nosotros, con un optimismo sin límites por el futuro y las bendiciones que seguro nos depararía.

—Así que os vais a quedar con ese apartamento —me dijo Abe cuando el camarero tomó nota de nuestro pedido. En la mesa de al lado, un niño con gafas naranjas jugaba al tres en raya con una mujer vestida con un sari color esmeralda.

—Sí. Me dijiste que estaba bien.

—Y lo está, pero me preocupa que no tengas suficiente para vivir. En cuanto le quitas los impuestos, tu sueldo de ese trabajo se queda en nada.

—Bueno, Kelsey y yo dijimos que yo pagaría menos porque mi habitación es más pequeña.

—Apenas es una habitación. Y ya no es solo el alquiler, Isabel: tienes que pagar electricidad, calefacción, seguro médico.

No mencionó los pagos del préstamo estudiantil. Cuando me reuní con el funcionario de ayuda financiera me enteré de que, a partir de enero, tendría que pagar 175 dólares al mes durante diez años. Era una suma que, en ese momento, no podía contextualizar, pero que resultaría ser lo justo para que no pudiera salir a cenar con Kelly y con Jason, o para no poder comprarme un par de botas nuevas o un bolso. Dicho de otro modo, me impediría disfrutar de mi vida en la ciudad.

—Creí que habíamos acordado que podía apañármelas si tenía cuidado —le espeté.

—«Tener cuidado» se queda corto. Vas a tener que hacer magia. —Abe arrancó un trozo de pan de pita—. Benji sigue viviendo en casa. Viajar desde Crown Heights es horrible, pero al menos se ahorra un dinero.

—¿Crees que debería vivir en casa?

—No, es solo que… es un trabajo muy glamuroso, Isabel. Es para niñas bien, como tus amigas. Sé que quieres ser escritora, pero es un camino difícil.

Lo contemplé mientras exprimía un limón en su bebida y me pregunté por qué me estaría sacando el tema entonces, cuando ya había aceptado el trabajo y el apartamento, cuando había arruinado toda esperanza de quedarme con Connelly. Pensé en *El corazón juvenil*. ¿Sería capaz de terminarlo sin la ayuda de Connelly? Abe tenía razón: era un trabajo difícil y, aunque no tenía sentido volver a hablar del tema, no me lo había puesto fácil.

Estuvimos callados hasta que el camarero volvió con los entrantes. En la mesa de al lado, el niño había perdido a su compañero de tres en raya, y me quedé mirando cómo dibujaba enormes espirales en el mantel de papel.

—Bueno, siento no haber estado a la altura de tus expectativas —le dije y me llevé un trozo de brócoli a la boca. Sabía a carbonizado y a amargo, como las lágrimas.

—¿De qué hablas?

—¿Te has escuchado alguna vez? Siempre me hablas de lo bien que le va a todo el mundo: a Casey Hurwitz, a Jeffrey Greenbaum...

—Jeffrey Greenbaum es un imbécil.

—Bueno, ahora es «doctor Imbécil». Hasta Benji, tan sensato e inteligente como es, vive en casa para ahorrar dinero. Y luego estoy yo, que acepto un trabajo estúpido que no puedo permitirme y persigo un sueño que nunca se hará realidad. No crees en mí, como tampoco creíste nunca en mamá.

—Isabel. —Abe parecía herido—. Lamento que te sientas así. No era mi intención.

»Tu madre era una gran artista —siguió, y yo puse los ojos en blanco—. Vale, no lo era, siempre decía que yo la frenaba, y puede que lo hiciera. Pero ella no creía en sí misma. No sé cómo se llega a ser escritora. No es una vida que hubiera imaginado para mí y no sé por dónde se empieza, pero no quiero que seas como tu madre, con sus sueños que nunca se hicieron realidad. O como yo, que nunca he tenido tiempo para mis sueños.

El camarero vino a rellenarnos los vasos de agua.

—¿Recuerdas el juego al que solíamos jugar? —me preguntó Abe cuando se fue—: «¿Cuán pequeña es Isabel?».

Asentí y me acordé del juego que tenía con mis padres cuando era niña. Era una versión del escondite en la que me colaba en el hueco más diminuto posible y esperaba a que mis padres me encontraran. Todo empezó cuando era bebé, ya que mi madre había ido a ver cómo estaba y, según mi padre, había vuelto gritando: «¡Abe! ¡Ha desaparecido!». Me buscaron por todas partes: en el armario, en el baño y hasta en la escalera de incendios. Al final, Abe me encontró metida en un rincón de la cuna, bajo la manta. Después de conseguir que mi madre le quitara hierro al asunto, pasó a formar parte de la historia que contaban sobre mí. ¡Isabel, la maga! ¡Isabel, la cambiaformas, capaz de transformarse en una mota de polvo!

—Era un juego muy extraño —opiné entre risas, pero Abe no se rio.

—Pasado un tiempo, le dije a tu madre que no quería seguir con aquello porque te veía hacerlo incluso cuando no estábamos jugando. No sé cómo explicarlo, pero te veía hacerte más pequeña cada vez, y no me gustaba. —Empezó a comerse su arroz pilaf—. Es una tontería echarle la culpa a un juego, pero a lo largo de los años me he preguntado si alguna vez te hice sentir que no podías ocupar espacio en el mundo. Porque claro que puedes.

—Ya lo sé.

—¿Segura? —Me miró directamente a los ojos—. Quizá me refiero a eso cuando te hablo de otras personas que tienen éxito, porque si el «doctor Imbécil» puede ir a la Facultad de Medicina, tú también.

El camarero recogió los platos y los comensales de la mesa de al lado levantaron las copas en honor a su hijo graduado. Abe pidió el postre (dos, algo extravagante e inaudito). Mientras nos tomábamos la *mousse* de chocolate me pregunté si habría venido para aquello, para contármelo y asegurarse de que le escuchara, de que le escuchara *de verdad*. Quizá siempre me la había dicho y yo me había limitado a hacer oídos sordos. ¿Por qué creía a Connelly cuando me decía que yo era especial pero no a mi propio padre? A la luz de las velas del restaurante vi a Abe como cualquier otra persona podría haberlo hecho, como un hombre libre para decidir qué hacer con el resto de su vida. Pensé en cómo no había insistido para que le frotáramos la nariz al busto. *No nos vendría mal un poco de suerte.* A Abe nunca se le había permitido tener sus propios sueños, así que se centraba en los míos. Era lo único que podía darme y que nadie me quitaría nunca.

Una fina lluvia caía cuando acompañé a Abe de vuelta al coche. Repasamos, con todo lujo de detalle, dónde se reuniría con los padres de Debra por la mañana antes de la ceremonia y dónde nos veíamos cuando terminara.

—Por cierto —me dijo—, ¿conseguiste arreglar la metedura de pata que decías que habías tenido?

—Sí —le respondí—. Sí que la arreglé. Espera, tengo algo para ti.

—¿Para mí?

Abe desenvolvió el paquete que le entregué. Era la bufanda que había estado haciendo, envuelta en la primera página del ejemplar de ese día del *Wilder Voice*, y la sostuvo en alto. Azul, amarillo, gris, lana, algodón, poliéster... era todo un batiburrillo de lana y tela.

—Me sobraba material —le expliqué mientras se la enrollaba alrededor del cuello una, dos y hasta tres veces. De extremo a extremo, era más larga que él.

—Ya veo —se rio—. Gracias.

Le sonreí. Una bufanda era siempre un proyecto sin un final definido, una forma de escapar de las palabras de mi madre, y por eso había seguido tejiendo hasta que me quedé sin hilo. En todo momento había pensado que la hacía para Connelly, pero resultó que había sido siempre para Abe.

Dejó una bolsa con las sobras en el asiento trasero.

—Me preocupa el dinero. Me gustaría haberte dado más.

—Para. Ya me has dado mucho.

—Sí, pero ojalá hubiera podido ser más.

La lluvia arreció. Abe se subió al coche y puso el limpiaparabrisas. Antes de arrancar, bajó la ventanilla.

—Si vas ser escritora —añadió—, sé que serás la mejor.

CAPÍTULO 21

Tres años después, Abe me llevó al altar. Isabel, la novia huérfana de madre, pasó de un hombre a otro con un vestido que Kelsey me ayudó a elegir. Era blanco y Debra lo tachaba de anticuado y anacrónico, de ser producto del patriarcado y de la supresión de la sexualidad femenina, pero a mí me gustaba. Era el blanco de los nuevos comienzos, de la nieve caída y de la tabla rasa.

Bo Benson y yo nos casamos en un club de campo de Shaker Heights, Ohio. Su familia ocupaba veinte mesas, y la mía, solo cuatro. Eso debería haberme puesto sobre aviso: hubo peleas por la redacción de las invitaciones, la planificación del menú, la religión y, cómo no, por el dinero.

Los enfrentamientos llamaban a otros enfrentamientos en el futuro, pero Bo y yo éramos jóvenes y optimistas, estábamos enamorados y buscábamos algo en la otra persona que compensara nuestras propias carencias, unos agujeros demasiado grandes para llenarlos, pero... ¿quién sabe eso con veinticinco años? ¿Se aprende alguna vez en la vida?

Nos mudamos a un apartamento de una habitación en el Upper East Side, no muy lejos de Kelsey y de Jason, celebramos cenas con amigos y compramos cortinas para la ducha. Hablamos de si tener un perro o un gato, pero al final tuvimos un bebé. Kelsey sufría abortos espontáneos y Debra vivía día a día en San Francisco; yo tuve un embarazo sencillo y, nueve meses después, una niña gordita y hermosa. Alice estaba sana y tenía una cabeza suave y aterciopelada que no podía dejar de besar.

Me había entregado al optimismo y ahí fue adonde me llevó. ¿Así iba a ser la vida a partir de entonces? Tenía claro que sí.

Benji seguía trabajando a tiempo completo en el Rosen's. Leon, el hermano de Abe, se ofreció a pagar mis deudas de estudios a cambio de que Abe incorporara a Benji al negocio. A pesar de mis débiles protestas, Abe accedió y me liberó de mi obligación mensual. Bo y yo ya estábamos prometidos en ese momento y seguramente él se habría ofrecido a pagarlas por mí, pero dejé que lo hiciera Leon en su lugar como retribución por los largos años de servicio de mi padre y la vida que nunca había elegido. A cambio, Benji cumplió su palabra y amplió el alcance del Rosen's. La tienda aparece en varias guías de Nueva York y ahora se puede comprar ensaladilla de pescado blanco en la web. Incluso se puede comprar una camiseta que dice «Rosen's Appetizing, desde 1920». Eso sí, Abe no deja que el éxito se le suba a la cabeza. «No me importa cuánto dinero tengamos, Isabel. Yo sigo poniéndome el delantal y vendiendo a la gente doscientos gramos de queso fresco y arenques envasados».

Bo y yo teníamos dinero, así que contratamos a una niñera. Yo trabajé primero en *¡Largo!* y después en la Westview Day School, donde estuve como bibliotecaria a media jornada, o «especialista en medios de comunicación», como acabaría llamándose el puesto. Por las tardes, y mientras Alice dormía la siesta, empecé a escribir de nuevo. Cuando cumplió tres años me publicaron un cuento en una pequeña revista literaria, de esas que pagan en prestigio. Fue entonces cuando me llegó la carta.

Llevaba años sin saber nada de Connelly. No sabía en qué andaba metido, solo que seguía casado y en Nuevo Hampshire. Había leído en alguna parte que lo que había hecho, ayudar a Tom a esconder a Igraine, era un delito grave de secuestro o conspiración y que podrían haberle acusado por cooperación. Hasta donde yo sabía, aquello no sucedió, pero nunca más dio clase en Wilder College. Di por hecho que Joanna, directora del departamento de Filología y viuda afligida, había tenido algo que ver en la decisión. No tenía claro a qué se dedicaba; salvo por algunas historias en el archivo en línea del *Daily Citizen*, su presencia en internet era prácticamente nula, aunque en aquellos años tampoco rebusqué demasiado. No me gustaba pensar en esa época de mi vida, en las tardes en su despacho a puerta cerrada, en sus grandes manos, en el sofá de cuero. A veces me parecía verlo en el tren de la línea 6, llamando a un taxi en la Tercera Avenida e incluso delante de EJ's Luncheonette una vez, donde solía a llevar a Alice a comerse unas tortitas más grandes que su cabeza. En Westview había un profesor de música que me recordaba a él, y un verano, cuando Bo, Alice y yo estábamos en California, juraría que lo vi montado en bici por el paseo marítimo de Venice Beach, zigzagueando entre los patinadores, los porretas y los encantadores de serpientes. Cuando pasó, abracé a Alice, enterré la cara en su nuca y me recordé que ya no era aquella chica. La había dejado atrás.

En realidad, no era una carta, sino un relato sobre una mujer, recién divorciada, que vivía en una mansión en Hollywood Hills. Es temporada de incendios forestales y la mujer tiene que decidir si evacuar o no. En el relato se dice que es actriz y su exmarido es un director que la dejó por una joven estrella. La actriz y su ex nunca habían tenido hijos, ya que él no los quería, pero resulta que la joven estrella está embarazada.

La historia distaba de ser perfecta, y recuerdo que quería que me gustara más. Era evidente que Connelly nunca había estado en Hollywood y no sabía nada de la industria del cine. Una vez me dijo que le gustaba escribir desde el punto de vista de una mujer. Pensaba que era romántico y liberador, pero hasta ahora no me había dado cuenta de que no sabía hacerlo bien. A pesar de sus defectos, el relato era precioso: la amenaza de un fuego que se aproxima, las llamas devorando las laderas, el grito de las sirenas y, entre medias, el lento tamizado de recuerdos mientras la mujer deambula por la casa vacía, decidiendo qué llevarse y qué dejar atrás. Al final no queda claro si se salva o si muere, si abandona la casa o si se queda para arder con ella.

Le puse a Alice un programa en la televisión y volví a leer el relato. No había ninguna nota ni tampoco venía la dirección del remitente. Los márgenes estaban justificados, así que la historia se asentaba en la página como un muro de texto. Sentí lo mismo que el día en la biblioteca en que leí los poemas de Connelly por primera vez, cuando su obra se abrió hueco dentro de mí, un espacio que solo él podría llenar. Tomé apuntes, subrayé las partes que me gustaban de la historia («el porno de la escritura», como solíamos llamarlo en Lengua Inglesa 76), pero no sabía si eso era lo que él quería. ¿Me estaba enviando un mensaje o una advertencia? ¿Era yo aquella mujer, o era Connelly? ¿Era acaso Roxanne y yo la joven estrella por la que la había dejado? No había dejado a Roxanne por mí ni por nadie, y me pregunté si sabría que yo estaba casada y tenía una hija. ¿Sabría que estaba escribiendo otra vez? ¿Querría que yo supiera que él también escribía? Hacía años que no tocaba *El corazón juvenil*, desde mi graduación, y no sabía cómo continuarlo sin su ayuda. ¿Acaso lo sabría también?

Después de haber tomado notas en el relato, lo tiré y en su lugar le escribí una carta. En ella le decía lo mucho que me alegraba saber de él y de todo lo que había hecho desde la última vez que hablamos. Mi intención era ser breve y profesional, pero acabé contándoselo todo sobre Bo, Alice, mi trabajo y mis escritos, sin preguntarle demasiado por él. Luego envié la carta a Wilder College, con la esperanza de que alguien se la reenviara, y durante un año pensé que intentaría ponerse en contacto conmigo de nuevo. Abría el buzón esperando toparme con otro relato o con una de las cartas de amor que me había prometido una vez. Llegaba a casa esperando encontrármelo en la puerta, pero nunca me escribió de vuelta.

Unas semanas después de recibir su relato, encendí mi viejo ordenador, el que tenía una copia de *El corazón juvenil*, y me puse a trabajar en él. Trabajé durante tres años y, al final del cuarto, encontré a alguien que quería publicarlo. Bo estaba orgulloso de mí, y Abe, encantado. El libro recibió un par de buenas críticas, pero sobre todo silencio, lo cual no me importó mucho porque ya estaba trabajando en el siguiente. Había cumplido su cometido, que era encender una llama, abrir la veda. Le envié a Connelly un ejemplar de *El corazón juvenil* cuando salió junto a un ensayo que escribí para *The New York Times* sobre mi padre y con *El dependiente*, sobre los paralelismos entre la historia de Abe y el tendero ficticio de Malamud, lo que atrajo aún más clientela a la tienda. Nunca recibí respuesta. Escribí una novela y luego otra, y cada vez le enviaba una copia a Connelly junto con reseñas y artículos sobre mí y mi vida, mi marido y mi hija, mi régimen de *skincare*. Era lo que siempre me había dicho que podía hacer, y lo había conseguido.

Por aquel entonces, mi matrimonio con Bo empezó a quedárseme pequeño, como un par de zapatos que te compras porque están de oferta: no te quedan bien, pero tampoco puedes dejar pasar la oportunidad. Bo quería otro bebé, pero yo no, así que empecé a tomar la píldora sin decírselo. Me sentía cayendo de nuevo en mis viejos hábitos, descubriendo mi verdadero rostro. En ese periodo pensé cada vez más en el relato de Connelly del incendio forestal. No había guardado ninguna copia, así que lo recordaba como una especie de Frankenstein entre lo que él había escrito y lo que yo había sacado en claro. *Te conozco*, parecía decirme. *Quizá hayas engañado a todo el mundo con tu pisazo, tu bolso Vuitton y tu batidora de alta gama, pero a mí no.* ¿Era suya la casa en llamas, o era mía? En cualquier caso, estaba a punto de quemarla entera.

Cuando Alice tenía nueve años, tuve una aventura con uno de los padres de su escuela, un apuesto escultor retirado que se quedaba en casa con su hija mientras su mujer se dejaba la piel trabajando en el J. P. Morgan. Me lo follé todas las mañanas durante un año mientras nuestras hijas jugaban a las casitas en el recreo. Había olvidado lo bien que me sentía, ya no solo con el sexo, sino también con los secretos, y me preguntaba cómo Connelly había podido soportarlo: una vez que empecé, no pude parar. A finales de año, mi matrimonio se había terminado.

Volví a escribirle a Connelly y se lo conté. Él me había creado y también me había destruido.

Jason y Bo seguían siendo amigos, y aunque Kelsey me apoyaba incondicionalmente, tenía que asegurarse de que su casa no echara a arder. Era comprensible. Por eso, me apoyé en Debra, ya de vuelta en Nueva York con Luis y Anka. Dábamos largos paseos empujando el carrito de Anka y hablando mientras la amamantaba. ¿Por qué había hecho Connelly aquello? ¿Por qué puso una bomba en mi vida y luego se retiró? Me pregunté si me estaría observando, si sabría que su predicción se había hecho realidad en cierto modo. Por ese entonces, ya le había escrito más de diez veces y nunca me había contestado. Soñé que había muerto, le conté a Debra. Hasta donde yo sabía, a lo mejor lo estaba.

—Ponte una alerta de Google en el móvil —me recomendó mientras se cambiaba a Anka de un pecho a otro.

—¿Una qué?

Debra me quitó el móvil.

—Mira. Escribe «R. H. Connelly» y «necrológica» y te avisará en cuanto muera. —Anka gorjeó y Debra le acarició la mejilla—. Lo he hecho con todos mis exnovios.

Los tiempos estaban cambiando, o quizá solo lo hacía yo. Hurgábamos de nuevo en cosas que habíamos dado por sentadas, contemplando los restos de nuestro pasado colectivo, y pensé mucho en lo que solía decir Tom Fisher de que éramos producto de nuestra época. Las jóvenes se manifestaban y hablaban de la cultura de la violación, y cuando pensé en lo que había pasado con Zev desde su perspectiva, sentí una rabia desmesurada que entorpeció mis sentidos. Incluso Monica Lewinsky había salido del exilio. Vi su charla TED una noche mientras Alice hacía los deberes y me di cuenta de lo lúcida e inteligente que era. En ese momento comprendí por qué los hombres poderosos se sentían atraídos por ella. También me di cuenta de lo frágil y joven que era y de lo mal que la habíamos tratado. Tuvo suerte de salir con vida. Todas la tuvimos, supongo.

Escribí *Sáficas* durante aquellos años, en una especie de sueño febril una vez que mi divorcio fue definitivo. Bo estaba con Alice media semana, así que tenía más tiempo para mí, tiempo que ocupé con aquella extraña y furiosa historia sobre Eliza Cherry y su pandilla de chicas justicieras que torturan y matan sistemáticamente a todos los hombres que las han oprimido y degradado. Me acordé de lo que Connelly me había dicho sobre aquellos largos días y noches en su cabaña, de cómo había empezado a hablar solo, a beber demasiado, y le había dado puñetazos a una ventana hasta que le reventó en la mano. Estando sola en mi apartamento, sentí cómo empezaba a sucumbir a los pensamientos oscuros, pero en lugar de eso los vertí sobre el papel. Le escribí a Connelly una sola vez durante ese tiempo, una carta larga y enrevesada sobre el arte, la soledad y la locura. Nunca me contestó.

Había escrito *Sáficas* en parte como una broma y en parte como un homenaje a Debra y a las chicas que habíamos participado, así que me quedé de piedra cuando alguien quiso publicarlo.

—No, querida —me dijo Matilda, mi agente, después de leerlo—: Este es justo el tipo de libro que los editores quieren publicar.

Lo presentó como una mezcla de *Heathers* y *Death Wish* y se vendió en subasta por más dinero del que yo creía que merecía.

Matilda se enfadaba cada vez que hablaba de esa forma.

—No conozco a un solo hombre vivo que piense así. Todos dicen que se han ganado cada centavo, y tú deberías hacer lo mismo.

Sáficas se vendió bien, muy bien, y me hice famosa a mi manera. Una noche, en una presentación en Union Square a la que acudieron quinientas personas, algunas disfrazadas como Eliza Cherry, tuve la certeza de que Connelly estaba allí, observándome. Aún recuerdo su forma de entrar a una sala, cómo se le estiraba la camisa sobre los hombros, cómo se apoyaba más sobre el pie izquierdo que sobre el derecho. Casi podía notar su olor a humo de leña y menta. Cuando terminó la lectura, le busqué, pero no estaba allí. Había vuelto a desaparecer como un fantasma.

Unos meses después, me encontré con Andy en una cena. Se había mudado a Nueva York después de la universidad, había empezado a trabajar en una agencia literaria y ahora era uno de los mejores agentes. Nos veíamos de vez en cuando. No estaba casado, pero tenía muchas novias, incluida la que estaba con él esa noche, una joven asiática con unos brazos tan finos como la circunferencia de un dólar de plata. Seguía llevando el pelo largo, aunque por arriba se veía más fino. Entre cócteles y canapés me habló del nuevo libro de Joanna, *Hija*, unas memorias sobre el secuestro y el abuso que había sufrido en su matrimonio. Las primeras reseñas eran impresionantes y se estaba hablando para hacer una película. Igraine se había graduado en Wilder y también se estaba dedicando a la escritura. Andy esperaba que firmara con él cuando su novela estuviera lista.

Era enero de 2017, unos días después de la toma de posesión presidencial. Nos sentíamos frágiles, sin fuerzas, pero reconfortaba estar entre amigos, incluido Andy. Llegué tarde a casa, así que me sorprendí cuando sonó el teléfono. Pensé que sería Debra, que quería cancelar nuestros planes para el fin de semana, o quizás Abe para ponerse al día. Alice estaba con Bo, así que estaba sola con nuestro gato, Sidney Fine (siguiendo la tradición de la familia Benson, le habíamos puesto el nombre de nuestro contable). Abrí una lata de comida gatuna y descolgué el teléfono sin mirar el número.

—¿Isabel Rosen? —me preguntó una mujer mientras Sidney se paseaba entre mis piernas.

—Sí, soy yo.

—Soy Roxanne Stevenson, de Wilder College.

Le puse la lata a Sidney por delante y saludé en voz baja.

—Lo siento. No estoy segura de cómo proceder. —Sonaba nerviosa—. Soy la esposa de Randall Connelly. Quería decirte que… Randall ha muerto. Murió hace unos meses.

Parpadeé un par de veces, intentando identificar el sentimiento que me invadía. Conmoción, tristeza. Fuera lo que fuere, era intenso. Me dejé caer en el sofá y busqué a tientas mi móvil para comprobar la alerta de Google que nunca había llegado.

—¿Qué le pasó?

—Creen que fue un ataque al corazón. Estrelló el coche cerca del estanque Corness. Llovía y no debería haber conducido.

Roxanne repasó los detalles rápidamente y comprendí que ya había explicado aquella historia antes.

—¿Cuándo fue?

—En octubre. En fin, pensé que deberías saberlo. Sé que has estado intentando localizarle.

Octubre. De eso hacía tres meses. Traté de recordar lo último que le había enviado: un artículo sobre *Sáficas* en el contexto de la rabia femenina por las elecciones. Me pregunté si Roxanne sabría todo lo que le había enviado a lo largo de los años, y di por hecho que sí.

—Hacía mucho que no nos veíamos —le dije.

—No hace falta que te excuses —me espetó—. Es solo que no quería que te preguntaras por qué no respondía.

—Lo lamento. Debería haberlo mencionado de primeras.

—Gracias. —Roxanne dejó escapar un suspiro—. Es mucho que asimilar.

—No lo dudo —respondí, y ella se rio.

—Si te soy sincera, a veces me cuesta creerlo. Esta mañana, una ardilla voladora bajó por la chimenea y llamé a Randy para que hiciera algo al respecto.

—Después de que muriera mi madre, solía llegar a casa y preguntarme por qué no estaba allí, sentada junto a la mesa de la cocina. Siempre me sentía estúpida cuando recordaba el porqué.

—Es normal. En fin. —Sonaba como si quisiera colgar el teléfono.

—Solíamos verla en la tele —solté—. En los documentales. A mi madre le encantaba la familia real.

—Es increíble la cantidad de gente que ve esos programas.

Oí el silbido de una tetera de fondo y me di cuenta de que estaba en su cocina, aquella en la que me había sentado con su marido hacía casi veinte años.

—¿Puedo preguntarte de qué conocías a mi marido?

—Me daba clase.

—Ah.

Se quedó callada un minuto. Pude escuchar a Sidney comiendo de forma ruidosa en la cocina.

—Las cosas cambiaron mucho cuando dejó de enseñar. Los últimos años fueron duros. Volvió a escribir, sobre todo relatos y algo de poesía, pero echaba mucho de menos la enseñanza.

—Era un buen profesor —opiné, y en cuanto lo hice me di cuenta de que era cierto.

—¿Eres escritora?

—Sí.

—¿Te encanta?

—Sí —respondí al instante.

Roxanne exhaló con fuerza.

—Ese es el secreto, ¿no? Nos quieren hacer creer que es duro, quizá para que dejemos de intentarlo, pero sabemos que es un regalo.

Busqué una foto de ella en el móvil mientras hablábamos. Tenía el rostro más delgado, pero sus ojos eran igual de penetrantes, y su ceño, igual de serio. El pelo lo tenía completamente gris. La última vez que la vi, debía de tener la misma edad que yo en ese momento, y supuse que sería ya una anciana. Recuerdo lo que Connelly solía decir de ella, que no era escritora, no como nosotros: «Es académica. No es lo mismo». Pero, al escucharla entonces, sentí que ella entendía algo que él no. Siempre me había preguntado cómo pudo alejarse de ella.

—Mi marido no hablaba mucho de ti —apuntó—, pero le gustaba la fama. Las entrevistas, las reseñas, las fans. Le gustaba verse a sí mismo a través de los ojos de los demás, de cómo se lo imaginaban. Cuando ese sentimiento se apoderó de él, escribir se hizo más difícil. Solía ir a una cabaña donde podía estar solo.

La musa, decía. Tenía miedo de cualquier cosa que pudiera ahuyentarla.

La mención de la cabaña me dejó sin aliento. Me pregunté qué habría sido de ella, si aún la tendría, si se habría visto obligado a venderla. No tenía muy claro cuánto sabía Roxanne de lo que había hecho ni qué pensaba al respecto. Estaba claro lo que las acciones de Tom le habían costado a su mujer, y en ese momento quise saber lo que le habían costado a ella las de Connelly.

—Aquellas largas noches —prosiguió—, las de oscuridad y calma, le pesaban. Pensé que había encontrado la forma de conjugar la escritura con su vida de una forma saludable, pero cuando dejó de escribir, esa necesidad se extendió a otras áreas.

No tenía que explicar nada: sabía que se refería a las chicas. Daria, Elizabeth, yo... ¿cuántas habría habido? En los años posteriores a mi conversación con Roxanne, conocí el nombre de otras dos, incluida Whitney Shaw, que me lo confesó en nuestra reunión universitaria de los veinte años, después de que Elizabeth McIntosh publicara un ensayo sobre su aventura con un profesor de Filología anónimo y el supuesto encubrimiento de Wilder. Cuando era joven, pensaba que los sacrificios que Roxanne había hecho por su matrimonio eran terribles y excepcionales, pero ahora conocía el tipo de compromisos que tenía que asumir como pareja, cosas sobre las que no podías preguntar y que no querías saber. No le pregunté por el incendio en su casa, de la misma forma que ella nunca me preguntó por el incendio en la mía.

—Siempre quiso ser famoso —añadió, y se le quebró la voz—, pero cuando murió, a nadie le importó.

Le di a entender que había terminado la conversación y la dejé descansar. Era lo mínimo que podía hacer.

Después de colgar busqué la necrológica de Connelly. No había ninguna (por eso Google no me había avisado), solo una noticia en el *Daily Citizen*: «Residente local estrella su coche contra el estanque». El artículo solo recogía los hechos, la hora del accidente, el tiempo que hacía esa noche, el nombre de los agentes de servicio. Se mencionaba brevemente la carrera de Connelly como escritor, pero no decía absolutamente nada de su carrera como profesor ni de su relación con Wilder.

Sin embargo, Roxanne no me había dicho toda la verdad. Me había explicado que Connelly había estrellado el coche cerca del estanque Corness cuando, en realidad, había conducido *hacia* el estanque. Cuando la policía lo sacó, aún tenía el cinturón puesto, lo que los llevó a pensar que había muerto cuando chocó contra el agua, aunque no se hizo autopsia. No culpé a Roxanne por su omisión: nos decimos lo que necesitamos escuchar para salir adelante, y aquello era lo que necesitaba Roxanne. ¿Quién era yo para decirle lo contrario?

Sidney entró en el salón y empezó a limpiarse con lametones lentos y ásperos. Recordé la última vez que vi a Connelly, el día de la graduación. Había dejado de llover (un milagro, según decían) y los cerca de doscientos miembros de la promoción del 98 de Wilder caminaron juntos por última vez bajo un cielo azul y despejado. El decano Hansen, que llevaba una pajarita verde de Wilder decorada con llaves doradas, nos entregó los diplomas y poco más. Abe se fue tras el almuerzo, Debra volvió a casa con sus padres, y Kelsey y yo terminamos de hacer las maletas antes de irnos a Nueva York en el monovolumen de sus padres. Cuando volvimos a la residencia, nos quitamos los vestidos de graduación, terminamos de guardar las camisetas y los pantalones cortos y acabamos con los pies negros y llenos de polvo. Me sentí mareada y extrañamente vacía, impasible ante la ceremonia que había marcado nuestro paso a personas graduadas. En realidad, no había cambiado nada, solo el tiempo, que por fin se nos había acabado, y la escalera mecánica se había aplanado hasta convertirse en una línea de dientes metálicos. Ya solo nos quedaba bajarnos.

Estábamos llevando cajas a la calle cuando lo vi, de pie bajo un árbol frente a Fayerweather Hall. Dejé la caja que llevaba en el maletero y le dije a Kelsey que volvería enseguida.

—¿Quién es ese? —me preguntó mientras entrecerraba los ojos para ver con el sol.

—Mi profesor —respondí. Ella asintió y me fui antes de que pudiera preguntarme nada más.

Connelly llevaba unos vaqueros azules y una camiseta negra descolorida con una mancha de lejía a la altura del corazón. Caminando hacia él me di cuenta de que nunca había mirado tanto a alguien como lo había mirado a él. Si fuera artista, podría haberlo pintado de memoria: cada onda de su pelo, el contorno de sus nudillos, la forma en que su miembro se curvaba ligeramente hacia la derecha. A pesar de todo, seguía siendo el hombre más hermoso que había visto nunca.

—¿Te ibas a ir sin despedirte? —me dijo.

—No sabía si querías verme.

—Yo tampoco. —Hizo un gesto en dirección al monovolumen—. ¿Tu transporte?

Miré hacia donde estaba Kelsey, observándonos.

—Sí, nos vamos esta tarde. ¿Cómo estás?

Connelly dio un pisotón en el suelo y levantó una columna de polvo.

—Ya te habrás enterado.

—Sí. Siento mucho lo de Tom.

Él asintió con la cabeza.

—Era mi amigo. No se tienen tantos en la vida.

Yo me quedé en silencio.

—Cometió un error —siguió—, uno muy grande. Pero todos nos equivocamos.

En ese momento, un coche con las ventanillas bajadas pasó por nuestro lado.

—¡Isabel Rosen! —gritó Ginny McDougall desde el asiento del copiloto—. ¡Eres la hostia! —Me chocó el puño antes de alejarse con el coche.

—Sé que crees que has hecho lo correcto —musitó—, pero la vida no es tan sencilla. No todo es blanco o negro.

—A veces, sí.

Connelly dio un paso atrás y hundió las manos en sus bolsillos.

—Quería preguntarte algo antes de que te fueras.

Del bolsillo se sacó un trozo de papel. Era una página de mi historia, *El corazón juvenil*.

—Siempre he tenido dudas con un párrafo. —Se aclaró la garganta y empezó a leer—. «Éramos niñas en cuerpos de mujeres. Comprábamos condones con las tarjetas de crédito de nuestros padres, bebíamos cócteles de ginebra y dormíamos con peluches en la cama, pero no sabíamos doblar una sábana bajera». —Dejó de leer y me miró—. ¿Es así como te ves, como una niña en el cuerpo de una mujer?

Iba a decirle que no, que el personaje de mi historia solo tenía diecisiete años cuando dice eso, pero luego pensé en mis amigas. Debra, Kelsey, Whitney, incluso Ginny. Estuviéramos preparadas o no, nos iban a lanzar al mundo. ¿En qué momento se convierte una niña en mujer? ¿Pasé a serlo el día que mi madre enfermó, o cuando murió? ¿Cuándo llegué a Wilder, o cuando conocí a Connelly? ¿Había sido aquella noche en el cuarto de Zev o en ese momento, delante de Fayerweather Hall mientras el sol se acercaba al cénit? En muy poco comenzaría su imperceptible descenso. Siempre pensé que habría límites o hitos, algo que marcase la transición, pero empezaba a creer que el proceso no era binario y que, al igual que el consentimiento, existía en algún lugar de un vasto continuo. Las fronteras solo existían hasta que las cruzabas. Miré a Connelly, que no sonreía. Sabía que nunca sería capaz de explicarle aquello, así que me limité a asentir.

Él se rio.

—¿Sabes qué? Creo que la gente utiliza la juventud como excusa. ¿Quién dice que yo tengo más poder que tú? ¿Porque soy mayor, porque estoy casado, porque he sido tu profesor? Todo el mundo es vulnerable, Isabel: la estudiante de veinte años, el profesor de cuarenta. La pregunta es quién tiene más que perder.

—Supongo que no siempre somos una cosa o la otra.

—Correcto. La diferencia entre una niña y una adulta es que la adulta sabe que lo que hace tendrá consecuencias. —Miró al otro lado de la calle, hacia Kelsey, y la saludó. Ella le devolvió el saludo—. ¿Quieres saber mi opinión? Creo que sabías perfectamente lo que hacías.

Dobló el papel y se lo metió en el bolsillo. Una parte de mí quería pedirle que me lo devolviera.

—Isabel, te deseo mucha suerte en Nueva York. Algo me dice que te las apañarás bien. —Empezó a alejarse, pero se detuvo—. Y recuerda: cuando escribas sobre todo esto más adelante y digas que eras la víctima, que sepas que no lo eras. Nunca has sido la víctima.

Sidney saltó al sofá y dio unas cuantas vueltas por mi regazo antes de acomodarse en la curva de mi cadera. Agradecí su calor: era lo único que evitaba que me fuera a la deriva. Oí voces fuera, alguien tocaba el saxofón. Al cabo de un rato, metí la mano en el bolso y saqué el pendiente de Roxanne de la bolsa con cremallera en la que lo había guardado todos estos años, dentro de la oración de protección de mi abuela. La piedra ambarina se había apagado ligeramente después de tanto tiempo en la oscuridad. No sabía por qué la había conservado; quizá como memento de algo que quizás olvidara, o tal vez para recordarme a mí misma que había tenido suerte, mucha suerte, y oportunidades que no me merecía.

Me quedé allí sentada mucho rato, observando las luces de la calle parpadear a través de las persianas. El saxofonista seguía tocando, esta vez unas notas graves y dolorosas que me llenaron de melancolía. Cerré los ojos y me imaginé a Connelly conduciendo el coche hacia el estanque Corness, cerca de la casa de Joanna y de Tom. ¿Habrá pensado en ellos y en el papel que había desempeñado en su desenlace mientras se hundía el coche bajo la superficie? Mientras se llenaba de agua turbia, ¿acaso habrá pensado en mí? Me permití verlo una última vez, con el cinturón abrochado sobre la cadera, el agua subiendo lentamente por la cintura, el pecho, la barbilla y el hueco sobre sus labios antes de que el lago se lo tragara por completo. Dejé aquella imagen suspendida y presioné su herida, arrancando un dolor antiguo. Cuando paré, me sentí diferente. No más ligera, sino hueca, como si alguien me hubiera sacado las entrañas y hubiera dejado solo un cascarón. Un simple movimiento y me rompería.

Esa noche soñé con las mujeres que conocía, las niñas que habían sido y las niñas que conocí, y las mujeres en que se habían convertido, en una transformación lenta y gradual de unas a otras. Al final solo quedaba yo, de pie bajo la luz del sol, una niña con sandalias polvorientas y vaqueros cortos, un esmalte de uñas desconchado y aliento a tabaco. Estaba sola y un poco triste, aunque esperanzada, como todas las niñas. Pude ver su futuro pasar ante mí, un futuro brillante, amplio y terrible. La miré para que supiera que la había visto. Justo antes de desaparecer, alcé la voz y llamé a aquella versión remota de una niña que ya no existía, al menos no en este plano terrenal. Quise decirle algo, cualquier cosa. Sin embargo, por más que lo pensaba, no se me ocurría el qué.